新文学读者研究

A Study of the Readership of New Chinese Literature

施 龙 著

南京大学出版社

图书在版编目(CIP)数据

新文学读者研究 / 施龙著. —南京：南京大学出版社，2022.6
ISBN 978-7-305-25478-9

Ⅰ.①新… Ⅱ.①施… Ⅲ.①新文学(五四)-读者研究 Ⅳ.①I206.6

中国版本图书馆 CIP 数据核字(2022)第 045472 号

出版发行　南京大学出版社
社　　址　南京市汉口路 22 号　　邮　编　210093
出 版 人　金鑫荣

书　　名　新文学读者研究
著　　者　施　龙
责任编辑　谭　天

照　　排　南京紫藤制版印务中心
印　　刷　江苏凤凰数码印务有限公司
开　　本　718×1000　1/16　印张 13.75　字数 245 千
版　　次　2022 年 6 月第 1 版　2022 年 6 月第 1 次印刷
ISBN　978-7-305-25478-9
定　　价　60.00 元

网　　址　http://www.njupco.com
官方微博　http://weibo.com/njupco
官方微信　njupress
销售热线　025-83594756

﹡ 版权所有，侵权必究
﹡ 凡购买南大版图书，如有印装质量问题，请与所购
　 图书销售部门联系调换

国家社科基金后期资助项目
出版说明

  后期资助项目是国家社科基金设立的一类重要项目，旨在鼓励广大社科研究者潜心治学，支持基础研究多出优秀成果。它是经过严格评审，从接近完成的科研成果中遴选立项的。为扩大后期资助项目的影响，更好地推动学术发展，促进成果转化，全国哲学社会科学规划办公室按照"统一设计、统一标识、统一版式、形成系列"的总体要求，组织出版国家社科基金后期资助项目成果。

全国哲学社会科学规划办公室

目 录

引 言 ………………………………………………………………… 1
第一章 新文学读者诞生的历史条件 ……………………………… 5
　第一节 新文学的政治哲学属性及其对读者的召唤性 ………… 6
　第二节 新文学出版与新文学的流通 …………………………… 23
　第三节 新文学副刊与新文学的社会基础 ……………………… 40
第二章 新文学读者群结构变迁概观 ……………………………… 50
　第一节 清末民初的文学读者 …………………………………… 51
　第二节 作为新文学读者群的新潮社 …………………………… 59
　第三节 从知识青年到社会大众——新文学读者群结构性转化的
　　　　　意义 ……………………………………………………… 69
第三章 知识青年读者与新文学的互动 …………………………… 81
　第一节 "底"的表征："时代精神"的"不留余地" ………………… 83
　第二节 "孤独者"：知识青年的自画像 …………………………… 92
　第三节 "我们"：知识青年的心理掩体 ………………………… 107
　第四节 "新文艺腔"："新思潮的门面"与世界的"心理替代物"
　　　　　……………………………………………………………… 118
第四章 新文学读者与新文学审美底色 …………………………… 129
　第一节 "人的道德"与"诗的经验主义" ………………………… 130
　第二节 新文学的现代性："偏重俗人或常人的立场"——以朱自清
　　　　　为线索 …………………………………………………… 149
　第三节 "古雅"作为新文学的底色 ……………………………… 160

第五章　新文学与新文学读者：文艺与政治的分流 …… 174
　　第一节　新文学阅读的"自生自发秩序" …… 176
　　第二节　边缘知识青年与新文学的政治化 …… 189

结语：在文学与社会两间的新文学读者 …… 204

主要参考文献 …… 208

引　言

　　1915年、1916年之交,胡适推动了与同期留美的梅光迪、任鸿隽、杨铨、唐钺等人之间关于"诗国革命"的讨论,在此前后,他们几位朋友之间也偶有戏作白话诗的文学游戏。到1916年年中,"一首白话诗引起的风波"①爆发,胡适对《答觐庄——白话诗》遭梅、任二人的否定大不以为然,在分别作书辩驳之后,"两月以来,余颇不事笔战,但作白话诗而已。意欲俟'实地试验'之结果,定吾所主张之是非",结果则是:"今虽无大效可言,然《黄蝴蝶》《尝试》《他》《赠经农》四首,皆能使经农、叔永、杏佛称许,则反对之力渐消矣。"②

　　作为新文学的"前史",这一事件极具象征意味。简言之,在胡适与反对其白话诗歌主张的若干朋友之间,是先有观念之争,然后催生了有意识的创作,继而(几乎可以认为是同时)产生了阅读、批评等文学行为。以此为观察视角,可以看到两点:其一,中国近现代以来的各种创作思潮,几乎都经历了从观念跃进到创作新变的历程,所不同者,在于观念来源有异、从观念到创作的转化路径有别;其二,则是创作—阅读—批评的"三位一体"并经此引起文学观的修正。从后者出发可以看到,新文学自诞生至其奠定文坛主流地位这一时期内,作者和读者(阅读者和批评者)交流密切乃至身份在二者之间自如、频繁切换,是极普遍的现象。从这个意义上讲,新文学就可以被认作由作者和读者共同造就的。

　　更重要的是,新文学又是近现代中国社会转型的产物之一。晚清时期,虽有若干士人向中国传统溯源,但这种努力毕竟无法应对西潮的全方

---

　　①　《一首白话诗引起的风波》(胡适日记1916年7月30日),《胡适全集》第28卷,安徽教育出版社2003年版,第421页。
　　②　《答经农》(胡适日记1916年9月15日),《胡适全集》第28卷,安徽教育出版社2003年版,第463页。

位冲击,故费正清的"冲击-反应说"虽然有失之片面的地方,但仍然可以有力解释新观念的源自何方[①];问题在于,从观念到行为转换的所有环节,实施者都是具体的人,他们不同的主张、思想、情感、意愿无不在这一过程中以各种方式融入社会转型。就新文学来说,作者之于读者,绝不止于他们是"启蒙的文学"的源泉;而读者之于作者,也绝不止于他们是"文学的启蒙"的受众。重要的是,二者在循环往复的互动中所构成的关系、在双向对流的交锋中所形成的舆论以及这种关系、舆论分别作用于文学、社会的效应,如是,则在不同的文学主体所构成的文学场之外,形成了更广大的人、文学、社会所构成的一种布朗运动式的动态结构。职是故,研究新文学读者就不仅仅是关注读者本身,更重要的是通过对它的分析而在一个更广阔的视野中理解中国近现代以来的社会变迁,也可以更深入地认识到新文学为什么是现在我们所看到的那个样子。

那么,什么是新文学读者?从宽泛的意义上来讲,一个能够阅读的人,只要读过若干新文学创作,都应该称之为"新文学读者",不过,这样一来就在事实上否定了"新文学读者"这一概念。所以,应该追问的是,一个读者要具备什么样的质素才可以称之为新文学读者?其实,新文学读者非必以新文学的诞生为必要条件。众所周知,在新文学诞生之后的相当一段时间,新观念往往被认为是新文学的内核,这以新潮社及受其影响的一众知识青年为代表,而晚清以来西潮流行,知识界无论赞成或反对,都以对西方观念一定程度的接触、了解为前提。虽然西潮、西方观念和新观念三者之间未必全部对等,但若说新观念是进入新文学的必要条件,则大体不差,故所谓新文学读者乃以具备一定的新观念为其内在规定。此外,如若考虑到翻译文学这一要素,认为新文学读者产生于新文学之前似乎更可以成立。

当然,这么说绝不是要将并不接受新观念的读者排斥在论述之外。从新文学读者群的结构变迁角度看,这两类读者群落之间的界限其实并没有那么分明。在新文学诞生之初,新文学读者基本限于在新式学校就读的青年学生,此时的新文学,实则构成了一种作者、读者几乎重叠的"文学内循环模式"。而随着社会形势的发展,特别是"五四运动"和"国民革命"的推动,新文学的影响就从几个中心城市扩展开去,并主要借助于新文学副刊而形成了编辑与作者、编辑与读者、作者与读者、读者与读者的多元化交流

---

① 参见罗志田:《再造文明的尝试:胡适传(1891—1929)》,中华书局2006年版,第12—13页。

的"社会外循环模式",其受众在社会结构、年龄层次、地域分布等方面均得到较大改观。当新文学在其内部和在社会之中的大、小两种循环模式相对固定下来之后,就成为其传播、接受的常规方式,新文学读者群也于此时初步成型。

在新文学传播模式从"小循环"到"大循环"的转换过程中,"五四运动"与"国民革命"是两个重要节点:前者使得"文学革命"从新文学发源地的北京拓展到了外省(当然限于各地的中心城市),后者则使得新文化、新文学的相关观念流布国中(自然未必是所谓深入人心)。不过,这二者都是影响新文学的非常规因素。到1927年,南京国民政府成立,社会形势相对稳定,各项民生事业得以迅速发展,新文学也因市民社会的日趋活跃、新式教育的日渐发展、图书市场的日益繁荣而在生产、传播、阅读等方面呈现出不同的风貌。沈从文曾如是描述:

> 我们若不疏忽时代,在另外那个时代里,可以说他们所有的努力,是较之目前以翻译创作为穿衣吃饭的作家们,还值得尊敬与感谢的。那个时代文学为主张而制作,却没有"行市"。那个最初的运动,并不概括在物质的欲望里面,而以一个热诚前进。这件事,到如今却不行了的。一万块钱或三千块钱,由一个商人手中,分给作家们,便可以定购一批恋爱的或革命的创作小说,且同时就支配一种文学空气,这是一九二八年以来的中国的事情。①

在沈从文看来,从"五四"时代一路走来的新文学,到了1928年之后,其"支配"权便从文化人转移到商人那里。这是一个极重大的变化:新文学从"主张"到进入"行市",在步入常规的发展轨道之后,其读者群也就大约在此时进入文学阅读的常态。而从新文学或其相关构成要素出现,到1930年左右其读者群结构(以及文学阅读的结构)基本定型,新文学读者群在这一时期内经历了什么样的变化,为什么会有这样一种变迁,它对新文学及中国社会的现代转型产生了什么影响,就成为极有价值的问题。

如前所述,新文学读者是沟通文学与社会的桥梁。梳理从新文学诞生

---

① 沈从文:《论中国创作小说》,原载《文艺月刊》2卷4号(1931年4月15日)、2卷5—6号(同年6月30日),引自《沈从文全集》第16卷,北岳文艺出版社2002年版,第198页。

到1930年前后这一时期新文学读者的相关问题,必然涉及文学与社会在这十多年间复杂关系的展示,进而导向对文学、社会各种问题的讨论。这一思路,力图将读者、读者群作为一个或一群的瞬时节点,勾勒出他们的思想、情感、意志等在横向和纵向两个方面的草蛇灰线,进而测绘出文学和社会发展轨迹的努力。不过,这种努力并非要绘制出一幅幅定格的历史画卷,而是意图展现出新文学读者,特别是其中的知识青年读者作为"人"在现代中国社会转型当中的生命意志。

第一章　新文学读者诞生的历史条件

晚清民初,智识阶层整体对翻译小说的艺术未必承认,但对作品中所表现出的现代思想则不得不重视。换句话说,中国的积贫积弱使得知识人较多地关心"资产阶级文明现代性",因而情有必然地疏远了"美学现代性"①。这一状况即使到了文学革命乃至"五四运动"之后也并无较大改观。② 新文学运动与新文化运动一体两面,新文学就是新思想,新思想则预示着一系列社会规范的改变,所以在中国社会转型时期,它就不期而然地承担了政治哲学本应发挥的功能,即指导人们如何适应从传统到现代的转型。正因为新文学在相当程度上充当了现代文明、文化观念的承载工具,所以它在理论表述中充满对读者的召唤性。从另一方面说,也正是由于新文学的政治哲学属性,民众也理有必至地趋向新文学。

当然,这是就理论而言,相较之下,现实倒也没有那么复杂。这主要得益于晚清以来中国现代传媒的日益兴盛。现代传播技术打造了全新的文学编辑、出版、发行、流通模式,使得新文学可以更方便地为更广泛的人群接触、接受奠定了物质基础;但这只是一面,更重要的是,印刷资本主义改变了其时中国的思想文化格局。这一情形颇类似西方大众消费兴起时的状况:"现代社会的文化改造主要是由于大众消费的兴起,或者由于中低层阶级从前目为奢侈品的东西在社会上的扩散。在这一过程中,过去的奢侈

---

* 作者注:本书第一章第二节和第三节部分内容,第二章第一节和第三节亦经过修订编入《中国现当代文学制度史》(丁帆主编,作家出版社2020年版)。

① [美]马泰·卡林内斯库:《现代性的五副面孔》,顾爱彬、李瑞华译,商务印书馆2002年版。

② 黎锦熙论"大众语文学"有云:"这里姑且守着章炳麟先生的文学老定义:'学说以启人思,文辞以增人感。''增人感'的结果也还是要'启人思'的,这就在乎作家的手段了。"(着重号为原文所有)参见黎锦熙:《国语运动史纲》,商务印书馆1934年版,第68页。

品现在不断地升级为必需品。"①中国的特殊性在于其"早有一个统一的思想意识市场,恰起着商品市场在近代西方的作用"②,文学作为思想意识的重要组成部分和载体之一,在文人士子借力于现代传媒的积极推动下,于此时在社会的中低阶层中间扩散。这一扩散的后果之一,是催生了初具现代意识的受众群体。

此外,文学作为一种精神产品,其传播渠道在常规的商品销售方式之外,另有一个特别的传播、接受渠道,即新文学副刊。新文学副刊当然也属印刷资本主义产物之一,但因其性质特别,又对新文学扩大社会影响具有重要价值,故专节予以论述。

第一节 新文学的政治哲学属性及其对读者的召唤性

新文化运动的理想与实际,按胡适本人的规划,是"研究问题""输入学理""整理国故"和"再造文明"③,而周作人在《小说月报》组织的"翻译文学书的讨论"中说:"陈胡诸君主张翻译古典主义的著作,原也很有道理;不过我个人的意见,以为在中国此刻,大可不必。那些东西大约只在要寻文学源流的人,才有趣味;其次便是不大喜好现代的思想的人们。"④周作人关切之处,在于什么样的文学是"中国此刻"所必需的。此前的1920年1月6日,周作人在北平少年学会发表题为"新文学的要求"的演讲,曾对新文学发生的历史条件及发展状况,有一个简明而切要的陈述。周作人认为,"我们称述人生的文学,自己也以为是从学理上立论,但事实也许还有下意识的作用;背着过去的历史,生在现今的境地,自然与唯美及快乐主义不能多有同情"⑤。这就是说,不论是"从学理上"做理性取舍,还是在"下意识的作用"下自然反应,新文学提倡"人的文学"都是一种不得不然的历史选择。

"人的文学"难以与"唯美及快乐主义"谐鸣,反映在创作上,是新文学的"质"胜于"文"。鲁迅以为《新潮》上的小说作家"技术是幼稚的,往往留

---

① [美]丹尼尔·贝尔:《资本主义文化矛盾》,赵一凡等译,北京三联书店1989年版,第113页。
② 罗志田:《乱世潜流:民族主义与民国政治》,上海古籍出版社2001年版,第194页。
③ 胡适:《新思潮的意义》,《新青年》第7卷第1期,1919年12月1日。
④ "通讯"(周作人致沈雁冰),《小说月报》第12卷第2号,1921年2月10日。
⑤ 周作人:《新文学的要求》,《艺术与生活》,上海群益书社1931年版。

存着旧小说上的写法和情调；而且平铺直叙，一泻无余；或者过于巧合，在一刹那中，在一个人上，会聚集了一切难堪的不幸。然而又有一种共同前进的趋向，是这时的作者们，没有一个以为小说是脱俗的文学，除了为艺术之外，一无所为的。他们每作一篇，都是'有所为'而发，是在用改革社会的器械，——虽然也没有设定终极的目标"①。后来唐钺也以为在"野"与"史"之中"不得已而择于斯二者，宁野毋史"②，都过于粘着于鲁迅之所谓"俗"，意欲"有所为"。

《论语·雍也》云："质胜文则野，文胜质则史。"质胜于文，即使考虑到新文学初期创作的显然不成熟，其实也不过是"文学革命"倡导者主张文艺"有所为"最自然的结果。③ 周作人后来说，"最初的主张未必真是简单的文学救国，总之相信文学之力，以为要革命或改造可以文学为基本"④，就是这个意思。而在当时，他也认为"问题小说"是"近代平民文学的出产物"，而其要点即在于"必涉及或一问题"，因为"中国从来对于人生问题，不大关心，又素以小说为闲书"⑤。更进一步，郭沫若认为"言说便是行为的一种。我们照心理学上讲来，凡一切意志作用的表现便是行为，言说是意志表现的一种，所以它正是行为的一种。言说家把他自己的意志发表而为言论，他对于人类社会也就算做了一番事业了"⑥。

概括说来，现代文学缺乏独立的审美品格，也正由于这种先天的泛政治化倾向。此处所谓政治，正是从最宽泛的意义上来说，泛指一切"对于人类社会也就算做了一番事业"的有意志的言行；或者用当时研究政治问题的学者的眼光来看，虽是"狭义"但更"近代的"，"政治乃是一种人民合作的程序，用人民的或团体的力量，去料理大家的事务，调和大家的利益"⑦。新文学在相当意义和程度上扮演了本应是政治哲学担当的角色，就决定了它必然和作为受众的普通大众发生联系，即天然地需要读者。本节从政治

---

① 鲁迅：《〈中国新文学大系〉小说二集序》，《鲁迅全集》第6卷，人民文学出版社1981年版，第239页。
② 擘黄：《中国学术的最大病根》，《现代评论》第2卷第45期，1925年10月17日。
③ 胡适认为，此前"文学堕落之因，盖可以'文胜质'一语包之"，与此时的"质胜文"恰成对照之势。参见胡适：《寄陈独秀》，《新青年》第2卷第2号，1916年10月1日。
④ 知堂：《过去的工作》，《过去的工作》，香港新地出版社1959年版。
⑤ 仲密：《中国小说里的男女问题》，《每周评论》第7号，1919年2月2日。
⑥ 郭沫若：《艺术家与革命家》，《创造周报》第18号，1923年9月7日。
⑦ 陶孟和：《中国人的政治能力》，《现代评论》第4卷第97期，1926年10月16日。

哲学视角审视新文学的相关理论言说,目的在于梳理其理论中的一种内在逻辑,即它蕴含着"与一般人发生交涉"①的倾向,或曰对读者的召唤性。

一、"人的文学"的两大内涵

根据周作人的观点,"人的文学"即"用这人道主义为本,对于人生诸问题,加以记录研究的文字";"人"是"从动物进化的人类",有两个要素,一是自然的,二是历史的,有"灵肉二重的生活",而人道主义,则是"一种个人主义的人间本位主义"。②"什么是人"? 排斥掉周作人在《人的文学》这篇文章里指斥的"天地之性最贵"或"圆颅方趾"等传统的已有见解,如同欧洲文艺复兴以来对人(及其中的妇女、儿童之特殊性)的"发现",新文化、新文学运动怎样阐释"人"形成一个中心话题。

《人的文学》强调,"对于中外这个问题,我们也只须抱定时代这一个观念,不必再划出什么别的界限。地理上历史上,原由种种不同,但世界交通便了,空气流通也快了,人类可望逐渐接近,同一时代的人,便可相并存在。单位是个我,总数是个人"。因为"拿来主义"的缘故,新文学、新文化运动提倡者要借他山之石攻玉,即以西方的文明原则改造中国的文学与社会,所以多有世界主义、普遍主义的主张,激进的观点就是"全盘西化"。周作人在"新文学的要求"的演讲中大致也做此种宣讲:"所以现代觉醒的新人的主见,大抵是如此:'我只承认大的方面有人类,小的方面有我,是真实的。'"没有对"人"的本体论意义解释,而依凭一个模糊的背景做出一个简单的定位,并且始终强调"单位"之"我"与"总数"之"人"之间的勾连而又难以在实际中落实,这是有缘由的,后文将有明细的阐述。而极明显的是,作为单位的"我"与作为总数的"人",不妨看成周作人等新文化运动同人主张"人的文学"之两大支柱观念的形象说法:个人主义与人道主义。

根据哈耶克的论述,个人主义存在着他以"真与伪"区别对待的两个传统。一种以欧洲大陆国家尤其是以法国为代表,受笛卡尔式的唯理主义(Cartesian rationalism)支配,"始终隐含有一种演变成个人主义敌对面的趋向";另一种则主要属英美传统,以阿克顿勋爵与托克维尔为代表,其首要前提即在于坚持"个人主义首先是一种社会理论(a theory of society)",

---

① 胡适:《五十年来中国之文学》,《胡适全集》第2卷,安徽教育出版社2007年版,第310页。
② 周作人:《人的文学》,《新青年》第5卷第6号,1918年12月15日。

是"一种以人的整个性质和特征都取决于他们存在于社会之中这样一个事实作为出发点",完全不是"一种以孤立的或自足的个人的存在为预设的"。① 新文化运动标举的个人主义,成色与形态比较混杂,既有法国大革命精神影响下进取的狂者式人物,如陈独秀;又有有所不为的狷者型知识分子,如周氏兄弟;还有话语圈边缘以进步自我标榜者,如郭沫若、成仿吾,以及浸染了浓郁的文人气自伤自悼者,如郁达夫。历史给出的问题总是这样难以归类,但其中有一点则是新文化运动贯通始终的,即作为单位的"我"与作为总数的"人"总是并列,但又缺乏必要的勾连。

胡适在周作人发表上述演讲的同时,也有与周作人的观点在总体上大致不差的论调,同样坚持"我"与"人"的关联,只是别有用心。他在《非个人主义的新生活》里说:"试看古往今来主张个人主义的思想家,从希腊的'狗派'(Cynic)以至十八九世纪的个人主义,那一个不是一方面崇拜个人,一方面崇拜那广漠的'人类'的?主张个人主义的人,只是否认那些切近的伦谊,——或是家族,或是'社会',或是国家,——但是因为要推翻这些比较狭小逼人的伦谊,不得不捧出那广漠不逼人的'人类'。所以凡是个人主义的思想家,没有一个不承认这个双重关系的。"周作人介绍日本的"新村运动"②,存在着所谓"要想跳出现社会发展自己个性"的"独善的个人主义"倾向,所以胡适才针锋相对地提出了他认为的"真的个人主义——就是个性主义(Individuality)"。③

其实,胡适是有些冤枉周作人的。武者小路实笃等人避世进行新村运动的实践,周作人大为歆羡且大加赞叹,着眼点正在于新村中人的和谐的劳动协作,表达的是对一种理想的社会运作的肯定,对于其前途则不无隐忧。胡适从更宽广的视野出发,以为这一运动存在哈耶克所谓"以孤立的或自足的个人的存在为预设"之错误倾向,可能对青年造成理解上的混乱以及行动上的误导,因此大为反对。不过,这位"只诊病源,不开药方"且标榜"但开风气不为师"的适之博士还是给出了一个方子,曰:个性主义。

从实验主义理论背景立论,胡适批驳新村运动存在的避世倾向再正常

---

① [英]F.A.冯·哈耶克:《个人主义:真与伪》,《个人主义与经济秩序》,邓正来译,北京三联书店2003年版。
② 参阅周作人:《访日本新村记》,《新潮》第2卷第1号,1919年10月。
③ 胡适:《非个人主义的新生活》,《新潮》第2卷第3号,1920年2月。按:本文原载1920年1月15日上海《时事新报》。

不过,而且自有其现实意义,可是"个性主义"这个用词反倒使得他的本意不够彰显。胡适认为个性主义内涵有二:一是"独立思想";二是"个人对于自己思想信仰的结果要负完全责任"。① 显而易见,胡适说个性主义"特性有两种",其实包括思想和行动两个层面,但鉴于中国当时并不存在造就哈耶克以之为"真"的个人主义的完备的社会基础,所以胡适的"个性"说得以彰显,"主义"的尾巴则被割去了。许多人把"个性主义"当成"个性",总是在情感上而不是行为上加以渲染,这大概是胡适始料不及的。职是故,个性主义的提法传播开去,在文学上催生了一批空自嗟叹甚至是无病呻吟的作品。与此相反,"主义"这个语尾的强化,恰好是"人的文学"的另一面旗帜"人道主义"的实际状况。这里插入说明一下,一般提到"主义"的时候,除流派、学派之外,总是侧重于行动、行为的意思。② 文学中的人道主义,如果非得要做出一种划分,按其表现勉强可以认为有这样几个层面:一是作者对人物的同情之心;二是叙述者对人物的怜悯之情;三是作品中人物对人物的关切。在《故乡》里,作者鲁迅、作品里作为叙述者的"我"以及"我"的母亲之于闰土,正存在这样一种关系;同时,作为小说人物之一的"我"与闰土、杨二嫂之间的隔膜,也从反面衬托这一主题。如同茅盾所言,"《故乡》的中心思想是悲哀那人与人中间的不了解"③,鲁迅在小说结尾也留下了一个光明的尾巴,遐想宏儿与水生有"我们所未经生活过的""新的生活"。所以从反面看去,人道主义的积极功能就在于去除隔膜,增进人与人之间的了解与信任,而这是组织社会的必要前提。

归结来说,如果个人主义是社会中的人追求独立思想、独立人格以及自主行为的过程,那么人道主义就是这一追求的结果。当周作人说"单位是个我,总数是个人"的时候,怎样从"单位"过渡到"总数"是模糊的,而胡适从反传统主义的角度出发,同样只是否定了旧有的"切近的伦谊",即"或是家族,或是'社会',或是国家"等中间阶段,最后仍然归结到"广漠的'人类'"。正是在个人主义与人道主义之间缺乏必要的勾连,所以两者都难以落到实处:个人主义往往表现为狂狷之气与清高颓废,人道主义也常常只是星星点点的同情之心与斑斑驳驳的哀悯之泪。

---

① 胡适:《非个人主义的新生活》,《新潮》第2卷第3号,1920年2月。
② [英]雷蒙·威廉斯:《关键词:文化与社会的词汇》,刘建基译,北京三联书店2005年版,第251页。
③ 郎损:《评四五六月的创作》,《小说月报》第12卷第8号,1921年8月10日。

严复当年坚持将穆勒的《自由论》中译本定名为《群己权界论》,"群"还是胡适所谓"切近的论谊"之一的国家①,而这里所谓国家则是近代意义上的民族国家,毕竟是一个可以为之努力的目标。辛亥革命以后,民族国家在政治层面上已然建立,但新的价值体系并未成型,其得以运行的文化伦理更是远未转型,此时新文化运动标举的个人主义,地位比较尴尬。一方面,如果把个人主义只看作一种手段,如上所述,人道主义作为目的过于含混;另一方面,如果将个人主义本身作为目的,即以个人自由为本位,势必以健康、稳定的社会(国家)为前提,这是事实所难以提供的。胡适将"个人主义"修订为"个性主义",包括周作人说人道主义是"一种个人主义的人间本位主义",应该都看到了问题的根本所在,也都是将个人主义本身作为目标的努力。然而,胡适后来从文化转向政治以及周作人强调的"道义事功化",可以说是将个人主义既当作目标又兼作手段的尝试,都不能算是成功的。

个人主义在目标与手段之间的游移,反映了新文化、新文学运动领袖们的两难处境:既要使之成为构建民族国家的得力工具,又要使之本体化,最终形成现代意义的个性;虽然就其大体而论,两者统一于前者,但它们之间存在的裂痕一直无法有效弥补。所以,新文学运动标举"个性解放"的大纛而领一时风骚,也在事实上促进了个体的人从各种束缚中解脱出来,但其中是否存在真的个人主义,还须仔细辨析。

究其实,"人的文学"是以文学的形式造就新人的社会运动,个人主义在学理上是其最高目标,但在实际中不可避免地发生诸多变化,在文学上,就有胡适所谓"个性主义"的"改良"变体。初期的新文学质胜于文,"义理"压倒"辞章",初期在创作上有特色的作者凤毛麟角,多是破旧立新的形象化理念而已,而从较宽泛的文学"个性主义"角度看,郁达夫、徐玉诺、白采、顾仲起等人较本色,特别是顾仲起,其悲愤激越的写作形象地传达了一个"小知识分子"在当时的遭遇,而他带有传奇色彩的经历,则极有代表性地阐释了何以新文学会从"我"转向"人"。另一位风格可以用沉郁顿挫形容的中年作家罗黑芷,以生命后期的经历与悲天悯人的文字,谱就了一阕人

---

① 有论者指出,"假如说穆勒常以个人自由作为目的本身,那么,严复则把个人自由变成一个促进'民智民德'以及达到国家目的的手段"。参阅[美]本杰明·史华兹《寻求富强:严复与西方》,叶凤美译,江苏人民出版社1989年版,第133页。

道主义的变徵之声。这两位作家都是受"人的文学"的"舆论的气候"熏染的读者,在成为作者中的一员之后,也都以整个的生命诠释了真正的"人"与真正的"人的文学"这一探求过程的艰辛。

二、新文学运动的"舆论的气候"

笼统说来,政治哲学是"引导我们共同生活于社会之中的规则、实践和制度的整体"①,主要是一套观念体系,目的在于通过具体的政治行为,协调人与人的关系,促成社会结构达致有机平衡,以利于社会生活的健康发展。新文化、新文学运动的若干核心理念或一度传播甚广的概念,如"德先生"(民主)、"赛先生"(科学)、"穆拉尔姑娘"(道德),以及自由、解放、平等,甚至一度流行颇广的无政府主义,无一不在其中。胡适在新文化运动发生分化以后,就曾说过这样的话来概括此前的事业:"没有不在政治史上发生影响的文化;如果把政治划出文化之外,那就又成了躲懒的,出世的,非人生的文化了。"②这正表明新文化、新文学在当时所具有的政治哲学意义与功能。

自清末改良运动以来,诸如报纸、杂志等公共舆论工具渐次发展,传达了"三千年未有之大变局"中人革故鼎新的意愿,骤然造成嘤嘤其鸣,求其友声的局面。这一"时代的精神状况",是"时势"与"英雄"二者相互协作的结果,是有明确动机与目的的有意识的运动。这里以运动(movement)而不是活动加以指称,即在于既是指导者又是实践者的知识人是自觉的。可是,对于普通人来讲,"论据左右着人们同意与否要取决于表达它们的逻辑如何,远不如要取决于在维持着他们的那种舆论气候如何"③。新文化运动的倡导者摆出的改革证据未尝不高明,可是未庄人用翰林比拟"柿油党",也未必没有道理。用既成的价值逻辑中的概念,替换未知价值逻辑中的某一概念,这是底层社会被动接触新观念时一个最自然的反应。

新文化运动中,始终存在这样一批人:受过或深或浅的新式教育,思想趋新,可是因为种种限制,他们接受新思想主要是被动的,不过相较于底层社会,毕竟又有一定的接触外面世界的能力,所以虽不能准确理解"自由

---

① [英]David Miller:《政治哲学与幸福根基》,李里峰译,译林出版社2008年版,第5页。
② 胡适:《我的歧路》,《努力周报》第4号,1922年5月28日。
③ [美]卡尔·贝克尔:《启蒙时代哲学家的天城》,何兆武译,江苏教育出版社2005年版,第5页。

党"是什么,又不至于错到将其弄成"柿油党"的地步。显然,这里说的是新文化、新文学运动中作为一种变量的中间阶层:他们自身既有先前"维持着他们的那种舆论气候",又不乏变革的渴望,由此又可能产生新的"舆论气候"。这里所着意引入的"舆论的气候",即在这帮半主动半被动,既是新观念接受者,更是新舆论制造者的群体中产生。应该特别强调,这里所谓"中间阶层",专指文化与知识层面,与财富和社会地位虽有关系但并不以后二者为评判标准。当时的文化中间阶层在起初有一个特点,就是年龄普遍偏大,这与清末的情形大概相同,不妨说是其延续。有论者指出,"由于清末学生的年龄偏大,独立思考和判断能力强于一般学生,相互影响往往超过家庭和学校,对教育者、教学内容及各种事物有着很强的选择性。因此,清末学生的社会化过程,同时就是人的近代化的重要环节和途径。而人的大规模迅速更新,形成产生社会变动加速度的内驱力"[1]。新文化运动持续发展,更多的青年人参与进来,知识群落的年龄结构发生了较明显也是极重要的变化,但知识青年之间的相互影响则使得这一群体成为最不容忽视的观念的搅拌器和知识界之"舆论的气候"的发酵容器。

"舆论的气候"(Climate of Opinion)是一个17世纪的名词,怀特海在20世纪初恢复采用,意指"那种在广义上为人们本能地所坚持的先入为主的成见,那种Weltanschauung(世界观)或世界模式"[2]。未庄人所坚持的成见,来自传统观念之遗传或遗留,不过是一种形式的"先入为主",这里则主要是指对于新鲜的异质观念之第一接触所形成的自然印象以及本能反应,此后虽然可以有所修改,但不可避免地成为个人理解其他同一体系中观念的基础,并渗透在这种理解活动之中。这样说,似乎借由层级累加形成的"舆论的气候"是历史性质的,然而,就其产生的动因以及发挥作用的方式而言,毋宁说是空间性质的,究其实际,"舆论的气候"是接触新观念时由于种种因缘造成的"先入为主的成见",而既然主要是一种世界观或世界模式,总是在相当长的时间里保持稳定,它在空间范围内的不规则流动,则形成一个松散的整体舆论,随机发挥作用。

新文化、新文学运动的整个过程,在一定程度上就是中间阶层承上启

---

[1] 桑兵:《晚清学堂学生与社会变迁》,学林出版社1995年版,第398页。
[2] [美]卡尔·贝克尔:《启蒙时代哲学家的天城》,何兆武译,江苏教育出版社2005年版,第5页。

下追寻、调适但并不一定是有明确意识地造就一个稳定的价值结构的过程。如前述,中国不同于西方的以市场统一造成思想意识的统一情形,而"早有一个统一的思想意识市场,恰起着商品市场在近代西方的作用"①,文学作为思想意识的重要组成部分和载体之一,在文人士子借力于现代传媒的积极推动下,于此时在社会的中低阶层中间扩散。处身中间阶层的知识人,既不像运动的指导者那样标举理论的原则,又不像运动的底层社会那般随波逐流甚至不做任何反应,而是能够根据个人的理解以及自家的经验,居间加以调适。大致说来,新文学的"舆论的气候"由两个恰恰相对的向度组成:在同一社会文化结构中,一种自下而上,中间阶层吸收社会的一般意见,形成一种"舆论的气候",清末民初俗文学的兴盛即为其代表;另一种自上而下,中间阶层又接受新文学运动前锋的文学理念,形成另外一种"舆论的气候",新文学运动之"人的文学"实践是其中心。此外,据周作人观察,"所有的国粹主义的运动"除了"是对于新文学的一种反抗外","还包含一种对于异文化的反抗的意义",虽然暂时不宜断言"是好是坏"②,也可以看作一种背景,但新文学的"舆论的气候",则主要是自上而下与自下而上这两种相对而未必相反的思路之间的对流所形成的。

就新文学之"舆论的气候"的两个向度看,自上而下与自下而上的两种运动的对流无疑值得深入考究。新文化、新文学运动开展时,已有的包括积淀于底层社会并不断对整个社会运作提供惯性支撑的文化习俗、制度难以有效应对时变,这必然导致新的价值准则的引入,也就是周作人所谓自觉地"从学理上立论"。时代的先知先觉者自然也"背着过去的历史",但在当时的社会文化结构中,他们毕竟代表着"生在当今的境地"所能达致的最高认识,而有可能接受他们熏染的中间阶层(或者用稍后较流行的一个词语,就是"小知识分子")因为自身处境的缘由逐渐求变,将社会中低阶层的经验、情感、意志掺入,反过去又推动提倡者有针对性地修订所引入的价值准则。

新文化、新文学运动的接受主体也正是所谓小知识分子,在他们和运动领导者的双向互动中,使得新文学披上了一层政治哲学色彩,换句话讲,即他们的文学活动具有政治哲学意义。中间阶层以文学形式所释放的意

---

① 罗志田:《乱世潜流:民族主义与民国政治》,上海古籍出版社2001年版,第194页。
② 周作人:《思想界的倾向》,《谈虎集》,上海北新书局1928年版。按:本文作于1922年。

愿,其潜在功能最终可以导向一种促成全新的社会平衡(而秩序正是政治哲学的中心追求)的"舆论的气候":作为新思想的中转站,中间阶层一方面以个体行为在实践中对之加以检验;另一方面则在现实中汇聚起各种反响,新思想从而得以自我修订。如果说新文学演绎了政治哲学的若干观念从而成为后者与社会之间的一座桥梁,那么同样可以说,"舆论的气候"则来源于新文学自社会中收集的诸种动态并以独立的姿态面世,从而成为新文学与政治哲学间的一座桥梁。

揆诸实际,政治哲学观念之于新文学运动的所有理论与创作,在辛亥革命以后政治实践不如人意的情况下,理想的政治哲学观念主要是以文学的方式表达出来。或者,可以更进一步认为,文学活动就是一种独特的政治哲学的实际形式。《新青年》是一个缩影:它的国内、国际大事记可以认为是具体政治实际附带参照体系的记录,而论文、文学创作与翻译、随感录、通信等,则超越前者而以较有效的方式散布了若干理念。当然,这种状况在历史上并不孤立,像阿伦特就以为"康德不曾写过的真正意义上的政治哲学"是其"第三个批判","即判断力批判,实际上可以被解释为建立政治哲学的一次尝试"①。

新文学运动初期,最重要的中间阶层是新潮社。新潮社成员在运动领袖的直接影响之下,又成为聚集青年意愿向运动指导者提供舆论反响的中转站,有着非比寻常的意义。

三、新文学运动的政治哲学意义

卡林内斯库认为,"美学现代性应被理解成一个包含三重辩证对立的危机概念——对立于传统;对立于资产阶级文明(及其理性、功利、进步理想)的现代性;对立于它自身,因为它把自己设想成为一种新的传统或权威"②。在中国这样一个并未完全实现现代化的国度,特别在其开端,在现代性内部与审美现代性对立共生的资产阶级文明现代性,远未达到它们的成熟状态,不可能成为审美现代性的对立面(20世纪30年代,京派、海派兴起之后才有所变化),而且,因为传统的力量过于强大,仍然需要进一步

---

① [法]茱莉亚·克里斯蒂瓦:《汉娜·阿伦特》,刘成富等译,江苏教育出版社2006年版,第220页。
② [美]马泰·卡林内斯库:《现代性的五副面孔》,顾爱彬、李瑞华译,商务印书馆2002年版,第16—17页。

涤荡，反而存在一种合作关系。所以，在相当长的一段时期内，中国的现代性主要表现为"对立于传统"，即审美现代性也参与资产阶级文明现代性的实际建构。这也就是一些研究者所观察到的一种"奇怪"现象：为什么两种现代性之间在西方表现为激烈的斗争关系，而在中国许多时候则表现为协作关系，似乎现代性到中国也发生了"质变"。

这其实和我们观察问题的角度有关。对于中国和任何其他后发的非现代国家来说，呈现在他们眼中的西方现代性，是一个"完成"时态的现代性。从卡林内斯库对"美学现代性"的界定来看，后发国家眼中的西方现代性"对立于传统"那一面已经成为历史的过去，进入不了视野，才会有许多人看不到他们面对"传统"时曾经有过的协作，误以为审美现代性只有和社会现代性的对立这一种绝对的关系。"如果说西方现代作家是在超越世俗文化的基础上实现了精神的同一性，那么中国现代作家却正是在重新建构自己的世俗文化的基础之上体现了某种精神的同一性"①。也就是说，在整体上，中国现代文学不具有独立的审美现代性品格，而从属于并主动服从于、服务于社会文明现代性的建构需要。这一点在前面亦有说明，并不令人特别奇怪，因为征之于历史，"整个美学史几乎可以概括为一个辩证法，其中正题和反题就是贺拉斯（Horace）所说的'甜美'（dulce）和'有用'（utile），即：诗是甜美而有用的"②。新文学恰恰处于强调"有用"的特殊阶段。

这个"辩证法"不消说是西方人的，然而"东海西海，心理攸同"，考察本土经验，"南学北学，道术未裂"，用道地的中国话表达，也就是周作人《中国新文学的源流》所勾勒的"即兴的文学"与"赋得的文学"，即言志与载道两派的消长。这里引述的周作人的观点，自然是在最宽泛的意义上做一次借用。周作人立论本存在偏差③，而认为新文学与明末的文学运动同属言志派，也是值得商榷的。现在普遍认为，新文学鲜明的"反传统立场，更多来源于中国的社会-政治条件，而较少出于精神上或艺术上的考虑（像西方现代文学那样）"；同样，作为新文学理论与实践之双重建构的"人的文学"，也是不折不扣的"赋得的文学"，总体精神即以文学的笔墨载西方现代社会文

---

① 李怡：《现代性：批判的批判——中国现代文学研究的核心问题》，人民文学出版社2006年版，第49页。
② ［美］雷·韦勒克、奥·沃伦：《文学理论》，刘象愚等译，北京三联书店1984年版，第19页。
③ 参阅中书君：《评周作人的〈中国新文学的源流〉》，《新月》第4卷第4期，1932年11月1日。

明的观念之"道",其"主体扎根于当代社会,反映出作家们对政治环境的批评精神"。① 明乎此,在相反的方面,就可以明白郭沫若强调新诗是"写"出来而非"做"出来的立场(延续到后来新月派关于诗的格律化的相关讨论)并非只是"才子"的意气,而徐玉诺、白采等人称誉一时的原因,正在于二人纯然流自胸襟不事雕琢的文字。出自个体性情的自由书写,似乎为反传统提供了充分的事实根据。

这里传达出新文学理论家与创作者后来的一个神到意会的"合谋":努力淡化横向引进学理的一面,而尽力凸显现实时空中的个性因素,为的是从根本上为文学正名。然而,排斥了传统,又淡化了学理,新文学所依托的个性如何在历史与逻辑二者双双缺席的情况下得以建构?简而言之,新文学审美品格的形成,有待于个性的形成,既然历史(传统)已经势有必至地成为新文化、新文学运动的对立面,那么逻辑(学理)也就理有必至地成为运动的依托资源。否则,新文学运动所谓个性,最好的一面不过是"背着过去的历史"而有的名士气度,以及"生在现今的境地"而有的狷者的有所不为。

新文学居于美学史上"反题"的那一面,是不争的事实,苛刻一点还可以说,新文学运动与后来的左翼文学运动,不过五十步之于一百步之别。周作人难以像指陈左翼文艺是载道派那样,直截了当地承认当年的事业亦不过如是,绝不仅仅出于对亲身参与的新文学运动怀有深厚的感情那么表面化。他在1923年以后逐步从文化政治的立场转入文学本体的审美立场,不无"文学上的主义或态度"②的本位立场为其溯源的冲动,但观念的追根溯源不一定就是事实的本来面目。

其实,"所有企图将价值排除在文学之外的尝试都已失败了,将来也会失败,因为文学的本质是价值"③,而"以真为主,美即在其中"④,才是新文学运动真正切实的一致态度。职是之故,新文学从开始就具有政治欲求,具体说来,就是上文所谓现代文学服从并服务于社会转型这一现实目的。

---

① [美]费正清编:《剑桥中华民国史》(上卷),杨品泉等译,中国社会科学出版社1994年版,第441—442页。
② 周作人:《中国新文学的源流·小引》,《中国新文学的源流》,北平人文书店1932年版。
③ [美]R.韦勒克:《文学史上进化的概念》,《批评的诸种概念》,丁泓、余徵译,四川文艺出版社1988年版,第58页。
④ 周作人:《平民文学》,《艺术与生活》,上海群益书社1931年版。

客观地说,文学泛政治化的具体途径并不复杂,不过以形象的文字潜移默化地传播或新或旧的观念,其发展的极端,便是像左翼文学那样,完全突出文学本身宣传的功能。因此,当新文化、新文学运动的提倡者、参与者面对一个礼崩乐坏的传统时,不得不引入西方的学理为崩坏的社会秩序寻求一个政治替代物,他们的文学活动就彰显了其中所蕴涵的哲学价值。这就是新文学运动的政治哲学意义的具体所指。

新文学的政治哲学品格是历史地造就的。从梁启超《译印政治小说序》《论小说与群治之关系》等晚清倡言文学的文化开始,文学本身所承载的使命就与时代的要求密不可分,包括文学在内的所有应对时变的举措,也都不可避免地具有政治性质。而当一个社会从一种价值规范转向另一种价值准则,不管新生的价值体系是从原有规范中自发成长起来,还是穷则思变的人们从别一社会横向移植而来,那么,在这一过程中致力于构建新的价值准则的所有努力,因为它们在日后将成为新价值的构成部分,所以理所当然地具有理论意义。换句话说,这些努力也是哲学性质的。伊格尔顿认为"应该反对的不是文学理论的政治性,也不是因其经常健忘于此而往往导致的误解:真正应该反对的是其政治内容的性质"[①],这个观点对于新文学运动来说尤为公允。

有一点值得特别强调。这里所谓新文学的政治哲学意义,以价值转型为前提。只有在支配整个社会的规范发生根本变化的时候,人们的言论、行为才具备哲学意义,否则,至多只具有单纯的政治意义(不过,累积以后则可能成为历史并转化为哲学)。我们看到,中国专制时代若干涉及文学的"文字狱",就单独的每一个案考察,基本都属于政治事件,不过这些事件本身累加在一起,则构成中国古典文学的一个别样的传统。自新文化、新文学运动以来,中国的社会转型仍然没有完成,这就决定了延续至今的现代文学必然具备政治哲学品格,考索这一时段的文学,要加以反对的,恐怕只是如伊格尔顿所谓"其政治内容的性质"即具体内容所指,而非其本身的"政治性"。从学理上看,可以认为新文学运动以来的文学实践所遭遇的一切,其关涉政治的内容是不堪回首的炼狱(这种经验自然也必须严肃对待),而中国社会转型完成以后,展露其具体美学面目的中国文学最应谨慎

---

① [英]特里·伊格尔顿:《二十世纪西方文学理论》,伍晓明译,陕西师范大学出版社1986年版,第245页。

对待的理论资源,恰恰是其政治哲学价值。

茅盾在论证文学与政治社会的关系时,引入俄国文学作为参照:"克鲁泡特金说得好:第一,因为十九世纪的俄国人民是没有公开的政治生活和社会生活的;他们对于政治的和经济的意见,除却表现在文学里,便没有第二条路给他们走。第二,因为十九世纪俄国政治的腐败,社会的黑暗,达到了极点,俄国的作家大都身受其苦;因为亲身就受着腐败政治和黑暗社会的痛苦,所以更加要诅咒这政治社会。"① 这就是文学之为政治哲学的一个实例。"叙事的生命被阿伦特视为对共享意义的'追寻'"②,新文学运动的具体展开,与19世纪的俄国知识分子作家一样,也是"追寻""共享意义"的一种方式。"人的文学"作为新文学运动的中心理论与实践,发现并阐释何者为"人",奠定了社会新价值规范得以构建的基础。

应该说明,这里所谓"人的文学",不仅仅限于周作人提出的概念本身,而同时包括新文化运动时期相关的具体文学实践,特别是影响及于读者以后,产生什么样的具体效应。因此必须追问,"人的文学"所谓"人",即个人主义,作为新文学、新文化运动的核心追求,应该如何理解?

四、"真的个人主义"

周作人在"梦想家与传道者的气味渐渐地有点淡薄下去"的时候,对新文化运动高潮时期的主张有一个回顾,他"至今还是尊敬日本新村的朋友,但觉得这种生活在满足自己的趣味之外恐怕没有多大的觉世的效力,人道主义的文学也正是如此"。③ 与其说这是周作人心境颓唐的表现,毋宁认为是时过境迁后的理性评判:他在时过境迁时对文学本身的功能有了更深一层的体会,开始反思当初注重文学"觉世"的"效力"是否得当。当然,人道主义之于新文学运动的意义毋庸置疑,就新文学批驳旧时代之人的冷漠、麻木、自私等品性而言,起码算得上一帖温和的药剂;而对新文学本身的价值建构体系来讲,也不啻一道开胃汤。不过问题的中心和关键,是个人主义或曰个性主义。

---

① 雁冰:《文学与政治社会》,《小说月报》第13卷第9号,1922年9月10日。
② [法]茱莉亚·克里斯蒂瓦:《汉娜·阿伦特》,刘成富等译,江苏教育出版社2006年版,第94页。
③ 周作人:《艺术与生活·自序》,《艺术与生活》,上海群益社1931年版。

上文已有论述强调个人主义的本质在于社会性①,其实,考察 Individual 的原意,恰恰是"不可分的"(indivisible),而在 Individual(个人、个体)基础上发展起来的两个概念,Individuality(个体性)"所涵盖的历史较长,是根据 individual 这个词演变所产生的复杂意义衍生出来的,强调的是个人的独特性及其与群体不可分割(indivisible)的身份",Individualism(个人主义)则是"19 世纪创造的新词:'是一个新奇的语汇,它是由新奇的观念所孕育出来。'(托克维尔,1835)不仅是一种关于抽象的理论,而且是一种强调个人状态与利益的理论"②。这里所说的个人主义(Individualism)语义较含混,但细究起来,其意蕴大概是在于突出个体精神的独异性,而在相反的向度,则相应地倾向于否认人作为政治存在之"复数性"。

新文化运动时期,对个人主义的认识言人人殊,各自有其倾向,而总体趋势则偏向于 Individualism(个人主义)。鲁迅的《文化偏至论》是一个典型,清楚地展示了他在 Individuality 与 Individualism 之间的思想"彷徨"。除贯穿首尾的"借众以陵寡""多数临天下"的警惕外,全篇是尼采式的英雄主义锋芒,所谓"任个人而排众数""绝义务""以己为中枢"等等,都是"超人"而非 Individuality(个体性)的思想,所以令人惊异的反而是结尾的"立人"观:鲁迅在大谈了尼采式的个人主义(Individualism)后,戛然而止,却止于个体性(Individuality)。这显示了鲁迅吸收"西潮"的复杂性。

在新文化、新文学运动中,"个体性"强调个人的独特性以及与其他个人或团体的联系,前者可以用胡适提出的"个性主义"(取其字面意思)概括,后者则难以寻找到恰当的观念或实体予以指称。从文学本位出发,也许个性主义的旗帜足以引领创作风尚,然而,如果一个时代主张"以真为主,美即在其中",注重审美的实践意义,那么"个性主义"就显然难以成为其纲领了。鉴于"个人主义"已经成为普遍接受的说法,这里不辞繁冗,用"真的个人主义"(见胡适《非个人主义的新生活》,该文有时又将之称为"健全的个人主义")指称 Individuality(个体性),而用"个人主义"指称 Individualism。

---

① 此即阿伦特所谓"人的条件,就是指人必须是复数存在的这样一个事实",而"这人的复数性首先是构成一个无论谁都不是一个人存在的政治领域"。参阅[美]汉娜·阿伦特:《马克思与西方政治思想传统》,孙传钊译,江苏人民出版社 2007 年版,第 130 页。

② 参阅[英]雷蒙·威廉斯:《关键词:文化与社会的词汇》,刘建基译,北京三联书店 2005 年版,第 231—236 页。

第一章 新文学读者诞生的历史条件

就事实来看,个人主义作为由"新奇的观念所孕育出来"的"新奇的语汇",来源于欧洲19世纪的社会革命思想,在中国的作用,造就了一种革命的"舆论的气候",用当时的一个流行词汇概括,就是"个性解放"而尤重"解放"的社会思潮。周作人的《小河》,正以小河之自由流淌遭到农夫所筑之堰的围堵,为当时个性亟欲摆脱种种"切近的伦谊"对人的限制给出了一个极具形象的比拟。

这里也有必要说明"两种解放"的概念。"解放"通常是指从束缚、奴役中摆脱出来,但这一内涵其实只是Emancipation的主要意思,一般是法律意义上的,但在中国及其他前殖民地国家,则主要指Liberation,即争取独立。"从emancipation到liberation用法上的转变,似乎标志着词义的一种改变:从终止剥夺法律资格或取消特权,转变为'赢得自由与自决'(Winning freedom and self-determination)的普遍意涵。"① 鉴于威廉斯本人的政治、文化立场,他倾向于Liberation这一内涵的解放并不奇怪,但我们可以清楚地看到"两种解放":其一,是在既定的价值框架内以法律的方式摆脱束缚,是渐进的争取权利;其二,是打破外在的奴役,基于历史事实而有的观察,一般是采取激进的方式、暴力的手段。

就新文化运动的具体情形而论,从内在的理念"重新估定一切价值"到外在的"打孔家店"的行动,都表明它是"赢得自由与自决"的后一种意义的解放(Liberation)。这股文化上的激进主义,与19世纪"由新奇的观念孕育出来"的个人主义(Individualism)也比较合拍。问题在于,从传统那里争得"自由与自决",绝不像打破外在的奴役那样简单,传统的延续性无法从外部打破,必得回到凝聚了历史而又身处现实之中的个体那里。个体处在历史之流当中,只能是以渐进的方式逐步争取自主,而Emancipation则有人性被解除束缚的涵义②,侧重于主体的完善,实在是较符合新文化人的需要的,遗憾的是重视不够或者说没有更多的精力经营,而只有模糊的个性主义。

换句话说,新文化运动的主要历史功绩在于"解放",但存在一种错位,即它是用"赢得自由与自决"的方式意图达致在历史范畴中本应该以"终止

---

① [英]雷蒙·威廉斯:《关键词:文化与社会的词汇》,刘建基译,北京三联书店2005年版,第267页。
② [英]雷蒙·威廉斯:《关键词:文化与社会的词汇》,刘建基译,北京三联书店2005年版,第267页。

剥夺法律资格或取消特权"方式进行的目标。这一种错位,是解放与真的个人主义的不协调,而从根本上讲,就是解放与自由的矛盾,因为"解放也许是自由的条件,但绝不会自动带来自由"。① 今天,我们对此当然应该做历史的分析并有"理解的同情",但解放逐渐吞噬自由的过程值得反思;特别是文学在这一过程中起到什么样的作用,产生什么样的变化,也值得深深考究。

进一步讲,就这种错位本身来看,正确的做法似乎应该是以革命行为打破外在压迫,从而"赢得自由与自觉",同时以启蒙主义的方式建立起真的个人主义,从而解除传统的束缚以获取真正的人的自由。本文如是立论,主要从"建设的"一面着眼,这正像阿伦特说的那样,"解放是免于压制,自由则是一种政治生活方式"②。所以,新文化运动形成了"打孔家店"的反传统文化思潮,造就了从各种束缚中寻求"解放"的风潮,当然只能说是历史与现实这双重压力驱动下运动不得不如此。面对过于庞大的传统,新文化运动"新"的一面仅当传统坍塌以后才能够有生长的空间,除了追求各种形式的"解放",还有其他选择吗?

"个性解放"之"解放"的实施路径,在新文学就是文学启蒙主义。鲁迅在1933年写道:"说到'为什么'做小说罢,我仍抱着十多年前的'启蒙主义',以为必须是'为人生',而且要改良这人生。"③与新文化运动中以小说的形式直接批判传统对人身与思想的钳制不同,鲁迅后来则以杂文形式揭露、抨击现实社会中传统的遗毒,历时十余年,"笔伐"的对象从"显"变为"隐",因眼光与笔法更为老到,潜藏于国民血液中而时时发作的劣根性更无所遁其形。与鲁迅的正面搏杀不同,周作人在新文化运动时期致力于介绍新思想,但后来"文抄公"的一个改变,则是撷取古人荒谬的议论,一一加以针砭,屡屡陈述他的"疾虚妄,近情理"的主张(这其实是周作人后来所谓"伦理自然化"的中心意思,另外的"道义事功化"则稍稍复杂,此处暂不多论),是从引进学理之"正"变为攻击传统之"负"。周氏兄弟的言行,一个是直接痛下杀手,批驳社会生活中的传统遗毒,另一个则迂道往返,专门挑古人古事的刺,以影射现实;但在显隐、正负之间,两人所同者,正是批驳传统

---

① [美]汉娜·阿伦特:《论革命》,陈周旺译,译林出版社2007年版,第18页。
② [美]汉娜·阿伦特:《论革命》,陈周旺译,译林出版社2007年版,第25页。
③ 鲁迅:《我怎么做起小说来》,《鲁迅全集》第4卷,人民文学出版社1981年版,第512页。

及其遗毒。这正是文学启蒙主义,而其最大成绩,也在于众说纷纭的国民劣根性批判。本节致力于以政治哲学观念考察新文学,强调其正面建构意义,这里更多地关注文学启蒙主义与真的个人主义或个人主义之间的关系,把它作为一种相反相成的论述,在适当的地方予以借鉴。

朱自清在1930年写道:"自由的一面是解放,还有一面是尊重个性。"①他在评论叶圣陶初期,也就是"五四"时期的创作时所发表的这一观点,极精辟地概括了问题的核心。就总体而论,"提倡有心,创造不力",也正可以作为"人的文学"之泛政治实践的历史评价:个性主义的提倡促成了各种形式的解放,但真的个人主义无从建立,也就无以达致人的真正自由。

在"人的文学"的谱系中,"写实主义"(包括其后继者现实主义)是一个极佳的论域,在这里可以寻找到观念论与个人主义如何引导新文学渐渐远离初衷,从"我"走向"人"。这里的"我"大致相当于新文学倡导者设想的真的个人主义,而"人"则是人道主义在实践中的变形,最后成为一种非常模糊的情感,兼具感伤与愤激两种色彩,并促成了知识青年整体的激进化。从新文化运动时期的"个人"到五卅运动以后逐渐明显的"集团"化,亦此之谓。

第二节 新文学出版与新文学的流通

新文学读者的成型有赖于新文学社会范围内的大面积流布,而这取决于两个条件:其一是受众对新文学产生了解的兴趣;其二是可以较方便地接触到新文学。就新文学与其受众之间的关系而言,它们之间相互召唤的结构或如前论,此外一个极其关键的因素,则是科举废除的影响。科举废除后,传统士子不得不向新思潮靠拢,以图在社会结构中找到新的位置,而教育、著述、言论等领域实是读书人所能从事的最便捷且亦是最可能的职业,由此,出版业开始兴盛。

社会科学和文学这两类图书出版的繁荣,是晚清到南京国民政府成立这一时段内的一个突出现象(此后也大致如此),它反映出国人的趋新意识

---

① 朱自清:《叶圣陶的短篇小说》,《你我》,商务印书馆1936年版。

和图书市场之间密切的互动关系。其中,新文化同人团体和出版商在一段时间内的良好合作,更是奠定了新文学出版的基础。不过,文化人进入出版界所能影响的人群仍以知识青年为主,真正可以推动新文学在社会较大范围内流通的,仍是与普通民众日常生活切要的社会变动。"五卅"以后,随着国民革命运动的深入发展,社会各阶层产生了解新形势、新思想、新文化的愿望,故新文学在内的新书刊也在普通民众那里影响日益显著。这一态势显而易见,但因缺乏足够的准确材料而难以全面梳理,只能述其大概而已。

一、晚清的文学出版

戈公振指出:"自报章之文体行,遇事畅言,意无不尽。因印刷之进化,而传布愈易,因批判之风开,而真理乃愈见。"①戈氏此语点出晚清报刊业繁荣的两个原因,其一是人们有话说,其二是说(写)了有人听(读)(准确地说,是方便读),至于外在的限制,则因清廷言路既开,允许不允许的界限模棱两可,成为说起来有、做起来无的模糊地带,而相关管理法规出台的滞后事实上也使得监管无法可依。总体而言,主要还是因为清末危机加深而成为一个"失去重心的时代","思想上规范人伦的经典开始失范"(这表现为传统的经学因无力解释世变而边缘化),同时科举废除之后四民之首的"士"不复产生,人心思变,学术思想被"赋予它以前经典所行使的功用"。②简言之,天下"无道"则"处士"横议而已。这是晚清文学出版、传播的最重要的背景。

这里先说"无道"。梁启超《过渡时代论》(1901)一文至为真切地勾勒出中国"深顽厚锢之根据地,遂逐渐摧落失陷"的情形:"语其大者,则人民既愤独夫民贼愚民之政,而未能组织新政体以代之,是政治上之过渡时代也;士子既鄙考据词章庸恶陋劣之学,而未能开辟新学界以代之,是学问上之过渡时代也;社会既厌三纲压抑虚文缛节之俗,而未能研究新道德以代之,是理想风俗上之过渡时代也。语其小者,则例案已烧矣而无新法典,科举议变矣而无新教育,元凶处刑矣而无新人才,北京残破矣而无新都

---

① 戈公振:《中国报学史》,商务印书馆1927年版(上海书店1989年影印),第179页。
② 罗志田:《近代读书人的思想世界与治学取向》,北京大学出版社2009年版,第20、11页。

城。"①梁氏此等描述典型地反映了其时智识阶层对现实的忧虑,故其时群情汹汹,相率"横议"。

19世纪下半叶,中国人自办的报刊开始出现,到梁启超写作此文开始的清季最末十余年,情形更趋热烈,而文学(主要是小说)期刊大量涌现,文学书籍的出版也较前发达。据统计,"1902年之后我国报刊出版业和文学出版业的整体崛起"的基本情况如下:

> 自1872年至1901年的30年间,我国仅创刊文学期刊5种,其中有4种创刊于1870年代,在1902年之前的20余年内仅创刊1种(即1892年创刊《海上奇书》),而1902—1909年的9年间就有53种文学期刊问世;文学书籍出版业亦是如此,在1890年代,我国参与出版文学书籍的出版机构约有30余家,其中绝大部分都是以出版古代书籍为主的石印书局,这30余家出版机构一共仅出版同时代作家的文学书籍50余种,年均只有5种,其中出版较多的仅上海书局一家(13种),其余各家均只出一两种。1900年代则共出版同时代作家的文学书籍达767种,年均70余种,参与的出版机构约有160余家,其中,出版10种以上的就有10余家,而商务印书馆一家就出版了约195种,接近1890年代全国出版数的4倍。

这一统计得出的结论是:"如果说1890年代,我国的文学出版业基本上还属于零散发展阶段,并以出版古典小说为主,那么,到1900年代,一个面向同时代作家、规模化的文学出版平台已经浮出水面。"②这一局面的形成,得力于现代印刷技术的广泛应用,得益于现代稿酬制度的建立和职业作家群落的形成,更受惠于现代文学市场的日益成长。

晚清文学出版的增长和文学市场的成长之间相互依存,差不多以废除科举的1905年为界,分前后两期。

前期情形可从夏颂莱主持的开明书店1902年在南京、1903年在开封

---

① 梁启超:《过渡时代论》,《饮冰室合集·文集之六》,中华书局1989年版,第29—30页。
② 邓集田:《中国现代文学出版平台(1902—1949)》,上海文艺出版社2012年版,第31、33页。

的售书活动窥得其时出版市场一斑。① 夏颂莱1902年赴金陵应试而不忘经营,携诸种新书售卖,从销售结果看,"以历史为最多",其他种类则除外交而外,销量均欠佳,在在照见一般读书人关心时变、世变而不得门径研究之状态。"历史"一类中与文学密切相连者为传记:"传记数种,销数特高,此其原因,由所传所见者确系人人所欲知之事,而饮冰室主人锐利之笔锋,亦大张其焰者也。"而小说之不销,在于"笔墨不足副其宗旨,读者不能得小说之乐趣也",作者深为惋惜,且从"为贤者责"的角度出发提倡"词章",所述成功案例即梁启超"得力于词章"而"为海内所叹服"。夏氏"顾念文明之光辉,未普照于内地"对代表大江南北各地而萃集于金陵的士子多有观察,并对读书市场有一简单估计:

> 所销书数不过三千余部,匀之于二万人中,是能购新书者不过二十分之三;且购则不已,不购则止一帙而已,若以种数计,匀之二万人中,不过一百三十三分之一;折取中数,当为七十六分之一。

后有朴实中肯的建议,即"译撰书者,总须为内地人计,总须为能销入内地计;盖销书之数,即输入文明之数,至无疑义也。即谓为获利计,亦无庸讳;苟无利,安能持久?岂惟不能持久,且为输入文明之阻碍多矣"。夏文士兼商人,故重义复重利,且坚持二者之间的互惠关系,实是风气开通之口岸城市读书人新面目。王维泰效法夏氏作《汴梁卖书记》,所述中原士子购书情态多类金陵而更见其人质实。书店同人开封卖书,"赁考棚街屋设肆,大书'开明书店专售新书'布牌,并写'广开风气,输布文明'招贴,遍贴通衢,以招同志"颇为有效:"有阅过书目提要而来者,有偶见招贴词意而来者,有因朋友揄扬称道而来者,类多同志之士,选书甚有条理。有各省已历学堂而来,识见都高人一等,沉闷时得此良友,胸襟为之一畅。"其所述趋新读书人的地理分布状况如下:

> 约计各省中,选择精当者以直隶、两湖为最,山东、陕西、四川次之,江西、贵州又次之,甘肃、广西、安徽、山西、云南竟寥寥无几,河南

---

① 参见公奴:《金陵卖书记》;王维泰:《汴梁卖书记》。两书均见张静庐辑注:《中国现代文学出版史料甲编》,上海书店出版社2011年版。

为尤甚;若江、浙、闽、粤半皆道出上海购取,故来者反不见为多。于何证之? 证之在豫官幕两途中,能购书者仍以四省人占多数云。

这一观察与实际应相差无几,故有"客"叹曰:"甚矣哉,开明之店,胜于衡鉴之堂。"

阿英《陵汴卖书记》一文认为《金陵卖书记》《汴梁卖书记》两书"从'生意眼'的一点上以见运动的进展及其缺陷",可贵之处在于"能使后来的人可以看到当时文化方面的部分情形"。① 由上所述,的确可以照见其时阅读市场的普通情形:趋新的读书人以东南沿海省份居多,内陆省份则受主政者倾向影响(如两湖),而新书市场之不够活跃,实因一般读书人仍以科举为务;文学类书籍市场反响不佳,即在趋新士子那里也不受欢迎,原因则在于其时作为文学市场主要新式读物的翻译文学多属粗制滥造,其实难以算得上文学。

1905 年清廷废除科举制度,加之民间文化活动的兴起,使得读书风气大变,有研究表明,"晚清的新教育改革、启蒙运动的提倡以及图书馆的兴起,三种制度化的转变,对于近代图书事业的发展有着重要的影响"②。中国传统图书市场是以文人为主要对象的经史子集类图书和以社会民众为主要对象的通俗文化书刊的二元结构,但两类图书的读者有很大程度的重叠,主要还是传统的士子。例如,19 世纪中后期,石印平版印刷术普遍降低了古籍出版成本,不仅翻印传统典籍受到应试士子的欢迎而获利甚丰③,而且翻印古典小说也蔚然成风,上海书局、文宜书局、埋文轩、珍艺书局、图书集成局等在 1891—1898 年出版通俗小说 280 种(其中石印本 237 种)④,而科举废除后,石印业因为读者市场骤然趋于消失而覆灭,更适合排印今人著作的铅印出版业由此转向拥有更多读者的同时代人的著述。

有力地冲击乃至改变了此前的出版、阅读格局的力量,是数量激增的新式学堂学生。清末新式学堂已有相当发展,"1895—1899 年,全国共兴

---

① 阿英:《陵汴卖书记》,《海市集》,北新书局 1936 年版;转引自张静庐辑注:《中国现代文学出版史料甲编》,上海书店出版社 2011 年版,第 413 页。
② 李家驹:《商务印书馆与近代知识文化的传播》,商务印书馆 2005 年版,第 209 页。
③ 贺圣鼐:《三十五年来中国之印刷术》,张静庐辑注:《中国近代出版史料初编》,上海书店出版社 2011 年版,第 269—270 页。
④ 参见汪家熔:《近代出版人的文化追求》,广西教育出版社 2003 年版,第 244 页。

办学堂约 150 所……估计全盛期学生总数达到万人",而"戊戌兴学的意义,不在于直接招收了多少学生,而是最终以朝廷名义正式确立西式教育的趋向,向社会预示了学堂科学取代旧学教化的前景,从而进一步增强士林对科举制的离心力",1905 年以前学生"最多不过 258 873 人",而科举废除后两年,"学生人数成倍递增,达到 1 024 988 人。1908 年至 1909 年,在高基数上,仍以每年净增 30 万人的速度扩大,达 1 638 884 人。到 1912 年,跃升为 2 933 387 人",加上未经申报立案的各级公私学堂和军事学堂学生,"总计辛亥时国内学生在 300 万人左右,几乎是 1905 年的 12 倍"①,这就产生了对新式教材和其他新式读物的庞大需求。

稍后的统计材料如是陈述:"科举废除后,正式教科书遂相继出现,有由学堂自编应用者,有由私人编辑者,有由书商发行者,有由日本教科书直译而成者。自学部公布审查制度,除审查合格各书外,又有部编教科书。在商务印书馆未成立以前,以文明书局出版之教科书为最多,广益书局等次之。光绪二十九年(一九〇三)年以后,各学堂教科书,大多数出于商务印书馆。"②就商务印书馆而言,张元济是关键人物。张氏仕途受挫而投身教育,于 1901 年获邀入股商务,持"吾辈当以扶助教育为己任"③之理念,主持编译所,使得商务的经营业务由印刷转为出版,在成功抢滩中小学教科书业务之后,迅速向社会科学、人文艺术领域垦殖。据 1950 年的统计,商务印书馆 1902 至 1910 年间共出社会科学类出版物 279 种、825 册,文学类出版物 220 种、639 册,这两类遥遥领先于其他各种④。晚清人文社科类书刊的风行表明其时国内新式智识阶层主导的新文化出版、阅读市场已经初具规模。新文化出版在传播、接受方面的具体统计虽难以确切知晓,但它在晚清趋新的文化空气中,无疑更进一步地营造了这种"舆论的气候",这就为更年轻的一代知识人完成观念转型提供了更充分的条件。

---

① 桑兵:《晚清学堂学生与社会变迁》,广西师范大学出版社 2007 年版,第 37—38、138—139 页。
② 《教科书之发刊概括(一八六八——一九一八年)》,张静庐辑注:《中国近代出版史料初编》,上海书店出版社 2011 年版,第 220 页。
③ 张元济:《东方图书馆概况·缘起》,商务印书馆编:《商务印书馆九十五年》,商务印书馆 1992 年版,第 21 页。
④ 《商务五十年——一个出版家的生长及其发展(未定稿)》,商务印书馆编:《商务印书馆九十五年》,商务印书馆 1992 年版,第 775 页。

二、新文学书刊的生产

民国成立后的出版格局大体是晚清时期奠定的官营、民营、同人①三分天下态势的延续②,但也发生了较大变化。晚清时期,官营出版商有政治和资金的双重支持,一度声势逼人,由于意识形态守旧,不得不让位于同人出版商。在晚清求新求变的思想背景中,引领舆论风潮的士子得到富有资财的个人之关注和同情从而获得资助,通过出版聚合若干思想相近的同志进而形成同人群体,这种士子与私人资本结合并主导资本的个体出版行为,大抵重"义"轻"利",所以将同人出版商称为同人出版者可能更合适。处于夹缝之中的民营出版商,则致力于在中下层民众中扩大影响以获取商业利益。就晚清政治、思想、市场等元素参差错位的出版格局而言,同人出版占据舆论制高点,社会声势最大,从文化史的角度看,它事实上是思想与市场并立而以前者为主导的二元格局。进入民国,受袁世凯复辟、"二次革命"、军阀混战等政治形势的影响,出版在一段时期内相当程度上延续了晚清格局,同人出版行为继续发挥重大影响,构成了"五四"时期同人社团、同人报刊盛行的重要背景。应该看到的是,晚清流布的若干现代理念在政制鼎定之后已经获得合法性地位,故不再那么激动人心,而政治又沦为"你方唱罢我登场"的乱局、闹剧,于是人心日渐思定,社会生活本身重返中心,商品市场成分在文学出版中的比重逐日攀升,民营出版日益壮大③。

北洋政府时期,同人出版延续了晚清的态势,差不多仍是文人与资本的结合。这里需要辨明的是,以《新青年》创刊前后崛起的一批知识人为代表,士人逐渐转换为现代知识分子,他们"不再走学而优则仕的传统士大夫

---

① 陈平原曾提及晚清民初报刊业"商业报刊、机关刊物、同人杂志三足鼎立的局面",从出版的角度看,前者属民营,后二者应同属同人出版行为。参见陈平原:《触摸历史与进入五四》,北京大学出版社2005年版,第53页。

② 三者而外,尚有教会出版。教会出版有设定的内容、渠道和对象,但应该承认,从甲午战争以后其影响开始增大,由教会系统延及一般社会,不过因主要限于上层人士且甚少涉及新文学,故此处存而不论。

③ 有论者在1932年根据教科书出版数量各方所占比重,认为"在光绪三十年(1904年——引者注)左右出版业的重心已由教会和官书局移到民营的出版业了"。这是根据单项统计做出的推论,虽中不亦不远,很能说明民营出版蒸蒸日上的态势。参见李泽彰:《三十五年来中国之出版》,张静庐辑注:《中国现代出版史料丁编》(下),上海书店出版社2011年版,第385页。

老路,在新的社会结构中已经有了自己的独立职业","但在文化心态、道德模式等方面依然保存着中国传统的不少特点"①。现代知识分子因"有一种主张不得不发表"②才与出版发生联系,不过其具体办法一如晚清,是寻求同情者的援手。陈独秀预备出版《新青年》,首先寻求的就是和他关系密切的亚东图书馆老板汪孟邹的帮助,只因亚东存在困难,才由汪孟邹介绍给群益书社,"商定每月编辑费和稿费二百元,月出一本"③。群益书社老板与陈独秀有多重情谊,所以慨然出版《新青年》④。但他们毕竟是商人,意在图利,所以当杂志北迁且同人作者日趋稳固时,因销量不佳,出版商曾提出中止出版。鲁迅在1918年1月4日致许寿裳的信中曾明确提及此事及其解决:"《新青年》以不能广行,书肆拟中止;独秀辈与之交涉,已允续刊,定于本月十五日出版云。"⑤不过《新青年》的此次危机也带来了转机:1918年1月,《新青年》第4卷第1期改版(使用白话文、采用新式标点),陈独秀在北大的同事参与编辑(这种同人编辑形式,最为人津津乐道的是第6卷的六人轮流主编),杂志"发生由思想学术刊物向文学杂志的变化"⑥因而更加贴近知识青年的阅读兴趣,此后"销数也大了,最多一个月可以印一万五六千本了(起初每期只印一千本)"⑦。借助出版,知识分子践行文化理想的同时商人获利,如此局面,皆大欢喜。但理想是可变且多变的,当1919年底第7卷第1号陈独秀恢复主编、《新青年》表现出明显的政治倾向的时候,出版商因担心政治禁忌问题与陈独秀之间矛盾增多,终于在第7

---

① 许纪霖:《20世纪中国六代知识分子》,《中国知识分子十论》,复旦大学出版社2004年版,第82—83页。
② 独秀:《随感录七十五·新出版物》,《新青年》第7卷第2号,1920年1月15日。
③ 汪原放:《陈独秀与上海亚东图书馆》,陈木辛编《陈独秀印象》,学林出版社1997年版,第168页。
④ 群益书社起初对陈独秀、《新青年》应该算是较宽容的,这可从傅斯年盘点《新潮》时所说的"我们当时若托一家书店包办发行,赔赚不管,若《新青年》托群益的办法,一定可成"中得到印证。参见傅斯年:《〈新潮〉之回顾与展望》,《新潮》第2卷第1期,1919年10月。
⑤ 鲁迅1918年1月4日致许寿裳,《鲁迅全集》第11卷,人民文学出版社1981年版,第345页。鲁迅又在同年5月29日一信中涉及《新青年》销量问题:"《新青年》第五期大约不久可出,内有拙作少许。该杂志销路闻大不佳,而今之青年皆比我辈更为顽固,真是无法。"参见同书第350页。
⑥ 王烨:《新文学与现代传媒》,学林出版社2008年版,第19页。
⑦ 汪原放:《回忆亚东图书馆》,学林出版社1983年版,第32页。

卷第 6 号"劳动节纪念号"的出版问题上全面爆发,双方终至于结束合作①。平心而论,"以出版为手段而达到赚钱的目的;和以出版为手段,而图实现其信念与目标而获得相当报酬者,其演出的方式相同,而其出发的动机完全两样"②,知识人、出版商二者各自的选择都是必然的,问题在于如何达致一种平衡。

如果说陈独秀等《新青年》同人另有生活来源,还不是"以出版为手段,而图实现其信念与目标而获得相当报酬",那么北京时期的北新书局则显然开创了一个出版与文学相得益彰的新时代。当然,北新书局有其得天独厚的优势:北新者,北大新潮社之简称,书局继承了新潮社、"新潮文艺丛书"与新文学作家之间基于相近的文化信念而发展起来的良好合作关系③。北新在筹划阶段,恰值《语丝》创刊,书局主持人李小峰和周刊关键人物孙伏园同为新潮社成员,所以北新书局与《语丝》的合作乃天时、地利、人和使然。在《语丝》同人及不断增多的同情者的支持下,北新书局陆续推出"乌合丛书""未名丛刊""北新小丛书""文艺小丛书"等丛书,出版有徐志摩的第一部散文集《落叶》(1926),沈从文的第一部集子《鸭子》(1926),王鲁彦的第一本小说集《柚子》(1926),冯至的第一部诗集《昨日之歌》(1927)等创作集,不仅书局业务得以迅速拓展,也使得新文学的影响逐日增大。这种出版与新文学创作双赢的局面,首先来源于双方共同的文化信念,而这一点深植于"五四"。鲁迅与北新书局在 1929 年有过版权纠纷,但他对"却还有点傻气"④的李小峰仍旧欣赏,对北新书局继续支持:"我以为我与北新,并非'势利之交',现在虽然版税关系颇大,但在当初,我非因北新门面大而送稿去,北新也不是因我的书销场好而来要稿的。所以至去年止,除未名社是旧学生,情不可却外,我决不将创作给与别人。"⑤不过,交情而外也得谈利益,北新书局除对鲁迅、周作人这样的大家另眼看待,对一般作

---

① 汪原放回忆:"只记得陈仲翁认为《新青年》第七卷第六号'劳动节纪念号'(1920 年 5 月 1 日出版)虽然比平时的页数要多得多,群益也实在不应该加价。但群益方面说,本期又有锌版,又有表格,排工贵得多,如果不加价,亏本太多。我的大叔(指汪孟邹——引者注)……想来想去,实在无法再拉拢了。"参见汪原放:《回忆亚东图书馆》,学林出版社 1983 年版,第 54 页。
② 张静庐:《写在后面》,《在出版界二十年》,上海杂志公司 1938 年版。
③ 参见陈树萍:《北新书局与中国现代文学》,上海三联书店 2008 年版,第 30—36 页。
④ 鲁迅 1927 年 12 月 26 日致章廷谦,《鲁迅全集》第 11 卷,人民文学出版社 1981 年版,第 605 页。
⑤ 鲁迅 1933 年 1 月 2 日致李小峰,《鲁迅全集》第 12 卷,人民文学出版社 1981 年版,第 137 页。

者也是颇为优容,它的版税、稿费政策相对优厚:"当时所定的版税率一般按定价抽百分之二十,鲁迅先生等的著译则为百分之二十五,其时商务、中华一般是百分之十二,最高百分之十五。"①出版商与新文学作家之间是一种"亦要钱亦要管情面"的关系②,即在冰冷的现代商业规则里面添加一些温暖的人情因素。北新书局之所以能够成为"新文艺书店老大哥"③,一个很重要的原因就是对这一定位在总体上把握得较得当。而泰东图书局与创造社之间的结合则在"钱"和"情面"两方面都不能说是愉快了。

　　创造社结社最关键的事项便是寻找一家愿意出版他们的同人文学刊物的出版社,在几经碰壁之后,他们因一个偶然的机会遭逢亟欲转换经营方向的泰东图书局及其老板赵南公。赵南公是"马虎不过的人",泰东的工作人员、编辑人员"报酬是很菲薄的。一个月没有一次整数发薪的事,总是络络续续在柜上碰到有的时候随便拿三元五元",老板"既不讲定版权问题,又不规定每天的工作时间",所以他们"很自由地跑进跑出",管理相当松散。④ 在郭沫若编定诗集《女神》、翻译《茵梦湖》、改编《西厢记》并出版后,赵南公致送100元钱和一只价值四五十元的金镯子,大抵是报酬与馈赠的结合,总之名义很含糊,而这正是赵南公和创造社合作的方式。创造社同人因"当时只有这一家小书店还表示愿意跟我们合作"而忍受"赵南公的江湖式的办法"和"超额剥削"⑤,当赵南公为了追逐可靠的利润而优先出版教科书导致创造社同人刊物延期出版或停刊的时候,双方就无可挽回地决裂了⑥。泰东和创造社同人之间本来是一种直接明白的现代契约关系,但前者缺乏管理现代商业的理念、方法和后者耻于言利的文人习性使得这种关系走入江湖人情的牢笼,双方的权限因此模糊,这才导致老板赵

---

① 李小峰:《鲁迅先生与北新书局》,《出版史料》1987年第2期。北新稍后降低了版税:"抽版税办法:创作及翻译等,作者得定价百分之十至廿;标点及编集之书,作者得百分之十至十五之版税。卖版权办法:创作及翻译,每千字自一元至五元,由作者与本局商定之。"参见《北新书局新订书稿酬金章程》,《语丝》第140期,1927年7月16日。
② 鲁迅1927年12月26日致章廷谦,《鲁迅全集》第11卷,人民文学出版社1981年版,第605页。
③ 张静庐:《在出版界二十年》,上海杂志公司1938年版,第123页。
④ 张静庐:《在出版界二十年》,上海杂志公司1938年版,第95—96页。
⑤ 郑伯奇:《忆创造社》,绕鸿兢等编:《创造社资料》(下),福建人民出版社1985年版,第852—853页。
⑥ 具体过程参见刘纳:《创造社与泰东图书局》,广西教育出版社1999年版,第205—220页。

南公的上下其手,并引发了郭沫若等人对其之积怨的总爆发。从这个角度看,商务印书馆这样的大书局虽然"气焰万丈"①,条件较苛刻,但经营有方,无疑更适应现代商业社会,因而也能够和新文学维持一种长期稳定的关系。

  商务印书馆很早就介入文学出版,如 1903 年创立《绣像小说》半月刊、出版林译小说多种,不过应该强调的是,这只是商务经营多元化的一种策略而已。进入民国,这家老牌的民营出版机构一如既往地注重市场,总体的编辑方针差不多就是盼望"尽一点灌输新知识的责任"的青年学生指责《东方杂志》所说的"上下古今":"忽而工业,忽而政论,忽而农商,忽而灵学,真是五花八门,无奇不有。你说他旧吗?他又像新;你说他新吗?他又不配。"②由于忽视新文化思潮的发展,商务"各种杂志的销路逐年减少"③,1919 年"点算历年滞销的图书和杂志总码洋超过 100 万"④。商务高层意识到困局因而进行了大幅度改革,包括改组编译所、撤换多种杂志主编、注意出版新知识读物。在此背景下,茅盾 1920 年 11 月接任主编。他弃用编辑部积留的"礼拜六派"创作,于次年推出以新文学创作为主的第十二卷第一号,"改组的《小说月报》第一期印了五千册,马上销完,各处分馆纷纷来电要求下期多发,于是第二期印了七千,到第一卷末期,已印一万"⑤。尽管如此,商务也并未放弃通俗文学市场。王云五就任编译所所长后,另创《小说世界》(1923 年 1 月)⑥,刊物既有王统照的《夜读》等新文学创作,也有"包天笑、李涵秋(黑幕小说《广陵潮》的作者)、林琴南、卓呆、赵苕狂的'大作'",从经营角度看,倒的确把"封存的许多《礼拜六》派的来稿和林琴

---

  ① 鲁迅 1929 年 3 月 23 日致许寿裳,《鲁迅全集》第 11 卷,人民文学出版社 1981 年版,第 662 页。
  ② 罗家伦:《今日中国之杂志界》,《新潮》第 1 卷第 4 号,1919 年 4 月。
  ③ 一个佐证:茅盾在接任《小说月报》主编之前参与编务,注意到"这半年来,《小说月报》的销数步步下降,到第十号时,只印二千册"。参见茅盾:《革新〈小说月报〉的前后》,贾植芳等编:《文学研究会资料》,知识产权出版社 2010 年版,第 776—777 页。
  ④ 吴永贵:《民国出版史》,福建人民出版社 2011 年版,第 113 页。
  ⑤ 茅盾:《革新〈小说月报〉的前后》,贾植芳等编:《文学研究会资料》,知识产权出版社 2010 年版,第 783 页。
  ⑥ 周作人月底有批评文章《意表之中的事》,斥曰:"商人、文氓的终极目的都是赚钱。"参见张菊香、张铁荣编著:《周作人年谱》,天津人民出版社 2000 年版,第 224 页。

南的译稿都利用上了,为商务省下一笔钱"①。《小说月报》虽可视为文学研究会的代用刊物,但它首先是商务面向市场的一份文学杂志,"最忌的是得罪人,任何一个人;略带战斗性的文字便不能在刊物上发表了"②,所以郑振铎等人才在稍后依附《时事新报》创办同人性质的《文学旬刊》。至于"文学研究会丛书",在当时并不算成功,所以商务意兴阑珊③,仅仅维持一种可进可退的姿态而已。其实,商务与新文学之间也是一种相互利用的关系,前者意图利用后者增添声誉、开拓市场,后者则力争借重前者因利乘便地维持并扩大影响。但客观地说,双方因为权责界限相对清晰,故虽有摩擦,终没有到泰东与创造社同人那样彻底决裂的程度。当然,其时商务也正处在王云五主持的管理、经营的改革计划之中,文学研究会几个核心人物与商务之间的关系还不免有人情在内,这要到20世纪30年代诸如现代书局和其出版物《现代》的主编施蛰存之间明明白白的"雇佣关系"④,才算真正完成转型。

北洋时期的新文学出版一方面继承了晚清时期的同人出版方式,表现出鲜明的文化理想主义色彩,另一方面也开始正面面对文化市场的商品本性。版税从出版商不提"我也不提"的"情面"关系⑤发展到"熬得很久了,前天乃请了一位律师"⑥,要求"还我版税和此后书上要帖印花两条,其实是非'照'不可的"⑦,和北新迁移到上海以后,在"到处都是商人气"的氛围

---

① 茅盾:《复杂而紧张的生活、学习与斗争》,贾植芳等编:《文学研究会资料》,知识产权出版社2010年版,第793页。
② 徐调孚:《〈小说月报〉话旧》,贾植芳等编:《文学研究会资料》,知识产权出版社2010年版,第762页。
③ 对新诗等难以畅销的创作更是如此。刘大白曾就《旧梦》(商务印书馆1924年版)的遭遇抱怨:"从付印到出版,经过了二十个月之久;比人类住在胎中的月数,加了一倍。这在忙着'教育商务'的书馆中一定要等到赶印教科书之暇,才给你这些和'教育商务'无关的东西付印,差不多是天经地义,咱们当然不敢有异议。"参见刘大白:《〈邮吻〉付印自记》,萧斌如编:《刘大白研究资料》,天津人民出版社1982年版,第133页。
④ 施蛰存:《〈现代〉杂忆》,《沙上的脚迹》,辽宁教育出版社1995年版,第28页。
⑤ 鲁迅1927年12月26日致章廷谦,《鲁迅全集》第11卷,人民文学出版社1981年版,第605页。
⑥ 鲁迅1929年8月17日致章廷谦,《鲁迅全集》第11卷,人民文学出版社1981年版,第682页。
⑦ 鲁迅1929年10月16日致韦丛芜,《鲁迅全集》第11卷,人民文学出版社1981年版,第687页。

中"也大为商业化了"①,都是情势所致,不得不然;对后者而言更重要的是,从《语丝》时期"一个带点同人性质的新型出版社"②蜕变为《青年界》时期意识到"杂,本是杂志的特征"③的市场化民营出版机构,书局主持人已然完成转变,成为文人与商人结合而以后者为主导的新型出版商了。

新文学作家对出版的商品化转变可谓爱恨交加。沈从文在1935年以"过来人"的身份提及新文学遭逢日渐成熟的现代商业的利弊:"新文学同商业发生密切关系,可以说是一件幸事,也可以说极其不幸。如从小说看,二十年来作者特别多,成就也特别好,它的原因是文学彻底商品化后,作者能在'专业'情形下努力的结果。至于新诗,在文学商品化意义下实碰了头……因之新诗集成为'赔钱货',在出版业方面可算得最不受欢迎的书籍。"④作家们一方面对文学出版过度市场化的"偏至"倾向深怀不满,另一方面也不得不承认现代出版的诸多便利,毕竟"出版利用技术、资金和发行网络将语言符号的文学作品物化为一种纸质媒介形式,实现向社会的传播,成为一种社会存在物"⑤。

三、新文学书刊的流通

书刊出版之后进入流通渠道。在初期,新文学书刊的流通恰如其出版,依赖路径在于亲缘、地缘、学缘等前现代关系纽带。《新潮》的传播方式是一个典型:

> 《新潮》初刊时,代销处也只限于本校,北京的一些高等学校及书报摊。外埠由于:一则不登广告,只靠同道的几个杂志互相介绍,知道的人不多;再则,《新潮》同《新青年》一样,被一般守旧派视同洪水猛兽,一般书店就是知道也不敢代销;因此只有原来发行《新青年》的几家书店经销,如上海的群益书社、亚东图书馆等。当时《新潮》的主要推销员倒是青年学生,他们自己看过杂志之后,借给同学看,寄给朋友

---

① 鲁迅1929年8月20日致李霁野,《鲁迅全集》第11卷,人民文学出版社1981年版,第684页。
② 萧乾:《萧乾自述》,大象出版社2003年版,第77页。
③ 《编辑者言》,《青年界》创刊号,1931年3月10日。
④ 沈从文:《新诗的旧账》,《沈从文全集》第17卷,北岳文艺出版社2002年版,第97页。
⑤ 王本朝:《中国现代文学制度》,西南师范大学出版社2002年版,第88页。

看,送给兄弟姊妹看,如此一传十,十传百,由近及远,从北到南,作义务的宣传员、推销员,《新潮》的读者就这样越来越多,遍及到全国。①(着重号为引者所加)

从上引文特别是加上着重号的几句话中可知,"同道"的"青年学生"的义务宣传、推销是新文化、新文学书刊初期销行的主要方式。对新文学来说,这一书刊流通形式的不足在于范围太过局限②,读者基本是接受新式教育的青年学生,对大众并无多少影响。客观地说,新文化、新文学书刊从出版到流通差不多可以认为是新文化运动范围内的知识循环,但若从长远来看,这一知识内循环为新文学奠定了读者基础,因为"人数的多寡或许并不要紧,换一个角度看,读者的稳定、忠诚,其实是一个新的文学场域获得自足性的关键"③。

此后,"五四运动"的巨大影响迫使许多著名的出版商不得不做出反应,因此介入新文学生产,新文学流通格局也因之改变,但这有一个过程,到"民十二三年间,新书的销行,才渐渐抬起头来了"④。负责新潮社出版事务的李小峰也有类似的认知:"尤其在《呐喊》(新潮社 1923 年 8 月初版——引者注)出版以后,外地来批书的就渐渐多起来,因此而建立了往来关系。这时的行销情况同《新潮》初刊时,有了显著的不同,代销的已不再都是个人、学校、报刊、教育机关……而主要是正式的书店,因为新文学已风行全国,为社会所公认,代销已不用负担什么风险了。"⑤以现代商业流

---

① 李小峰:《新潮社的始末》,《五四运动回忆录》(续),中国社会科学出版社 1979 年版,第 209 页。

② 需要说明的是,传播方式、范围的局限并不等同于发行数量的有限。事实是,相较于其他新文化刊物,《新潮》在当时的发行量还是比较可观的。据罗家伦回忆,"这个杂志第 1 期出来以后,忽然大大的风行,初版只印 1000 份,不到十天要再版了,再版印了 3000 份,不到一个月又是三版了,三版又印了 3000 份。以后亚东书局拿去印成合订本又是 3000 份"。参见罗家伦:《北京大学与五四运动》,全国政协文史资料委员会办公室编:《五四运动亲历记》,中国文史出版社 1999 年版,第 60 页。

③ 姜涛:《"新诗集"与中国新诗的发生》,北京大学出版社 2005 年版,第 52 页。

④ 张静庐:《在出版界二十年》,上海杂志公司 1938 年版,第 122 页。

⑤ 李小峰:《新潮社的始末》,《五四运动回忆录》(续),中国社会科学出版社 1979 年版,第 239—240 页。

通模式逐渐取代个体信息传递方式,表明"著作人的精神的产品商品化了"①,于此新文学书刊正式进入现代市场体系。

新文学书刊既然逐渐成为一种商品,那么它的传播即在市场上的流通就得依照商品销售的一般流程,依赖于广告宣传、发行渠道和方式等现代市场构成要素。从一般的商品市场流通角度看,其中最重要的是发行渠道和方式。上海在晚清时期就已成为出版中心,进入民国,其中心地位得到进一步强化,《新青年》《新潮》等新文化、新文学期刊在北京编辑,却在上海的书店印刷、发行,即为明证。

民国时期的出版机构有一个特点,那就是"所有出版社几乎都承担了书籍从手稿到售卖的整个流通过程"②,集出版、印刷、发行三种职能于一体。例如,商务印书馆,它从印刷起步,业务逐渐拓展至出版、发行,终至于成长为囊括上述三种业务的图书报刊业巨头。商务总部在上海,随着业务的拓展,从1903年设汉口分馆起,陆续在东部各省会城市和重要的口岸开设十八家分馆,民国成立后增设十四处,包括香港地区和新加坡,此外随着形势的发展,武昌、大同等地也开设新馆。这些分支机构的职能,主要是加强与当地教育界的联系,推销教科书和大型图书;另一面是附设门市,直接面对读者,参与书刊零售业务。直销的优点是贴近读者,可以直观地感受到读书市场的变化,并由此推动编辑方针和发行策略做及时调整。

与商务的"分馆皆由总馆派人前往经营,事事听总馆指挥"的"集权政策"不同,对资金不够庞大的出版社如中华而言,最经济的发行渠道是"就各地士绅,与之协定,开设分局,性质定于合资"③,差不多就是代销。具体方法是:"外地书店在预先向出版者交纳部分保证金后,便有权挂起'某某书局某地特约经销处',甚至是'某某书局某地分店'的招牌,享受着某一特定区域内该社所有图书的营业独占;出版者在给予特约经销店上述特权的同时,也对其每年的本版图书销售额,有着数量上的硬性要求与规定。"④

---

① 胡怀琛:《上海著作人公会缘起》,张静庐辑注:《中国近现代出版史料·补编》,上海书店出版社2011年版,第268页。
② [法]戴仁:《上海商务印书馆1897—1949》,李桐实译,商务印书馆1996年版,第3页。
③ 蒋维乔:《创办初期之商务印书馆与中华书局》,张静庐辑注:《中国近现代出版史料·现代丁编》(下),上海书店出版社2011年版,第399页。
④ 《申报》1935年12月26日,转引自吴永贵:《民国出版史》,福建人民出版社2011年版,第333—334页。

就这种模式而言,出版商与代理商的权利和义务大致对等。有时候出版机构的分店也做代销业务,像光华书局北平分店在1928年七八月间设立后,"不仅出售光华本版书,也代售南方其他书店出版的各种新书刊,因此在开业之后,生意也很兴旺"①。代购代销业务其实赚取的是批发的差价,也包含本版书之外的部分流通费用。

对中小型出版社来说,情形可能要倒过来,一定基数的"账底"差不多是必然的。何谓账底?其实是赊销的业内通俗说法:

> 一家书店有一家书店的发行路线;等于说某一种书店自有某一种书店的发行路线。比如泰东,它是出版《新华春梦记》一类小说书的,它已经将推销《新华春梦记》一类书的发行网布定了,书店的营业是靠"放账"的,出版的书,委托各地贩卖书店代售,卖出还钞,很多的卖出了的也不还钞,于是乎有了"账底"。这"账底",也可以说是"千年不还,万年不赖"的长期欠账。一家书店要先有了一层"账底",然后逢节逢年,在"账底"以外的欠款项内,收到了三五成已经卖掉了的书款。(自然,大资本的书店有了自己直接的分店支店,这痛苦就可以免掉了。)②

赊销是民国时期绝大部分小书店的发行方式。

此外常见的销行方式有预售和邮购。北新初成立时,因资金有限,惯用预约销售:"分量较大的书总是先搞预约手续,一般的书则于出版后卖特价,尽量吸收现款作为印数费用。像《苦闷的象征》卖特价,初版一二个月就卖完,成本很快就收回;后出的《寄小读者》、《彷徨》等书,先搞预约,预约收入之款足够付印刷费。"③至于邮购,因为是先款后书,所以各书店均很重视,这以1925年成立的生活书店为代表。

本时期尚没有出现大型的专门书刊批发商,所以直销、代销、赊销及预售、邮购等种种发行方式是诸多出版机构书刊营销的常见手段,也是影响新文学流通的常规因素。就新文学书刊发行的实际情形看,"上海的新书

---

① 沈松泉:《关于光华书局的回忆》,宋原放主编:《中国出版史料·现代部分》(上),山东教育出版社2000年版,第349页。
② 张静庐:《在出版界二十年》,上海杂志公司1938年版,第92—93页。
③ 李小峰:《鲁迅先生与北新书局》,《出版史料》1987年第2期。

第一章　新文学读者诞生的历史条件

业真是贫弱得可怜,新书的产量固然很少,就是每一种的印量也是非常的少。可以销行的,一版印上二三千本,普通五百本一版一千本一版也很多"①,这就是张静庐、李小峰等人所说的新书业发展势头较好的1924年前后的情况。虽然新文化、新文学书刊的流通形势在全国范围内仍不容乐观②,但一个明显的发展趋势是,随着新式教育的扩展,新文学拥有了相对稳定且不断增加的读者,新文学书刊的销售市场逐日成长,并在1928—1936年臻于鼎盛③。

新文学书刊流通的一个非常规因素是政治局面和形势。张静庐提到,国民革命高潮时期,"有门市发行所的,买书的主顾确实增多了,就是向来对于新书不感兴味的工商界也要为明了三民主义或共产主义而读书了。就使过去不易销去的新书,这时候也连带的比较平时多销去几本了"④。在政治形势的刺激下,张秉文的太平洋印刷公司、黄长源的大中书局都凭借敏锐的嗅觉出版与革命相关的小册子大发其财,新书业也从中分得一杯羹。与张静庐同到南昌的沈松泉看到"南昌竟没有一家出售新书的书店,决定在南昌设立光华书局分店",然后"写信给上海,要卢芳迅速寄出一大批光华的本版书和其他书店出版的新书,并派一个得力的店员来管理业务。等到第一批书寄到,我们就开启张来。果然一开门店堂里就挤满了读者,我和静庐忙于接待顾客,第一批书一下子被抢购一空。接着第二批第三批书寄到,也都供不应求"⑤。当然,这里的"新书"并不专指新文学书刊,但以光华的主营方向而言,文学实是占了相当比例。

政治形势变动当然不能算是影响新文学传播的常规要素,但正如北洋政府在各种律令之外实权人物意志往往是决定书刊命运的制度性要素一样,社会局面因其对新文学书刊流布的决定性影响,也成为现代文学制度极重要的一个组成部分。纵观20世纪中国书刊的发行史,像鲁迅的作品在1949年之后长时期、大面积的传播这样的特殊事件就凸显了这一制度

---

① 张静庐:《在出版界二十年》,上海杂志公司1938年版,第127—128页。
② 张静庐1926年冬到南昌,发现"新文化运动虽有七年的历史了,这样重要的省会似乎都还没有被普及到。我们……在许多新式的旧式的许多书店里居然找不出一本'新'的书籍和杂志"。参见张静庐:《在出版界二十年》,上海杂志公司1938年版,第133页。
③ 参见邓集田:《中国现代文学出版平台》,上海文艺出版社2012年版,第292页。
④ 张静庐:《在出版界二十年》,上海杂志公司1938年版,第128页。
⑤ 沈松泉:《关于光华书局的回忆》,宋原放主编:《中国出版史料·现代部分》(上),山东教育出版社2000年版,第347—348页。

要素。需要强调的是,政治形势所带来的其实是社会科学类书刊的畅销,而在北洋时期,新文化和新文学实为一枚硬币的两面,新文化书刊的销行即使没有带来新文学书刊的流行,起码也在观念层面为其流布奠定了读者接受的舆论基础。

第三节　新文学副刊与新文学的社会基础

如果说新文学进入市场之后就是一种商品,那么在遵循一般商品的流通规律的同时,作为一种精神产品,它还有一个特殊的流通渠道,即报纸的文学副刊。新文学副刊对于新文学读者的培育功能的重要性,在于它使得新文学打破作者、读者几乎重叠的传播、接受的"小循环"(或"内循环")模式,形成了编辑与作者、编辑与读者、作者与读者、读者与读者的多元化交流的"大循环"(或"外循环")模式。

新文学副刊诞生于"五四"运动之后。"五四"之前,民国的"文坛方面,充满着南社的势力"①,同时也是"'礼拜六派'最活跃时代"②,即在文学革命发生以后,报纸副刊也差不多是鸳鸯蝴蝶派创作点缀以文人诗词唱和等各种零碎的文字游戏的格局,徐枕亚等人编辑的《民权报》副刊、严独鹤主编的《新闻报·快活林》、姚鹓雏主持的《申报·自由谈》是其时最著名的三种。然而,"以'雅文'状'俗事'"的底里是"其俗在骨"③,这些副刊顺应新思潮的模式化创作掩盖不了其艺术趣味的平庸。"五四"运动使得社会舆论和文坛风气陡然一转,形成了新文学因新思想而获得普遍认可,新思想则借新文学得以广泛流布的传播格局。沈从文就曾于20世纪40年代中期追摹"五四"之后一段时期内副刊的繁荣状况及其文化意义:

> 在中国报业史上,副刊原有它的光荣时代,即从五四到北伐。北京的"晨副"和"京副",上海的"觉悟"和"学灯",当时用一个综合性方式和读者对面,实支配了全国知识分子兴味和信仰。国际第一流学者

---

① 秋翁:《三十年前之期刊》,宋原放主编:《中国出版史料·现代部分》(上),山东教育出版社2000年版,第403页。
② 张静庐:《在出版界二十年》,上海杂志公司1938年版,第34页。
③ 陈平原:《二十世纪中国小说史》(第一卷),北京大学出版社1989年版,第140、133页。

第一章 新文学读者诞生的历史条件

罗素、杜威、太戈儿、爱因斯坦的学术讲演或思想介绍，国内第一流学者梁启超、陈独秀、胡适之、丁文江等等重要论著或争辩，是由副刊来刊载和读者对面的。南北知名作家如鲁迅、冰心、徐志摩、叶绍钧、沈雁冰、闻一多、朱自清、俞平伯、玄庐、大白……等人的创作，因从副刊登载，转载，而引起读者普遍的注意，并刺激了后来者。新作家的抬头露面，自由竞争，更必需由副刊找机会。刊物既在国内作广泛分布，因之书呆子所表现的社会理想和文学观，虽似乎并不曾摇动过当时用武力与武器统制的军阀社会，却教育了一代年青人，相信社会重造是可能的……更显而易见的作用，也许还是将文学运动，建设在一个社会广大基础上……它直接奠定了新文学运动的磐石永固，间接还助成了北伐成功。①（着重号为引者所加）

不难看到，"在新文化运动中，杂志虽然打了头阵，抢了头功，但是如果没有报纸支持，收效还是有限。因为报纸天天出版，读者多，只要登高一呼，声势自然很大"，而报纸中"立大功的，不是掌报社大旗的言论栏，而是被认为报屁股，敬陪报纸末座的'副刊'"②。当知识青年为"五四"运动唤醒而谋求一种快捷的声气相应的交流管道之时，报纸也注意到了学生运动所引发的这一社会动态而有所反应③，二者里应外合，遂使得文艺副刊的地位日渐重要，正如沈从文所述，"社会理想和文学观"即新思想和新文学的结合之于新文学传播至关重要。可以说，新文学副刊的出现乃是"五四"运动推动新文学的影响从文坛、教育界等知识圈了扩展至社会的一个必然结果，而新文学副刊在兴起之后，其现代媒介属性，又对新文学传播起到了至关重要的作用。

如果说新文学从知识界走向社会大众的一个重要渠道是报纸及其文学副刊，那么必须追问的是，吸引大众的是否就是新文学本身。作为身历其事者，胡适1922年所作之《五十年来中国之文学》将新文学、新思想分开叙述，态度值得玩味：

---

① 沈从文：《编者言》，《沈从文全集》第16卷，北岳文艺出版社2002年版，第447—448页。
② 曾虚白：《中国新闻史》，台湾政治大学新闻研究所1969年版，第317页。
③ 参见[美]周策纵：《五四运动：现代中国的思想革命》，周子平等译，江苏人民出版社1999年版，第185页。

> 民国八年的学生运动与新文学运动虽是两件事,但学生运动的影响能使白话的传播遍于全国,这是一大关系;况且"五四"运动以后,国内明白的人渐渐觉悟"思想革新"的重要,所以他们对于新潮流,或采取欢迎的态度,或采取研究的态度,或采取容忍的态度,渐渐的把从前那种仇视的态度减小了,文学革命的运动因此得自由发展,这也是一大关系,因此,民国八年以后,白话文的传播真有"一日千里"之势。①

彼时存在的若干种"态度",表明国人基本停留在观望层面,而胡适谨慎的措辞显然在提醒后人,同样受"五四"运动推动,新思想和新文学在社会传播方面毕竟不宜混同。

客观地说,新文学和新思想在当时是有主次之分的:"文学革命不过是我们的工具,思想革命乃是我们的目的。"②个中道理或如傅斯年所论,"以思想的力量改造社会,再以社会的力量改造政治"是一种"根本改革"之法,故"真正的中华民国必须建立在新思想的上面";而"新思想必须放在新文学的里面",因为"文学的功效不可思议:动人心速,入人心深,住人心久;一经被他感化,登时现于行事","若是彼此离开,思想不免丢掉他的灵验,麻木起来了。所以未来的中华民国的成长,很靠着文学革命的培养",又在文学和政治之间建立起关联。③ 总而言之,"你主张'改造思想'而轻视文学,是大不然的。思想不是凭空可以改造的,文学就是改造他的利器"④。最容易受文学感染的知识青年对新文学尚有如是认知,更不要说国内一般知识阶层了。此时知识阶层的情态,或如十来年后傅斯年对包括他本人在内的新知识人的一个整体描述:"我们的思想新,信仰新;我们在思想方面完全是西洋化了;但在安身立命之处,我们仍旧是传统的中国人。"⑤具体到这里说,"五四"前后一般知识阶层当然没有这样透彻,但思想趋新而个人趣味则较保守是肯定的,他们是在接纳新思想的同时,不再对作为载体的新文学如鲠在喉罢了。然而,即此已经足够支撑报纸文学副刊的运营,《时事新报》《民国日报》《晨报》的副刊均在此前后改版且日益偏重文艺创作及

---

① 胡适:《五十年来中国之文学》,《胡适全集》第2卷,安徽教育出版社2003年版,第339页。
② "通信"(罗家伦复张继),《新潮》第2卷第2号,1919年12月。
③ 傅斯年:《白话文学与心理的改革》,《新潮》第1卷第5号,1919年5月1日。
④ "通信"(傅斯年复顾诚吾),《新潮》第1卷第4号,1919年4月1日。
⑤ 胡适1929年4月27日日记,《胡适全集》第31卷,安徽教育出版社2003年版,第371页。

第一章 新文学读者诞生的历史条件

相关讨论实在不为无因。

因此,新文学副刊之于新文学流通的第一重意义,在于它基于报纸的传媒属性采取"综合性"的编辑方式,围绕时人关切的多种问题设置栏目,而其实注重投合国人的趋新心理,实际是偏重新思想,于无形中扩张了新文学的影响。新文学发生以来,除了像《文学旬刊》《莽原》周刊这种约等于期刊的文学"附刊",作为真正报纸附张的文学副刊大都栏目设置繁复多变,注意满足不同读者的多方面需求,出于因缘际会,才形成以新思想与新文学并重的局面,新文学乃以此推开社会之门。这里以《时事新报·学灯》为例略作阐发。

"学灯"创刊于1918年3月4日,系《时事新报》此前的副刊"教育界"改版而来,起初沿袭了该报注重教育的特点,设有"学校指南""青年俱乐部"和"教育小言"三个栏目①,不过基本限于学校教育范围。至该年年底,新增"科学丛谈""佛门丛载""新文艺""杂俎""西国掌故""译述"六个栏目,涵盖科学、宗教、文艺几种门类并点缀以花边性质的零碎文字,就从学校教育拓展到广义的社会教育,开始从专门性质的副刊转向面向读者市场的"杂俎"式副刊。副刊1919年年初由不满半版扩充至两版,栏目变动颇多,仍以"杂"为特征。俞颂华同年4月接编,大体承袭,而最明显的调整是增设"思潮"栏以"披露学术社会革新之意见"②,并发起若干讨论,如4月28日起连续五天刊登"社会主义"征文启事的消息,后来陆续选载应征文章;此外则呼应时势,于"五四"高潮时取消"佛门丛载"栏,又增"提倡""评论"两栏,前者发表"主张",后者发表"评议"③。类似的举措导向副刊对学术思想的讨论,所以中经郭虞裳的过渡,到宗白华主编时期,便大力倡导"有思想有组织的经验学术和不背实际的哲学理论"了④。宗白华素来注重"学理",因为"郭沫若用诗歌写出了他心灵的哲学"⑤,所以对其推崇备至,

---

① 具体栏目如下:"(一)小言 述记者之感想;(二)讲坛 载名人之著述;(三)学校指南 详各校之内容;(四)青年俱乐部 登各界之投稿;(五)科学丛谈 揭科学之常识;(六)译述 载移译之名著;(七)佛门丛载 搜佛教之遗著;(八)学校消息 记各校之近事;(九)新文艺 载新体之诗文。"参见"本报特设学灯一栏预告",《时事新报》1918年2月4日。

② "本栏启事 体裁、主义",《时事新报·学灯》1919年4月23日。

③ "启事",《时事新报·学灯》1919年5月23日。

④ "学灯栏宣言",《时事新报·学灯》1920年1月1日。

⑤ 张黎敏:《〈时事新报·学灯〉:文化传播与文学生长》,华东师范大学2009届博士研究生论文,第87页。

大量刊发郭沫若的诗歌创作,在新文学界造成重大影响——以至于后来有人讽刺说,"无论什么报章杂志,至少也得印上两首新诗,表示这是新文化"①。此后,"学灯"主编或有更替,但新诗创作和相关讨论得以赓续,不仅培育了一批诗人,而且带动了翻译和创作,茅盾、耿济之翻译的俄国文学作品和郁达夫早期的小说创作均不在少数。

早期报纸副刊驳杂而偏重思想学术的倾向②,由时势造就:"大战终了以后,无论在世界上或在中国,人们心理中都存着一种怀疑,以为从前生活的途径大抵是瞎碰来的,此后须得另寻新知识,作我们生活的指导。这时候日报上讨论学问的文章便增加了。"③可以想见的是,专门的学术讨论对普通读者太过繁难,所以他们自然转向"动人心速"的新文学创作,因此文学就逐渐顶替学术成为副刊的主角了。《时事新报·学灯》的上述变化,正是风气转移的一种具体表现,而作为"五四"前后"三个最重要的白话文的机关"④之一,它不仅聚集了一批文学青年,更重要的是通过学术思想的探讨将新文学的影响扩展到其他知识精英,特别是"出身江南或有江南背景"的学院精英⑤。置诸当时,这一局面也可令新文化人颇感欣慰了。

第二,民国时期的报纸不仅注重新闻,而且特重评论,一般每期或定期刊发主笔或特邀嘉宾的重头社论,如果说以社论为代表的报纸评论代表了"社会中枢(即各专家)"这样的知识精英的意见,那么副刊的言论栏目则代表了报纸"容纳舆论"⑥,即尽量接纳社会反馈意见的倾向,报纸的正张和附刊之间在言论方面存在一种良性互动。就其与新文学相关性而言,作为

---

① 张季鸾:《新诗坛上一颗炸弹》,《京报·文学周刊》第2号,1923年6月16日。
② 《民国日报·觉悟》因政治立场使得这种编辑风格更加凸显:"一九一九年的'觉悟'不分栏,内容以论文为主,其中译文占很大比重。一九二〇年后篇幅扩大一倍多,开始分栏,常设各栏为:评论、讲演、选录、译述、诗歌、小说、通讯、随感录等,此外还有参考资料、劳动问题、社会调查、平民血泪、旅东随感录等栏。一九二四年二月改版以后,论文比重增加,而原来占很多篇幅的文艺作品、通讯和随感录则大为缩减。"参见中共中央马克思、恩格斯、列宁、斯大林著作编译局研究室:《觉悟——上海民国日报副刊》,《五四时期期刊介绍》第1集,北京三联书店1978年版,第183—185页。
③ 孙伏园:《理想中的日报附张》,《京报副刊》第1号,1924年12月5日;转引自张静庐辑注:《中国近现代出版史料·现代甲编》,上海书店出版社2011年版,第219—220页。
④ 胡适:《五十年来中国之文学》,《胡适全集》第2卷,安徽教育出版社2003年版,第339页。
⑤ 吴静:《新文化运动在江南的传承:〈学灯〉社会关系网分析》,《〈学灯〉与五四新文化运动》,中国书籍出版社2013年版,第184页。
⑥ 张东荪:《新闻纸与舆论》,《时事新报》1921年2月23日。

第一章 新文学读者诞生的历史条件

日报的附张,文艺副刊之于作者来说是"发表便捷";之于读者来说,则因其设有名目不同的言论栏,是"反响及时"①。作者与读者之间的交流方便频繁,他们是以副刊为平台、以编辑为中介而实现了社会范围内的思想与情感的对流。其中,各种形式的文学论争的结果为新文学的广泛传播奠定了认知条件。

这里以《京报副刊》征求"青年爱读书十部"为例予以说明。之所以选择这一段史事作为例证,道理在于:其一,此乃孙伏园担任《京报副刊》主编一个月后的举措,本意在于吸引读者对京报副刊的关注,而从"青年爱读书十部"参与者的地域分布来看,也的确证明此举有较广泛的社会参与和舆论反响;其二,选目囊括古今中外,将新文学创作置于这一背景中考察,更能说明社会对新文学的接纳程度;其三,"爱读书"书目是知识青年所举,同时又有海内外名流学者所列之"必读书",二者恰好构成知识精英的意见和知识青年之间舆论的冲突和交融。因此,这一不是文学论争的论争公案于是成为阐明副刊之于新文学社会传播价值的极佳个案。

"青年爱读书十部"的书票登在报上不及一月,共发出选票二十余万,收到的票数只有308张(其中两张废票)。就"青年爱读书特刊"②刊出的306份应征书目来看,根据孙伏园的相关统计,从年龄结构上说,18—24岁共195票,占总数的三分之二弱(这还是舍弃了未详年龄的45票,否则比例应更高);从地域分布上看,除未详地域的52票,江苏最多,37票,直隶、山东应征者所列书目相近,分别为28张、25张,四川、浙江应征者所列书目之间分歧较大,分别是22张、17张,而安徽、河南又比较相近,分别是15张、13张,其他如山西、陕西、湖北、广东、云南这五个超过十票的省份,个体之间差异又比较大;从所选书目来看,《红楼梦》(183票)、《水浒》(100票)、《西厢》(75票)得票居于前三,《呐喊》居第四位(69票),其他的新文学创作,《超人》(37票)、《自己的园地》(29票)、《沉沦》(21票)、《女神》(15票)、《茑萝集》(10票),六部新文学创作共占获10票以上的书刊的十分之一弱。

逐份阅读应征书目所得的直观感受,与新文学相关的有这样一个最基

---

① 郭武群:《绪论》,《打开历史的尘封——民国报纸文艺副刊研究》,百花文艺出版社2007年版。

② 参见王世家编《青年必读书——一九二五年〈京报副刊〉"二大征求"资料汇编》,河南大学出版社2006年版。本节相关数据未有特别说明者,均取自该书。

本的印象,那就是以文学副刊为中介,新文学传播呈逐渐扩张的态势。北京、江苏、浙江的读者较多涉及最新的新文学创作和相关期刊,如在新文学作家中,鲁迅、冰心最为多见,其中冰心的《超人》《繁星》《春水》以及散文受到普遍欢迎,其次则是周作人、郁达夫、郭沫若。就新文学发表机构而言,《小说月报》最多,紧随其次的是晨报、京报的副刊和《创造》季刊、《创造周报》。相较而言,湖北、四川、贵州、云南的读者多所列举的有《儒林外史》、《老残游记》、林译小说、《新青年》等,从沿海到内地存在明显的滞差。客观地说,这一结论并不令人惊奇,只是《京报副刊》的这一社会调查性质的广告行为,以真实的记录无可辩驳地证明了此点。

显然,新文学创作在当时很难与传统文学经典比肩,就是亲近新文学的青年人,往往也对具体创作不满。例如,第 98 条刊出广东香山二十一岁读者许超远的意见,他说"新诗与新文学书虽然我很爱,但是没有一本完全满意。我愿将来能在现在流行的新文学书中选一本选本";特别是第 284 条广东二十岁的读者李放,说得更为直接:"白话诗好者也愿读,但满纸肉麻'她''心弦''的''呀'……之诗我就不愿读了。我知道,并且敢武断这些不是诗,这类的诗说不定要绝种的,因为我——青年人——渐渐厌恶它们呢。"类似的表述虽不多见,但可见当时知识青年对幼稚的新文学初期创作的态度。不过需要强调的是,他们虽不满意,但前提是承认新文学,而且盼望新文学能有优秀之作。这正是新文学能够渐次扩展影响的重要前提条件。

另外,若干名流所列之"必读书"书目,大抵偏重学术,与知识青年倾向文学形成明显对比,且在他们之中引起较多不满。社会名流的"必读书"在"爱读书"的知识青年中引起的反响,可由署名"涤寰""平平"的两封读者来信当中窥得一斑:前者认为"中国青年学生是急切需要怎样指导他们到'实际活动'的路上去这样思想——书",颇为激动;后者以为"选书的先生们,很少注意及""增进常识,鼓舞青年之读物",难掩失望之情(《青年必读书的疑问》,《京报副刊》1925 年 2 月 26 日)。这里可以明显看出青年学生在进入社会之前的某种焦虑,所以他们欢迎的是那种可以指导人生路径的新思想——这在他们眼中,其实就等同于新文学。

应该承认,对文学圈内人来说理所当然的若干观念,社会大众的接受显然有一个认知方面的循序渐进过程,这一进程不仅取决于文学论争的次数、频率乃至激烈程度,而且在相当程度上有赖于读者参与的广度和深度。

《京报副刊》"青年爱读书十部"的相关讨论,不仅有效吸引了社会关注,同时带动若干知识青年参与到新文学的有关活动之中,为新文学的后续发展及传播撒播了种籽。

第三,新文学副刊在促成杂文、游记等散文文体渐趋完善之外,更借文学评论向与文学较少发生关联的普通读者推介新文学创作,有力地拓展了新文学的影响。在20世纪20年代中前期,在《小说月报》之外,大型文艺期刊极少,故副刊成为作家首选,然而受到报纸价值倾向、整体风格以及版面、出版时间等因素的限制,副刊能够刊发的创作大都较简短,主要是"除了批评以外,还有如不成形的小说,伸长了的短诗,不能演的短剧,描写风景人情的游记,和饶有文艺趣味的散文"①,像"《凤凰涅槃》把《学灯》的篇幅整整占了两天",连作者都承认"要算是辟出了一个新记录"②。因此,虽然鲁迅本人有许多创作发表在副刊之上,事隔多年他仍然认为《晨报副刊》以及后来的《京报副刊》"都不是怎么注重文艺创作的刊物",在"小说一方面,只绍介了有限的作家",而"自从支持着《新青年》和《新潮》的人们,风流云散以来,一九二〇至二二这三年间",北京"倒显着寂寞荒凉的古战场的情景"③,也确是实情。所以,新文学副刊的主要价值,还是在促进新文学传播方面。其中,沟通作者与读者、介于界内与界外的文学评论意义尤为重要。

这方面最典型的个案当属周作人发表在《晨报副镌》上的文学评论。最广为人知的,是《沉沦》出版后"引起了许多议论"④,周作人有感于时人"凭了道德的名来批判文艺",所以在1922年3月底撰文指出它"虽然有猥亵的分子而并无不道德的性质",且"郑重的声明,《沉沦》是一件艺术的作品"⑤。周作人为新文学创作辩护以正视听,视之者、听之者当然主要就是反对者。同样是有关文学与道德之关系的另外一个例子,是汪静之的《蕙的风》。周作人曾应"湖畔诗人"之请作有《介绍小诗集〈湖畔〉》的广告,在

---

① 孙伏园:《理想中的日报附张》,《京报副刊》第1号,1924年12月5日按:这里所谓批评不仅指文学、艺术的批评,也包括对于社会、学术、思想、书刊等的评介。
② 郭沫若:《我的作诗的经过》,《郭沫若论创作》,上海文艺出版社1983年版,第204页。
③ 鲁迅:《〈中国新文学大系〉小说二集序》,《鲁迅全集》第6卷,人民文学出版社1981年版,第245页。
④ 郁达夫:《五六年来创作生活的回顾》,《郁达夫文集》第7卷,花城出版社、香港三联书店1983年版,第179页。
⑤ 周作人:《沉沦》,《自己的园地》,止庵校订,河北教育出版社2003年版。

《蕙的风》出版后不久,针对东南大学学生胡梦华将之贴上"不道德"的文学的标签一事,连续作《情诗》《什么是不道德的文学》《猥亵论》《文艺与道德》等文章,不仅及时予以辩驳,而且从学理上阐明了什么是文学的道德与不道德。更令人叫绝的是,他抄录蔼理斯的文章来论证自己的观点,居然在不动声色中点出假道学才是真正的不道德的意思①,有理有力,不仅是对守旧者的当头棒喝,对读者来说也如醍醐灌顶。平心而论,影响文学社会传播的一个相当重要的因素就是名人公开发表的所谓个人见解②:因为有名,所以关注的人多;因为见解透辟,所以接受的人多。

此外,文学副刊往往需要一些零碎文字填充天地头和正文之间的缝隙,这些消息、广告性质的补白文字可能在潜移默化中影响到普通读者,比如《晨报副刊》上的"爱美的消息"一栏不定期地释放国内关于话剧创作、演出的信息,与发表创作(或翻译剧本)的"剧本"和发表观感的"剧评或剧谈"两栏相呼应,形成了对读者(观众)的富有吸引力的召唤,自然会造成受众的期待心理,事实上也必然有助于新文学的传播。

第四,新文学副刊推出合订本也是新文学扩大社会影响的一种重要方式。副刊本以揭载短小精悍的文章为长,但事实上即使"问题极其狭小,也不能只用数百字乃至千数字便说得圆满",除了"稍微耐点性子,一天天的往下看去"③之外,最有效的改进手段非合订本莫属。合订本的优势在于既克服了文艺副刊随日报逐日(或定期)发行不易保存的缺陷,同时又满足了新文学爱好者渴望完整品读长篇和收录重要创作及相关文献的心理;此外,合订本在二次传播以外,因类似书刊而便于邮购,对不方便订阅日报的读者来说颇为便利,所以在一定程度上突破了新文学传播的地域限制④。

四大副刊均有合订本,"觉悟"1922年2月即已推出,其他三家陆续跟进。孙伏园主编《晨报副镌》时很注意合订本的营销。1922年6月15日《晨报副镌》有"本刊特别启事"一则:"(一)一二三月份的副刊合订本均已售完。对于购阅诸君,除将邮票寄还以外,特此通告。(二)二三月份,不

---

① 周作人:《猥亵论》,《自己的园地》,止庵校订,河北教育出版社2003年版。
② 鲁迅《阿Q正传》的接受是一个恰当的例子。参见[美]周杉:《鲁迅读者群的形成:1918—1923》,由元译,《鲁迅研究月刊》2013年第3期。
③ 孙伏园:《编辑闲话三则》,《晨报副镌》1922年11月11日。
④ 《晨报副镌》1922年2月3日的中缝广告有这样的说明:"外埠代派,不折不扣,零售时准其酌加邮费。"寄售方式的出现是邮购的延伸,也反映出内地市场逐渐得以开拓。

知有肯割爱者否,托本社代为征求者甚多,如愿出让,请交送报人带回,至发行部领取原价。(三)四五月份尚有数本余存,购者请从速。"启事是否属实并无关系,关键在于紧扣读者心理的推销广告十分成功。一年之后,《晨报副镌》当年7月的合订本声称"每月销数,竟达一万份之多",语或浮夸,但以其暂停"一切无条件的交换广告"且收取商业广告费用的举措来看,也可以认定与事实相去不会太远。孙伏园转去《京报副刊》后,由于副刊是随报纸免费奉送,故在发行方面尤为重视合订本,将之视作书刊予以经营。到1925年10月,《京报副刊》在北京有北新书局等13家代售处,外埠则除东部城市之外,更深入重庆、成都、昆明,代售处达45家之多。当然,副刊合订本代销处的增多、销量的增加,都反映了新文学日益为社会大众所广泛接受,行文至此有必要强调,副刊合订本是在新文学已经拥有一定数量的固定读者的条件下出现的,它"改变了副刊日刊原有的报纸属性而变更为杂志、书籍属性"①,表明新文学社会传播的主渠道从读报到看杂志的转变,预示了20世纪30年代大型文学期刊的出现和新文学读者群的成熟。

　　总体而论,稍早时期的新文学生产(发表、出版)和流通(书刊、文学副刊)的基本情形是,文化市场尚处于发育阶段,专门的文学生产、流通欠发达,由于社会、政治形势变动,"五四"以后一段时间和"北伐"前后形成两个高峰,新文学是在非常规因素的推动下得到较广泛的传播。就新文学传播的常规力量而言,综合性的文学副刊发挥了至关重要的作用。它不仅在发表新老作家创作、培养新进作者、培育新文学文体等与文学相关的方面意义显著,更因其现代传媒属性,将新文学触角延伸至社会,在文学圈之外的读者群中缓缓发生影响,从而不断拓展新文学受众的边界,为其奠定愈来愈广博的社会基础。

---

① 陈捷:《民国文艺副刊合订本的出现及其文化意义——以〈京报副刊〉为例》,《杭州师范大学学报(社会科学版)》2010年第1期。

第二章　新文学读者群结构变迁概观

　　新文学的政治哲学属性及其内含的对读者的召唤性，印刷资本主义造就的新文化和新文学书刊出版及流通模式，新文学副刊对增进新文学传播的特殊作用，这些要素是新文学在社会当中逐渐扩大影响的重要条件。当然，所有这些条件能够发挥作用，都以人的需求为前提，所以归根结底说来，新文学读者群自在校学生和知识青年中间有了一定规模以后，其边界能够不断拓展，人群能够逐渐壮大，主要还是因为国人适应社会转型的需要。

　　中国社会的现代转型，不管蓝本是日本、西欧还是后来的苏俄，不论方式为改良或革命，其有别于中国历史上的改朝换代显而易见。虽然民国政府成立以后，"换汤不换药"的说法普遍流行，但从法理角度看，民国当然不能等同于任何一个传统王朝，因而人们有认识现实之变的愿望。更重要的是，一系列席卷全社会的重大事件，如护法运动、五四运动、五卅运动、国民革命等，也推动乃至催逼人们去理解这些已经影响到日常生活的诸种变化。在这种情况下，新文学因其与新思想合二为一的特点，就自然溢出文坛，与普通人发生联系。

　　前文已有论述表明，新文学在几种因素的作用下，逐渐从知识界内部的"小循环"传播模式转为社会范围内的"大循环"传播模式，故其读者群初具规模，与此同时，新文学读者群也就开始了从几乎全为知识青年（含在校学生）的单一结构向较复杂的多元结构的转化过程。不过，这只是新文学读者在新文学一个发展阶段的情形。为了完整呈现新文学读者群的整体结构变迁过程，一方面需向前追溯，因为新文学在初期是以新思想为内核，而晚清的翻译文学与新思想几乎可以同等看待，所以有必要将论述上溯至晚清；另一方面，也应将论述向后顺延至20世纪30年代初中期，那是新文学读者群基本完成定型的时期。因此，本章勾勒新文学读者群的结构变迁,论述范围大体是从晚清到20世纪30年代中期的约三十年时间。

新文学读者群的外延在这三十年间当然呈逐渐拓展之势。从晚清到"五四",虽然翻译小说异军突起并深刻影响了人们的阅读体验,但知识阶层普遍重视的仍是"新学说",这与其时市民阶层嗜好通俗作品且对翻译小说的文学性表现出较多关注大异其趣;20世纪20年代中后期,接受新式教育的知识青年陆续进入社会,新文学的阅读蔚然成风,不过又由于知识青年自身处境的原因,他们的阅读表现出强烈的泛政治化倾向;而从"五卅"开始到20世纪30年代前后,社会大众读者的数量在社会形势的影响下有明显增长,虽然在声势和绝对数量方面都难与知识青年读者比肩,但他们已然成为新文学读者群结构中的一个有机组成部分。与此同时,新文学传播、接受就进入相对常规化的状态,在市场筛选基础上自由生长的文学审美趣味就成为与思想文化并列的影响阅读格局的一种常规因素。

需要注意的是,由于中国发展的不均衡性,从沿海到内陆几乎在各个方面都存在发展滞差,文学阅读自不例外,虽然某些材料可以在一定程度上表明内陆社会的情形,但这里所描述的可能在很多情况下还是对新文学阅读相对普遍一些的中国东部地区较有针对性。这是需要辨明的。

第一节 清末民初的文学读者

夏曾佑曾说:"中国人之思想嗜好,本为二派:一则学士大夫,一则妇女与粗人。故中国之小说亦分二派:一以应学士大夫之用,一以应妇女与粗人之用。体裁各异,而原理则同。今值学界展宽(注:西学流入),士夫正日不暇给之时,不必再以小说耗其目力,惟妇女与粗人无书可读,欲求输入文化,除小说更无他途。"[①]夏氏这番话道出了晚清民初文学阅读的雅俗之别:"雅"代表大传统,指的是接受文坛主流创作且认同其文学观的上层知识阶层读者;"俗"则代表了小传统,指的是较多接触民间流传的通俗文学并乐在其中的大众,特别是其中的市民知识阶层读者。可以想见,雅俗二元阅读格局是相当不对称的,这一文学阅读现象从历史上来看其实是常例,清末民初并不例外。

---

① 别士:《小说原理》,《绣像小说》第3号,1903年。

一、文人的阅读趣味

清末民初文学阅读的基本情形是:文坛主流创作并不受读者市场追捧,仍以小圈子的方式传播,且日趋萎缩,经过初步、有限的现代化洗礼之后,中国的"印刷资本主义"同样"照顾"大众的文化需求,通俗文学日趋蓬勃;只有传统典籍因不同阶层的读者均多,仍获出版机构青睐,但也远远无法与通俗文学比肩。故晚清文学阅读格局较此前各时期的最大变化,在于雅文学进一步收缩,俗文学则以超常速度发展,双方之间的比例或如出版市场所表明的那样,呈进一步扩大的趋势。"大传统与小传统之间的差异在中国虽然不是完全不存在,但显然没有西方那么严重"①,雅、俗两类读者还是在共同分享传统的诸多思想意识,甚至他们之间的界限也未必壁垒分明。如俞樾修订《三侠五义》为《七侠五义》之类案例,就表明知识精英和社会大众在阅读趣味方面存在一定形式的对流,但有一个前提,那就是传统典籍居间起到了勾连作用。晚清的特殊性在于,翻译文学渐趋强势,对这一文学阅读格局构成了重大冲击。

中国在历史上自然也受到过外来文化的影响,但从未遭到真正的挑战,例如,佛教对中国本土文化只是构成了有限度的冲击,其最终结果是被中国传统文化所吸纳,并与后者的某些特定组成部分合流。晚清则不同,西方对中国的影响发挥了全方位的持续作用,国人因此产生"立国于世界"的危机意识。梁启超 1902 年在《新民说》中提出:"凡一国能立于世界,必有其国民独具之特质。"②"立国""立民"二者本来互为条件,甚至前者取决于后者,稍后则发展为必于二者中择一而处的决绝对立,尤其是立国的紧迫性完全压倒立民,折射出"中国对'世界'而言也更多是'化外'的"之舆情③。因此,向代表"世界"的西方学习就成为当务之急,翻译文学横空出世。1899 年,林译《巴黎茶花女遗事》出版后大受欢迎,此后翻译小说大

---

① 余英时:《从价值系统看中国文化的现代意义》,《中国思想传统的现代诠释》,江苏人民出版社 2003 年版,第 5 页。
② 梁启超:《新民说》,《饮冰室合集·专集之四》,中华书局 1989 年版,第 6 页。
③ 罗志田:《近代读书人的思想世界与治学取向》,北京大学出版社 2009 年版,第 48—49 页。需要指出的是,鲁迅对其时"国民"和"世界人"之间的二选一舆论并不认同,认为以"白心"为方式、途径进而"起人之内曜"方为根本,这是他后来主张"立人"的出发点。参见鲁迅:《破恶声论》,《鲁迅全集》第 8 卷,人民文学出版社 1981 年版,第 26—27 页。

兴,以至于达到"著作者十不得一二,翻译者十常居八九"①的盛况。据徐念慈统计,1907年,一年之间,商务印书馆、小说林社、新世界小说社、广智书局、作新社等15家出版机构共发行创作小说121部,翻译小说占比约六分之五,而《扫迷帚》《卖解记》《徐锡麟》等20余部之中,翻译兼改写的情形也比较普遍。② 这是根据公开的数据得出的文学出版的基本情形:翻译全面压倒创作。由此统计可以看到,晚清书面文学读者的雅俗二分局面在翻译文学(小说)兴起的背景下迁道趋向统一:一个人的阅读兴趣或雅或俗,而且在很多情况下可能还是不兼容的,但无疑都是阅读(起码是接触)一些翻译之作的——正如他或主动或被动,或有意或无意总要触及传统典籍。这一状况说明翻译作品已经开始部分取代传统典籍,成为维系社会各知识阶层之间思想意识统一的中介,如果从较长时段来看,则是价值来源。

晚清时期整个知识界几乎都是翻译文学的读者,那么,他们对翻译小说最感兴趣的内容是什么?这当然不能一概而论,但或如前引夏佑之论所表明的那样,他们最关注的乃是以"西学"为代表的近现代"世界"文明理念。徐念慈曾对当时的"购小说者"即读者之构成有所估计,以为"其百分之九十,出于旧学界而输入新学说者;其百分之九,出于普通人物;其真受学校教育,而有思想,有才力,欢迎新小说者,未知满百分之一否也",而林纾之为"今世小说界之泰斗",则在于"遣词缀句,胎息史、汉,其笔墨古朴顽艳,足占文学界一席而无愧色"。③ 这一论断可谓精准。士大夫关注学理,大众可能立意没有这么高,从其时最为普通读者所传颂的两个小说人物——茶花女马克和大侦探福尔摩斯——窥得其中一斑,可以说中国读者最感兴趣的是故事,而这属于文学范畴。

创作的阅读情形较之翻译可能有相当的不同。

在翻译小说最风行的1906至1908年间,创作小说的呼声渐高,许多人以为"不可不自撰小说,不可不择事实之能适合于社会之情状者为之,不可不择体裁之能适宜于国民之脑性者为之"④。虽然此等呼吁"潜伏着重

---

① 觉我:《余之小说观》,《小说林》第9期,1908年。
② 东海觉我:《丁未年小说界发行书目调查表》,张静庐辑注:《中国近代出版史料二编》,上海书店出版社2011年版,第265—275页。
③ 觉我:《余之小说观》,《小说林》第9期,1908年。
④ 天僇生:《中国历代小说史论》,《月月小说》第1年第11号,1907年11月。

新走向自我封闭的危险"①,但也的确道出了翻译小说盛极而衰的实情。"小说界革命"提出之后,小说的重要性在士人那里逐渐得到认同,陆续创刊的各种小说刊物虽然无不标明"著译各半",但创作小说始终难敌翻译小说。此时,创作小说在贴合"中国国情"的呼吁下方始有抬头之势。当然,这里的节点其实是在1905年。科举制度废除后,大批文人被迫加入卖文为生的群体,使得这一年之后的文学出版有显著的增长,"如在1902—1909年间创刊的53种文学期刊中,前四年(1902—1905)仅创刊14种,后四年(1906—1909)则创刊39种,后者占74%;同时期出版的约750种小说书籍中,前四年仅出178种,后四年则出版了572种"②。被迫转入文学写作借以谋生的士子数量众多,而通外语者可谓少之又少,考虑到这一点,就可以明白此时创作呼声增高的实际缘由。

从阅读的角度看,读者之所以对创作发生兴趣,在相当大的程度上还是因为他们对中国社会的认知与创作者较接近,即希望通过阅读创作小说来了解现实。当时有人公开引导如何阅读新小说,有结论云:"要而言之,旧小说,文学的也;新小说,以文学的而兼科学的。旧小说,常理的也;新小说,以常理的而兼哲理的……读新小说,须具万法眼藏,社会的作社会观,国家的作国家观,心理的作心理观,世界的作世界观。"③如此拆分之后,文学简直成了百科辞典,还有所谓新小说吗?连梦青为《官场现形记》作序,将之认作"论世者所谓若辈之实据",并有如是陈词:

> 仆尝出入卑鄙龌龊之场,往来奔竞夤缘之地,耳之所触,目之所炫,五花八门,光怪万状,觉世间变幻之态,无有过于中国官场者。而口讷讷不能道,笔蕾蕾若钝椎,胸际秽恶,腕底牢骚,尝苦一部《廿四史》不知从何处说起。今日读南亭之《官场现形记》,不觉喜曰:是不啻吾意中所出。吾一生欢乐愉快事,无有过于此时者。盖吾辈嫉恶之性,有同然者也。④

---

① 陈平原:《二十世纪中国小说史》(第1卷),北京大学出版社1989年版,第39页。
② 邓集田:《中国现代文学出版平台(1902—1949)》,上海文艺出版社2012年版,第35页。
③ 无名氏:《读新小说法》,《新世界小说社报》第6、7期,1906年;转引自徐中玉主编:《中国近代文学大系·文学理论集2》,上海书店1995年版,第283页。
④ 连梦青:《官场现形记序》,徐中玉主编:《中国近代文学大系·文学理论集2》,上海书店1995年版,第269页。

非常典型地说明了读者的阅读心态,而这也正是谴责小说成为一时风气的社会现实基础。

阿英曾以作者的倾向性将当时的小说作者分为"极其顽固的守旧党""主张种族革命的新人""立宪党"及"只从事反迷信、反缠足、反吸食鸦片"的知识分子,对一切幻灭的作者,作品中科玄成色各异的作者,"只会讲嫖经说爱情的人"等类,认为"形形色色,充分的表现了一种过渡期的现象。但几乎是全部的作家,除掉那极少数顽固的而外,是有着共通的地方,即是认为除掉兴办男女学校,创实业,反一切迷信习俗,和反官僚,反帝国主义,实无其他根本救国之道"①,与之相对应,读者大概也可以做如是分类。从这一点来看,晚清文学创作的读者就总体而言毋宁是社会问题的关注者。

长期以来的一个说法,是近现代以来市民阶层的兴起造成了通俗读物的流行。这就整体背景来说当然不错,但更实际的情形可能还是在于"四民之首"的"士"在社会中失位而沦落底层,横议之"处士"才是一般新出版物的最大读者(新式学堂学生追逐新学理则是另一回事)。从他们的阅读心态来看,这些最主要的读者与众多的知识精英一样,也将文学当作一种工具,不论是翻译还是创作,关注的是它们所承载的内容,差别在于,翻译作品多取其指向未来的理念,创作作品则多取其反映现实的问题。至于它们的文学性,或如夏曾佑所言,"不必再以小说耗其目力",许多人轻轻放过了,故夹杂传统评点的小说刊发形式在晚清颇为普遍实在不为无因。

二、胡适与旧派文人的白话文学交往

文学革命之前的民国文坛,南社和"礼拜六派"二者大致构成雅与俗的分野,读者也相应地分作两类:知识阶层与民众。"文学革命"以后的一段时期内,这一阅读格局并无多大改观:从严肃文学层面看,白话文学不过极为有限地构成了对南社等旧文学流派的冲击;至于通俗文学层面,不仅北洋时期,应该说整个民国时期都不乏大量读者,而通俗文学流行恰是文学接受格局的一个最基本现象。故"五四"运动之前新文学接受的基本状况,是一种可以料想到的格局:"'创作'不仅不如'翻译',更比不上'标点的旧小说',这暗示了'新文学'在新文化阅读中尴尬处境"②。就社会全体而

---

① 阿英:《晚清小说史》,东方出版社1996年版,第7页。
② 姜涛:《"新诗集"与中国新诗的发生》,北京大学出版社2005年版,第51页。

论,这一格局在北洋政府统治时期可谓文学阅读的常态,而旧派文人在其中扮演了重要角色。

这里所谓旧派文人,指的是"早年受过系统、良好的国学训练","但为变法图强之故,已经十分重视西学的价值"的由晚清进入民国的一批持"中体西用"观念的各行各业的知识人①。旧派文人的上层是梁启超、章太炎、王国维等名师宿儒,下层则主要是在教育、新闻、出版、报刊等领域活动且差不多成为各行各业中流砥柱的一批文人,且也包括操持其他职业而因教养也对文学保有兴趣的各色人等。他们一般对中国传统文化、文学有较深的感情,所以文学观念较保守,而在新文学兴起过程之中,或公开地与新文学有过争论,或私下里表达过对新文学的不满。不过,旧派文人数量庞杂,且相关议论纷纭零碎,欲全面梳理他们与新文学之关系为不可能之事,故此处以胡适与他们的白话文学交往为例,一窥旧派文人作为新文学读者的基本特点。

胡适因提倡文学革命而"爆得大名",之后出于学术的、职业的、社会身份等方面的缘故与旧派人士过从频密,而他和旧派各式文人的文学交往有一个有趣的现象,那就是经常刻意地采取白话写诗作文。需要强调的是,胡适强调"有意的主张",以此为白话文学和"死文学"争"文学正宗"的方法②,在关于白话文学的各种"答辩"之外,较多"主动出击"。北美留学期间,他以咄咄逼人的气势与同学诸君展开讨论,归国后,他以所谓科学的专业素养折服北大学生的同时,也以斩截的口吻陈述个人关于文学的主张,但面对较为年长的旧派文人,则策略有所更改,以"天下没有白费的努力"之信念而从不放弃"卖膏药"的机会,争取"同情的理解"。

胡适曾有戏答沈玄庐的诗《醉与爱》(1920年1月27日),但最早的应景之作大概首推1920年8月24日游玄武湖之时,应王伯秋之请所作的《湖上》一诗,当然,较多的应酬之作多收《尝试后集》。《尝试后集》收胡适1922年以后三十余年间的一百多首诗作,有很多唱和、赠答、送别、祝寿、题画(扇)之作,而这些应酬诗作不乏旧体格调,许多迹近打油,文学价值并不高;但胡适居然肯半真半假做此游戏,其实可以照见其处处留心的精细。

---

① 许纪霖:《20世纪中国六代知识分子》,《中国知识分子十论》,复旦大学出版社2004年版,第82页。
② 胡适:《建设的文学革命论》,《胡适全集》第1卷,安徽教育出版社2003年版,第59页。

他的酬酢对象较少单纯的文坛人物,主要包括章士钊、董康、王克敏、钮永建、马君武、高梦旦、陈光甫、林行规、汪惕予、张丹斧、刘海粟、陈明庵、唐瑛、胡健中、丁文江、陈垣、陈寅恪、杨联升等,涉及政治、经济、艺术、学术等各界人士,显示胡适交游之广,若细细辨析,约有如下几种情况:其一,并不认同新文学而能理性对待者。在胡适几个留学时期的朋友之外,首推章士钊。章在胡适眼中"是一个时代的落伍者,但他的气度很好,不失为一个gentleman[绅士]"①,所以《题章士钊、胡适合照》一诗意图建立"统一战线":"同是曾开风气人,愿长相亲不相鄙。"在旧文坛和学术界活动的人士差不多都是这一立场。其二,对新文学并不心服而能态度折中者。胡适1923年4月下旬离京南下考察、休养,在沪杭等地与诸多旧派文人有所往还,包括汪精卫。胡适在汪精卫离杭之后的1923年9月29日作有《烟霞洞杂诗》,两天后将诗作寄汪。汪约在一个星期以后回信,与胡适就白话新诗进行商榷。汪精卫在信中提出的"一个见解",是旧体诗、新体诗"谁也替不了谁",且特别称赞"那首看山雾诗"②,"觉得极妙",但又搬出自己从前所做之旧诗《晓烟》作比,似在不动声色回敬胡适。不难看出,汪精卫回信语气虽至为委婉,"到底是我没有读新体诗的习惯呢?还是新体诗不是诗,另是一种好玩的东西呢!抑或是两样都有呢!这些疑问,还是梗在我的心头"③,也还有揶揄胡适的意思在内。此外,像与胡适本人有多重情谊但本人几乎对新文学无甚兴趣的马君武、陈光甫以及其他政经界人士,差不多也可归入这一类。其三,对新文学并不了解但不厌亲近者。应该承认,这一类人之所以接近新文学,不得不归功于胡适的"爆得大名",愈到后来愈是这样,而胡适对此用力之勤也是常人难以想象的,不仅书赠名媛(《写在赠唐瑛女士的扇子上》),有时连小孩子过生日都能写上几句(《孙骅十岁生日》)。这一类人多是第二类人的亲朋友好,于宴饮酬酢之间附庸风雅亦是意料中事。以今度之,这些行为既是胡适对自己白话文学创始者形象的用

---

① 胡适1923年10月8日日记,《胡适全集》第30卷,安徽教育出版社2003年版,第65页。
② 胡适当日日记所载《烟霞洞杂诗》(之一)为并不出色的旧体诗:"我来正值黄梅雨,日日楼头看山雾;才看遮尽玉皇山,回头已失楼前树!"《尝试后集》中的同首诗则改为白话:"我来正碰着黄梅雨,/天天在楼上看山雾;/刚才看白云遮没了玉皇山,/我回头已不见了楼前的一排大树!"虽未见当行,倒也本色。胡适寄给汪精卫的"看山雾诗",当是后者。
③ 参见胡适1923年10月7日日记,《胡适全集》第30卷,安徽教育出版社2003年版,第63—64页。

心维护,另一方面,也是一种有意识的乃至故意冒犯性质的试探和检验,用以观察白话文学在"全国学究"①那里能产生什么样的实际影响。

那么,胡适这些文学交游的效力如何? 其实,旧派倒也很难忽略这种"有意的主张",影响所及,那位"和亮畴(按:即王宠惠)向来都是反对白话文"的政治人物罗文干居然"发愤作了一篇白话文,约六千字"②,但更真实的情形,是新旧两派多数仍然各行其是。可以想见的是,旧派文人之"顽固"主要还是因为积习难改:文学革命发生时是于理不解,后来白话文学成为文坛主流则是于势难争,所以索性"固步自封"。比如柳亚子,他曾在1917年前后致杨杏佛的信中对胡适的文学主张表示不满③,二十五年后,则"认定新诗一定要代替旧诗",但自己"还是做我的旧诗,这完全是结习太深不易割舍的缘故"④。故不管怎么说,胡适都通过个人交往增强了新文学在旧派人物那里的影响,而且事实上也产生了较显著的效应⑤。

此处尚需一提的是,比较新旧两派的文学读者观,有一个极有意思的现象。胡适曾从文学史的角度称道《甲寅》月刊时期的章士钊文章"更有精彩",但对于其"读者仍旧只限于极少数的人"并不满意,而将文学革命的一个重大贡献——界定为打破"做古诗文的'我们'"与"用白话的'他们'"两者之间区别的历史性突破⑥。然而,文学革命实际上也"是一场精英气十足的上层革命,故其效应也正在精英分子和想上升到精英的人中间",而在"与一般人生出交涉"方面则成效颇为有限。同时,胡适"关于历代活文学即新的文学形式总是先由老百姓变,然后由士人来加以改造确认即是保留裁判角色"的立场,也使其面临一个旧派文人不会遭遇的困境,即"既要面向大众,又不想追随大众,更要指导大众"的矛盾。⑦ 胡适后来虽不断阐释

---

① 陈独秀:《文学革命论》,《新青年》第2卷第5号,1917年1月1日。
② 胡适1924年1月7日日记,《胡适全集》第30卷,安徽教育出版社2003年版,第150页。
③ 胡适:《留学日记》,《胡适全集》第2卷,安徽教育出版社2003年版,第579页。
④ 柳亚子:《新诗和旧诗——柳无忌〈抛砖集〉代序》,《怀旧集》,耕耘书店1947年版(上海书店1981年影印),第14—15页。
⑤ 胡适是一贯的。他晚年居台,在旁观者眼里还是"提倡白话不放弃任何机会",让人佩服的是,收效极好,因为"事情一沾上胡适,大家就不好意思使用文言"。参见王鼎钧:《文学江湖》,尔雅出版有限公司2009年版,第212、211页。
⑥ 胡适:《五十年来中国之文学》,《胡适全集》第2卷,安徽教育出版社2003年版,第306、308、329页。
⑦ 罗志田:《再造文明的尝试:胡适传(1891—1929)》,中华书局2006年版,第127、126页。

自己与新文学之间的关系,但他与新文学渐行渐远也是明显的事实,据此可以产生一个很有意味的判断,那就是说明新文学走上了自由发展的阶段。这从侧面表明新文学读者日众,摆脱了倡导者"有意的主张"而可以自造"风会"。《文史通义》云:"风会所趋,庸人亦能勉赴;风会所去,英雄有所不能振也。"新文学在时代知识青年趋向变革的风气中急速发展,又在社会恢复常态后回归,成为文坛格局中最重要的力量,虽关键在于知识青年读者,但主要还是取决于普通读者:道理很简单,青年读者购买力有限①,只有当大众认可新文学而愿意购阅时,新文学才算站稳脚跟。

第二节　作为新文学读者群的新潮社

《新潮》发刊词有云:"北京大学之生命已历二十一年,而学生之自动刊物,不幸迟至今日然后出版。"作为"学生之自动刊物"的《新潮》,由少数"新青年"发起,理所当然地也成为聚合趋新的知识青年(主要是当时北京大学的在校学生)的机构。重要的延伸事实在于,在新潮社中,这批青年之间交相切磋,逐渐养成独立思考、判断的习惯,多人在日后成长为文化和学术界的骨干分子。不过,像那个时代多数的同人社团那样,所谓新潮社在形式上也是极松散的。发刊词云:"本志主张,以为群众不宜消灭个性;故同人意旨,尽不必一致;但挟同一之希望,遵差近之径途,小节出入,所不能免者。"区别于当时的其他文人社团,也是这个新式团体最主要的特色,是其居于学院之中,因此在很大程度上就免于遭受社会上不良风气的污染,可以较从容地讨论"学理"。胡适论及"有益"的学生组织时也指出:"学生时代的组织所以可贵,正在于两点:(1)学生自己参加,自己收(受?)组织的训练;(2)没有轨外的作用,不过是学生生活的一种必需的团体生活。"②事

---

① 知识青年和一般民众所阅之书刊,主要来源于公共图书馆,其次则前者在朋友间传阅较多,而后者极少,若论购买,则民众超过知识青年。不过,因为只有书籍做分类统计而报纸、杂志两种没有,所以很难定量分析。参见蒋成堃:《成人阅读兴趣与习惯之调查及研究》,《教育与民众》第5卷第10期,1934年6月;转引自李文海主编《民国时期社会调查丛编二编·文教事业卷》第4卷,福建教育出版社2014年版,第337、347、360页。

② 胡适:《关于〈爱国运动与求学〉的回复》,《现代评论》第2卷第42期,1925年9月26日。按:文章发表时附于刘治熙来信后面,无标题。

实也正如傅斯年所说的那样,"因为我们'入世未深',所以还有几分没有与社会同化,而且不知世路艰险,所以还敢放大胆子,以第三者的眼光,说几句'局外话'"。① 傅斯年所谓"局外话",换个角度,从新文化运动的实践层面来看,正是一群青年人在一个相对独立的环境中,以新的话语系统言说的"内行话"。重要的是,他们所说的"行话"在很多情况下与文学干系甚大,而考究他们的言论及创作,则可以看出当时的知识青年所欣赏的文学到底应该具备什么品质。

傅斯年说,"据我们看,《新青年》的社员,与文学相近的最多,所以这一题目下的事业,前途最有希望"②,大有夫子自道的况味,他在旁观者眼中亦复如是。在《新潮》第1卷第4期的"通信"栏,刊出了顾诚吾(顾颉刚)的一封来信。顾在信中批评了傅斯年、罗家伦两人言论之间表现出的文学化倾向,并对《新潮》多登戏剧表示不满。傅斯年的答书固然是其个人意见,但在一定程度上自然也体现了新潮社同人较为一致的看法。他写道:"你主张'改造思想'而轻视文学,是大不然的。思想不是凭空可以改造的,文学就是改造他的利器。……剧本一物是近代文学界各体制中最贵最精最有效力的一种,其价值远在小说之上。"③与傅斯年相仿佛,后来还有与此极相似的一个例子,也表明新潮社的主干将文学视为"器"即手段,用以达到改造思想的目的。罗家伦在回复张继的信里也认为,"文学革命不过是我们的工具,思想革命乃是我们的目的"的基本观点。④ 由此可见,新潮社的骨干之于文学感兴趣,当然有别于所谓文学青年发抒个人愤懑的热情,而是将其视为改造思想、社会的手段,有极端言论甚至声称"文学殆为传达思想之符号,除所载之思想外,最为无用之物"⑤。

这种对待文学的极端理性化、工具化的态度,基本忽视了文学的独立价值,在很大程度上完全可以说明当时最优秀的一群知识青年对于文学所持的一般立场。即以上述言论来看,新潮社关于文学的性质与功能的定位,激烈程度就远甚于其师长,比较起来,周作人自不用说,连胡适基于实用主义也不会下如此判断。《新潮发刊旨趣书》表示,"本志以批评的精神,

---

① 《"评坛"引语》,《新潮》第1卷第1号,1919年1月1日。
② 记者:《〈新青年〉杂志》,《新潮》第1卷第2号,1919年2月1日。
③ "通信"(傅斯年复顾诚吾),《新潮》第1卷第4号,1919年4月1日。
④ "通信"(罗家伦复张继),《新潮》第2卷第2号,1919年12月。
⑤ 陈达材:《文学之性质》,《新潮》第1卷第4号,1919年4月1日。

不取乎'庸德之行,庸言之谨'",杂志刊发的所有主张、见解皆直陈其事,尤其是傅斯年,立论绝少转弯抹角、拖泥带水。青年人的激越使得傅、罗等人的言论稍稍变形,文学观也颇为夸张,不过就总体论,新潮社的文学观理所当然地不出"人的文学"的范围。

在文学的性质与意义上,傅斯年、罗家伦立场基本一致,说辞也直截了当。罗家伦认为:"小说第一个责任,就是要改良社会,而且写出'人类的天性'Human Nature 来!"① 傅斯年也强调"文学的职业,只是普遍的'移人情',文学的根本只是'人化'"。② 在《什么是文学——文学界说》一文中,罗家伦对新潮社同人所秉持的文学观有一个集中的中西对比论证。他的结论是:"总之,西洋文学是切于人生的,中国文学是见人生而远避的;西洋文学是唤起人类同情的,中国文学是为个人私自说法的;西洋文学是求真相的,中国文学是说假话的;西洋文学是平民的天然的,中国文学是贵族的矫揉的;西洋文学是要发展个性的,中国文学是要同古人一个鼻子眼出气的。"③ 这一段话的主要意思,不过是重复周作人《人的文学》《平民的文学》等文章的主张,观点不甚新鲜,虽然在言辞背后,态度不可谓不斩截,神色不可谓不自信。

其实,像罗家伦那样,新潮社同人所说的文学的"人化",基本是主张文学与真实的人生、现实相关,并没有特别的深意。他们所说的"人类的天性"与周作人提出的"个性"相比,远为清浅,也没有后来"革命文学"论争时梁实秋所谓"人性"的复杂。比如,英国诗人布莱克(Blake)有这样两句诗:

> Great things are done when men and mountains meet,
> Nothing is done by jostling in the street.

大意是,人与自然接触、融合则产生伟大的思想,而街市中摩肩接踵之人则否。傅斯年自陈是"崇拜物质的人,对于'超物质'一种话,非常怀疑"④,但因为积极主张"全盘西化",对"引入学理"不免极力鼓吹,所以对"西人"、神秘主义诗人布莱克不下攻击之语;不过,在他看来,"中国美术与文学,最惯

---

① 志希:《今日中国之小说界》,《新潮》第 1 卷第 1 号,1919 年 1 月 1 日。
② 傅斯年:《怎样做白话文?》,《新潮》第 1 卷第 2 号,1919 年 2 月 1 日。
③ 罗家伦:《什么是文学——文学界说》,《新潮》第 1 卷第 2 号,1919 年 2 月 1 日。
④ "通信"(傅斯年复余裴山),《新潮》第 1 卷第 3 号,1919 年 3 月 1 日。

脱离人事,而寄情于自然界",因此这种田园诗完全要不得,"如在中国惟有反其所说;以谓人与山遇,不足成文章;佳好文章,终须得自街市中生活中也"①。在顾颉刚对此做了批评以后,傅斯年仍然坚持:"(A) 人与山遇的文章容易好,人与人遇的文章不容易好;(B) 补救现在中国的文学,须得人与山离人与人遇。"②傅斯年这里的意见自然是他个人观点的非常固执的表现,与布莱克本人无甚关系,他举出这个例子,只是在说布莱克的文学还是好的,不过中国暂时不需要而已。所以,新潮社有关文学"人化"的论调,通通不过强调具体的现实生活理应成为文学所由出的本源而已。

如果要做进一步申说,可以认为所谓文学的"人化"与周作人主张文学背后必然具有"大人类主义"一样,在具体而平实的生活气息之外,并带有普泛而广漠的人性色彩。然而,"新潮"社诸人主张文学的"人类"性时,与他们的师长稍有差异。胡适、周作人这两位新文学早期的理论家,一方面念念不忘整个的人类,而在另一方面,又一直不断地强调,首先应该重视个人主义或者个性。"新潮"社同人有一个特点,他们在面对社会问题的时候,多有注重个人主义的倾向,但在文学问题上,却更多人道主义的论调,并不特别推崇个人主义。这一特点在傅斯年的《怎样做白话文?》与罗家伦的《什么是文学——文学界说》这两篇对文学的集中论述中,表现得尤为鲜明——当然,作为这种立场的具体展示,可见《新潮》前后刊载的若干小说。

汪静熙是新潮社中较早从事小说创作的人。《一个勤学的学生》讽刺了把求学纯粹作为晋身之阶,满脑子升官发财美梦的一个大学生;《一课》漫画式地描摹了只求考试过关而胡乱应付学业的一群人。无论是"个"的勤学,还是"群"的巅顶,同属于没有正当学习目标的糊涂学生,同是汪敬熙摹写的大学生的"身边小说"。除了这有限的几篇"现实题材"的作品,《新潮》总共刊发的约 25 篇小说,几乎无一不是知识青年对社会中的"非人"事实的控诉,从而肯定的,是符合周作人所谓"人的道德"的"人"的生活。俞平伯的《花匠》表达了与龚自珍的《病梅馆记》相同的追求自然发展的观点,似流于简单的比附,其他较可读的如《雪夜》(汪敬熙)、《渔家》(杨振声)、《磨面的老王》(杨振声)等篇,能够专注于叙述,比较完整地描述了人生的某个片段。然而,这些小说仍然显得比较虚浮,虽然不能说是观念的形象

---

① 孟真:《中国文艺界之病根》,《新潮》第 1 卷第 2 号,1919 年 2 月 1 日。
② "通信"(傅斯年复顾诚吾),《新潮》第 1 卷第 4 号,1919 年 4 月 1 日。

化表达,但借主人公之口"画龙点睛",则是一个共有的特征。胡适此前说过"'短篇小说'是有结构局势的;是用全副精神气力贯注到一段最精彩的事实上的"①。于是,《雪夜》的结尾是母女二人奔向倒毙在街头的少年,《渔家》中的渔夫一家在一天以内就遭遇了土匪、官兵的双重洗劫。新潮社的作者虽然对社会的关切之心迫切有加,但"入世未深"的知识青年毕竟阅历有限,所以体贴社会的同情之心也就难以深入。

缺乏真的个人主义前提,单纯标举人道主义会有怎样的结果？这里可以用一个例子略作说明。《新潮》第1卷第5号有篇题为《洋债》的小说,作者郭弼藩以第一人称叙述了探望一个穷困潦倒的亲戚,借此谴责洋债与洋人。郭意图表达的主题很简单,在叙述上却有一个花样:小说将叙述者的"我"与作为一个人物的"我"一分为二,前者看到后者"和他(指病人——引者注)断断续续的说话",叙述者到后来才点明"那个和他说话的人便是我",于是读者才恍然大悟。如果将病人作为感情投射之对象的话,那么这里有三重的人道主义同情,即人物的我、叙述者的我以及作者的我分层级的人道感慨;如果算上读者,那就产生了第四重的人道主义审视。值得注意的是,如果局限于这篇小说的本文之内,叙述者的我对人物的我之行为的欣赏之情,其洋洋自得溢于言表;而如果将文本与做成文本的作者相联系,这个细节就更值得品味。周作人在《人的文学》里说,人道主义"并非世间所谓'悲天悯人'或'博施济众'的慈善主义",而《洋债》恰恰表现为一种"慈善主义",还带着人物之"我"施舍了人道同情的孤芳自赏,以及作者显得廉价的"悲天悯人"。这在《新潮》中是个例,当然没有代表意义,不过它也说明了一个问题:主张人道主义而不以个人主义为前提,很容易滑到"人的道德"的水平线以下,流于浮泛甚至让人不无反感。

实事求是地说,新潮社在个人主义这一问题上,议论大概均属泛泛之列,极少学理上的谨严或体验上的深切。傅斯年主张"人生的观念应当是:——为公众的福利自由发展个人(我现在做文,常觉着中国语宣达意思,有时不很亲切。在这里也觉这样,我把对待的英文,写出来罢。'The freedevelopment of the individuals for the Common Welfare')"②。这不过是周作人"小的方面有个我,大的方面有个人"的另一种说法,虽然很难

---

① 胡适:《论短篇小说》,《新青年》第4卷第5号,1918年5月15日。
② 傅斯年:《人生问题发端》,《新潮》第1卷第1号,1919年1月1日。

说纯属耳食之见,但对一个大学生来说,体会自不够深沉。但对人道主义这一问题,以傅斯年的锐气,他论述问题较新潮社其他诸人还是相对完满的。他曾自问自答说,"请问'善'是从何而来?我来答道:'善'是从'个性'发出来的,没有'个性'就没有了'善'。我们固然不能说,从'个性'发出来的都是'善',但是离开'个性','善''恶'都不可说了";"更进一层,必然'个性'发展,'善'才能随着发展。要是根本不许'个性'发展,'善'也成了僵死的,不情的了。僵死的,不情的,永远不会是'善'。搜易摧残个性,直不啻把这'善'一件东西根本推翻"①。这段话的中心意思,就是在强调真的个人主义是人道主义的本源,它理应成为其他价值观的政治性前提,从而成为一个健全社会得以顺畅运作的基础。

就社团本身而论,新潮社成员基本是居于学院之中的青年,来自校园外的压力在相当程度上已由其师长承担。新潮社中人和外界自然有若干沟通渠道,也不免受到一些影响,但总体上则难以直接体会在具体社会环境中"担干系,负责任"的重要作用和意义,因此在个人主义的阐释方面较其师长略微逊色。但在另一个方面,他们对人道主义的理解毕竟超越了传统士大夫体贴民生疾苦因而忧国忧民的格调,逐渐萌发出现代知识人对待社会问题的理性,且同时造就了知识人的道义责任。

如上述,新潮社在思考社会时,较文学而言更能切中肯綮,这仍然要推灵魂人物傅斯年为代表。傅斯年认为,"一般社会里,总有若干公共遵守的信条",这是一个健康的社会良好运转的观念基础,"但是信条与信条不同:总要分个是非,——辨别他的性质,考察他的效果,——不是一味盲从的",而归根结底,"社会上的信条,总当出于人情之自然","所以信条的是非,总当以合于人情,或不合人情为断",对当时的中国来讲,"我们必须建设合理性的新信条,同时破除不适时的旧信条"。②傅斯年所说的"社会上的信条",正是政治哲学所讲的作为观念形态的权威,它是一切社会所同有的,核心在于寻求一种稳定的秩序。江绍原说:"我不相信世界上可以有什么无家庭无政府无宗教的境界,所谓无家庭,不过是较高尚的男女结合,所谓无政府,不过是较合理的秩序维持,所谓无宗教,也不过是较清净的精神信仰,卑鄙的男女结合,终要让位给较高尚的结合,不合理的秩序维持,终要

---

① 孟真:《万恶之源》,《新潮》第1卷第1号,1919年1月1日。
② 孟真:《社会的信条》,《新潮》第1卷第2号,1919年2月1日。

让位给较合理的,驳的死的混沌的精神信仰,终要让位给较纯的,较活的,较清净的。——这是自然的趋势,没人能抵抗的了。"①新文化运动中若干"思想的派别"的作用,其实都可以借用江绍原此处的说法予以类推,傅斯年也不过其中一例。

傅斯年所谓"社会上的信条,总当出于人情之自然",正与周作人所谓"人的文学,当以人的道德为本",以及胡适所谓"人情以内,人力以内",具有同样的命意。新文化运动中的"人的道德"或者说"人情","社会信条"或者说"善",未必就是意识形态形式的,它完全可以采取另一种方式作用于人,这就是"舆论的气候"。"舆论的气候"是处于一定历史时期的人,以一种多数人可以理解、可以接受的言说方式,在一些基本事实上形成较一致的默契;它以常识理性为基础,与意识形态可以是合作的,也可以是对抗的。新文化运动的"舆论的气候"正是"人的道德",即对于"合于人情"的一致首肯,首先形成于运动的倡导者与最初的接受者(主体是受新式教育的知识青年)这样的小圈子之中,然后渐次扩展开去,影响慢慢及于一般社会。

应该说明,"人的道德"只是新文化运动一种较一致的态度,它的主要运作方式,是以"舆论的气候"规范、指导一代"新青年",俾其逐步扩展至于整个社会。这并不特别令人奇怪,因为一种异质、全新的价值观念的引入,总须经历"观念先行"的阶段。这种新的"社会上的信条"虽然需要实际行为予以阐释与支撑,但并非必须要具有实践价值,这对主要处于校园之中的新潮社来讲,尤其如此。这样,新潮社的另一些成员以及若干普通读者,由于自身所处环境的缘故,为这一社团增添了不可多得的经验。这一批人或者同样居于学校当中,或者从事新式的初等教育,因为"处江湖之远",对一般社会较为了解,遂成为新思潮上通下达的枢纽。

在《新潮》的杂志规划上,傅斯年曾这样对"同社同学读者诸君"说道:"一言以蔽之,言辞务必真挚,思想可断断不要存些顾忌,对于青年人务必感化,对于学问思想界的不适时的权威,可断断不得不送他入墓。"②新潮社作为"新青年"上通下达的枢纽,除傅斯年等北大学生"上通"新文化、新文学运动的倡导者外,《新潮》很自然地会在"感化"青年人的同时,也吸取

---

① 江绍原:《耶稣以前的基督》,《新潮》第2卷第2号,1920年2月。
② "通信"(傅斯年复顾诚吾),《新潮》第1卷第3号,1919年3月1日。

校园以外有意于"上通"至他们的一批人的实际经验。并不意外的是,这一批人自然可以同时与新文化运动的领袖直接接触、交流,但年龄、阅历等方面的区隔,也使得他们与"新潮"社校园内的成员有更多的亲和感以及共同语言,这是大致可以确定的。

《新潮》在论说之外,前两期仅设"评坛",从第3期起增设"通信"栏,一方面是社员交换意见的场所,另一方面更显示了力图引进社会上知识青年的意图,而到后来,新潮社"由杂志社扩充为学会"①,更是在制度上认可并对这一发展趋势持乐于其成的积极态度的表现。这正与在民间的知识青年寻求出路的愿望合流,形成嘤嘤其鸣、寻其友声的局面。傅斯年在回击张东荪的批评时说,"老实说起来,革新的社员,思想的更张,……不是某甲发明的,不是某乙发明的,也不是某丙发明的,——都是时候先生发明的"②,正是这"时候先生"招来了《新潮》诸位作者的同调。

新潮社当初成立时"社员仅二十一人",都是北京大学的学生,"有例外也极少数,不过一二人"③。这"一二人",即叶圣陶与他在苏州小学校的同事王锺麒(伯祥)。有意思的是,叶、王二人均经同乡顾颉刚介绍加入新潮社。这与围绕《新青年》聚拢起来的先进知识人群落有相似之处,都说明起初的新式知识团体颇受现实条件的制约,在具备共同的知识信条而外,不得不借用乡谊等传统的社团组织手段。

叶、王二位从事小学教育,所以在《新潮》刊发的文章,多谈论如何改良小学教育的具体举措,如创刊号上就有两人合作的文章《对于小学作文教授之意见》。不过加入新潮社,对叶圣陶来说则是一个根本的转折。叶圣陶更早一些时候写过鸳鸯蝴蝶风格的小说,自参加新潮社的活动,他开始创作白话小说,也更为自觉、主动地接受新思想。傅斯年认为:"新思想必须放在新文学里面;若是彼此离开,思想不免丢掉他的灵验,麻木起来了。"④叶圣陶正是颇能代表新潮社意图结合新思想与新文学,而又在实践中取得实绩的典型作者,更何况——后来他在革新后的《小说月报》发表了相当数量的作品,成为新文学在早期较有成就的小说家,且在一段时期内主持刊物的编务,扶持了众多的新文学作家。

---

① 孟寿椿:《本社记事》,《新潮》第2卷第5号,1920年9月。
② 傅斯年:《答〈时事新报〉记者》,《新潮》第1卷第3号,1919年3月1日。
③ 徐彦之:《新潮社纪事(一)》,《新潮》第2卷第2号,1920年2月。
④ 傅斯年:《白话文学与心理的改革》,《新潮》第1卷第5号,1919年5月1日。

叶圣陶在《新潮》上发表的作品，也如上述新潮社其他诸位作者一样，充满了鲜明的人道感情，而就作者本人性格而论，忠厚诚朴的君子之风使得他的作品也多了一层真挚。他起初的创作，似乎更像是一种人生的梗概或者说粗线条的素描，基本的期待视野，是唤起读者产生与作者相同的怜悯并进一步反躬自问。《"这也是一个人"》(后改名《一生》)中，女主人公只是一个懵懵懂懂的生物：未嫁时是娘家的负累，出嫁后成为夫家的劳力，暂时脱离夫家在城里做佣工也仍然是夫家的财产，所以到最后丈夫死了，她被"合情合理"地卖掉；"伊是一条牛——一样地不该有自己的主见——如今用不着了，便该卖掉"。这样不合"人的道德"的生活，自然应该谴责，女主人公的不自觉，也值得深思，只是小说本身过于平实，似乎作者的目的仅仅是以一个简单的事实引发读者的思考。同样，《春游》也是极其简单的叙述：女主人公幼时接受旧式教育，知道应事事以丈夫为中心，婚后对丈夫百依百顺，但因为春游，她在大自然中感觉到身心获得前所未有的解放，自由无比，虽然归家后待丈夫一如往日，可是"那感想永远牢记"，她也从此不是原先的她了。与《"这也是一个人"》相比，主人公是有进步的，这表现为一定程度的觉悟，体验到身为"人"的愉悦。顾颉刚在《隔膜·序》里说，叶圣陶从开始创作，"宗旨在写实，不在虚构"[①]，总体而论是不错的，上面两篇小说都可以认为是叶圣陶所思所想与他所观察到的人的境况的契合之表现。

这两篇小型作品是名副其实的"问题小说"，叶圣陶这一时期关注的一个中心问题，就是"女子人格问题"[②]。基于中国的"娜拉"即"女子问题"在新文化运动中的重要性，叶圣陶的关切也是极为自然的。在《新潮》第2卷第4号发表的小说《两封回信》，正是他就此做的一个总结。两位青年向同一位女子求爱，先后都遭到了拒绝：该女士既不愿做前一位男子的笼里画眉、盆中蕙兰，甘心受人呵护，又不愿成为收留后一位男子魂灵的殿堂，成为"超人"似的圣母。这就极其简明地阐释了叶圣陶心中所理解的女子人格。值得一提的是，这篇小说以后一位男子为中心穿插另外两位人物，结构紧凑，极具可读性；对所欲表现的主题绝字不提，反而更为有力地阐明了思想，显示了叶圣陶在文学技巧上的进步。更重要的是，对女子独立人格

---

① 顾颉刚：《隔膜·序》，叶绍钧：《隔膜》，商务印书馆1924年版，第8页。
② 叶绍钧：《女子人格问题》，《新潮》第1卷第2号，1919年2月1日。

的肯定,表明叶圣陶从单纯的对女子实际状况的同情,进而为思考一种应对的策略,这个策略的中心即在于个性独立,或者说真的个人主义。相较于新潮社其他作者,如发表作品较多的汪敬熙、杨振声对社会问题多浮光掠影的摹写与浅尝辄止的人道同情,叶圣陶显然以在独特的生活经验基础之上的思考弥补了他们的不足。

在《伊和他》(革新后的《小说月报》头期有一篇《母》主题同此)表现亲子之爱的类似随笔的作品之后,叶圣陶有一篇题为《"不快之感"》的主旨较模糊的小说。一个患了肺病的人,整日枯坐在小小的方形天井里,冥思苦想一个人生问题:为什么本应充满活力的人,会堕落成以各种无聊的方式消遣时日的机械一般的物品?郑振铎以为"这种不快之感,都是起于人生的怀疑与失败"①。诚然如斯,但这不是一个因患病而厌世的人的无聊遐想,而是叶圣陶对自己提的一个大问题:如果说各种"非人"的生活理应改造,个性独立是未来值得努力的一种目标,那么当下生活能否为这一目标提供现实的条件?在稍后发表于《小说月报》的《一个朋友》中,叶圣陶对此似乎已经做出了回答:友人为儿子娶新妇,沾沾自喜于自己完成了应尽的义务,一如他的父亲对他一样。"我"则从旁见证了不合"人的道德"的生活从此轮回下去,而不会有任何的值得期待的新事物出现:"他无意中生了个儿子;还把儿子嵌在自己的模型里。"

叶圣陶在《新潮》发表的五篇小说,是他采取了新的语言策略即白话后,对个人思考所得做出的一种转化性表述,与此相类似,他在《新潮》以及其他杂志上发表的关于教育的观察与思考,也成为他后来以《小说月报》为阵地发表的作品的一个最主要的现实源泉。他的作品的一个特点,就是能在现实与文学的张力之间,在纸面上叙述的平实与纸面后超越的理想之间,在"非人"与"人的道德"的两种生活的对比之中,融入他个人未必独特但绝对真诚而实际的思考。施存统致信"《新潮》诸位先生"说:"就是'文学革命'一块招牌,也是有了贵志才紧得稳固。(因为《新青年》虽早已在那里鼓吹,注意的人还不多。)"②这封来信时在"五四"运动发生以后,所以对新潮社的观感自然很受运动风潮的影响,也算是极早地就新潮社的历史作用下了一个中肯的判断。新潮社上承新文化运动的倡导者,从他们那里汲

---

① 西谛:《文学中所表现的人生问题》,《文学旬刊》第5号,1921年6月20日。
② "通信",《新潮》第2卷第2号,1919年12月。

取了以"人的道德"为中心的新思想,而囿于经验,又片面突出人道感情的文学化风气,这对经由"五四运动"成长起来的一代青年影响甚大。

总之,新潮社作为"五四"时代上通下达的一个枢纽,继承了新文化倡导者的志愿推进思想启蒙,在知识青年中间拓展了新文化运动的影响。他们的文学言论及相关创作不仅对知识青年的文学阅读趣味有引领作用,也对由知识青年转化而来的文学作者发生了重要影响。

第三节 从知识青年到社会大众——新文学读者群结构性转化的意义

新文学读者群的发展壮大和新文学社会影响逐日增大,其实是一个问题的两种说法。不过,文学的社会影响只可以在一定限度内做定性分析,而从读者群的角度出发,就可以进行相对细分的描述,并对之做出较准确的定性。总体而言,新文学的影响从知识青年到一般知识阶层再到普通民众的渐次拓展,是从学校、知识界等相对封闭的机构、系统等的"内循环"模式逐渐为社会大众所认可,进而形成一种"外循环"模式的社会化过程;而就局部来看,每一新文学读者群在不同阶段各有其独特的结构特点,并深度参与到新文学传播秩序及意义生成的过程中。本节主要从后一视角出发,分析新文学读者群从思想前卫的知识青年迁移至较保守的社会大众的意义。

需要补充说明的是,北洋政府教育部自 1920 年 1 月通令国民学校一、二年级改用语体文,且在同年 4 月发布通告分批废止以前的国文教科书,因而白话作品开始缓缓进入不同层级的学校教育,逐渐影响到新文学读者的发展。但按诸实际,民国时期的文学教育特别是大学中文系仍然是古典文学占强势的时代,新文学创作进入学校教育体系较迟,而且比例较低,对新文学读者的培育功能不宜夸大,故此处略去不提。

一、知识青年读者群

新式知识人自晚清新式学堂出现而逐渐壮大,主体是青年学生,但即使到"五四"前后,数量也相当有限。据统计,当时北京"聚集了中高等以上学生25 000人"①,考虑到这25 000人来自全国各地,即使加上各通商口岸新式学堂的学生,数量上并不会增加太多,若具体到文学阅读,情形更不容乐观。一位读者在1922年对新文学读者状况有所观察、推测:"现在读《小说月报》的是些什么人呢?是学界以外的人多呢,还是学界中人多呢?据我所知道的,还是学界的人多,以外的人占很少数,至多不过十分之一。——或者连十分之一,还不到。"②这里所谓"学界"主要指教育界,也包括活跃在出版界、报界等领域而与教育界联系密切的知识人,大体包括两类人:一是得风气之先的中年一辈知识人;二是承风气之后的青年学生。鲁迅关于前一类人物的说法众所周知,晚清的社会风气以为"读书应试是正路,所谓学洋务,社会上便以为是一种走投无路的人"③,然而时移势易,当整个知识阶层在社会当中日益边缘化的时候,趋新就成为自然选择,所以青年学生就将前一辈知识人的被动选择当作一种可靠的支点,并以此为基础,展开新的探寻。罗志田指出,边缘知识分子因为"在社会变动中上升的困难"而"更迫切需要寄托于一种较高远的理想,庶几可以为社会上某种更大事业的一部分,故其对社会政治的参与更为强烈"④。例如,"五四"运动使得学生活动引得国人注目,施存统就曾致信大力揄扬新潮社在社会变革当中所起到的作用,同时在信中提及:"弊校(第一师范)近来倒有改革的气象。同学关于新文学新思想也极注意。大概看过《新青年》和《新潮》的人,没有一个不被感动;对于诸位,极其信仰。学白话文的人,也有三分之一。"⑤受社会政治参与热情的影响,从而对新思想和新文学保持关注,反映了当时的青年学生是为什么以及怎样接近新文学的。

以在校学生为主的早期知识青年对新文学的认知,或如新潮社成员吴康所言:"所谓真白话文学,必须包含三种质素:第一,用白话做材料;第二,有精精的技术;第三,有公正的主义;三者缺一不可。"⑥也正因为对这一点感同身受,罗家伦在"五四"之后将牛津大学的一本杂志《牛津的眼光》

---

① 桑兵:《晚清学堂学生与社会变迁》,广西师范大学出版社2007年版,第4页。
② "通信"(李揄元致沈雁冰),《小说月报》第13卷第10号,1922年10月10日。同期,另一位署名"允明"的"普池青山"读者亦提及当地情形:"《小说月报》的势力在我们这一方几乎全等于零。"两位读者的住地,尚待考证。
③ 鲁迅:《呐喊·自序》,《鲁迅全集》第1卷,人民文学出版社1981年版,第415页。
④ 罗志田:《乱世潜流:民族主义与民国政治》,上海古籍出版社2001年版,第188页。
⑤ "通信",《新潮》第2卷第2号,1919年12月。
⑥ 吴康:《白话文学与心理的改革》,《新潮》第1卷第5号,1919年5月1日。

第二章　新文学读者群结构变迁概观

(*The Oxford Outlook*)"径直认作"我们的兄弟",即因为后者标明是"一种文学的政治的杂志"。① 新潮社在当时全国学生界的影响举足轻重,其文学观直接影响到当时北京大学及北京各类大中学校的在校学生,而外埠,或如施存统来信所表明的那样,趋新而活跃的青年人也敏锐地捕捉到新思想和新文学密不可分的联系。因此,在"五四"运动的推动下,知识青年就表现出作为新文学读者的一种群体性文学趣味,即注重文学的思想性和文学的泛政治性内涵。

当然,"五四"时期学界内部以青年学生为主体的读者群对于新文学的较一致的认知,其实也说明新文学起初只在部分趋新的在校知识青年②和少量的社会知识青年中有着较稳定的影响。这一局面,要到"五卅事件"之后才有较大改观。"五卅"前后,"五四"时代的在校学生陆续从各级学校毕业进入社会,遂从舆论风潮的中心进入社会的边缘地带,与沉沦在民间、底层的各式知识青年产生思想共鸣,而他们在"五四"运动的巨大声威和惯性作用下认识到集体的力量,于是嘤嘤其鸣、求其友声,意图寻求集体的心理庇护。这种情形,可以用郭沫若《女神·序诗》里的句子做一个形象化的转述:"《女神》哟！/你去,去寻那与我的振动数相同的人;/你去,去寻那与我的燃烧点相等的人。/你去,去在我可爱的青年的兄弟姊妹的胸中,/把他们的心弦拨动,把他们的智光点燃吧！"然而,知识青年此时从边缘化的处境出发而展开的"寻找"冲动,并没有明确的目标,还只是一种冲动,或者说一种群体性的社会心理,在实际创作中得到反复渲染的,是"伶仃孤独,精神痛苦"③的生活处境和精神状态的双重困境。这种"寻找出路而不得"的苦闷、忧伤和愤怒、偏激之情,在"心弦"的"振动数"、"智光"的"燃烧点"相同、相等的人中间反复回荡,反过去又强化了弥漫于知识青年中间的这种"思想的空气"④,进而形成一种"社会情绪"⑤,并在"五卅"点燃了知识青年的情绪之后,成为这一群落中的"流行病",以至于创作中出现了所谓"新文

---

① 志希:《欢迎我们的兄弟——"牛津大学的新潮"》,《新潮》第2卷第1号,1919年10月。
② 比如沈从文1926年提及《语丝》的"销路约三千份左右,以京内学生界订者为多"。参见沈从文:《北京之文艺刊物及作者》,《沈从文全集》第17卷,北岳文艺出版社2002年版,第17页。
③ 参见文子慧:《自杀》,《洪水》第1卷第10、11期合刊,1926年2月5日。1925年,东南大学外国语文系学生洪其垚的自杀,遗书云"国家将亡,不得不死;学校将亡,不得不死;伶仃孤独,精神痛苦,不得不死",也是知识青年对现实失望、忧愤的特例。
④ 雁冰:《文学家的环境》,《小说月报》第13卷第11号,1922年11月10日。
⑤ 瞿秋白:《〈灰色马〉与俄国社会运动》,《小说月报》第14卷第11号,1923年11月10日。

艺腔"。其实,"新文艺腔"是早期新文学创作弊病的一种放大,客观上反映出知识青年接受新文学进而摹仿之的趋势,自知识青年从"五四"时代的读者成长为"五卅"时期的作者开始,新文学就全面展开了阅读和创作双向对流的过程。这里以顾仲起、徐玉诺、白采等青年作者为例略作阐发(更详尽的讨论见第三、四两章)。

顾仲起是茅盾小说《幻灭》里强连长的原型,作为小说作者,他的文坛形象是一个失意的、愤激的青年,在当时受到青年读者颇广泛的关注。《小说月报》1923年第8期刊出了署名"仲起"的小说《最后的一封信》,作品叙述主人公与家庭决裂以后,在社会上吃尽了冷遇,虽有一二好心的编辑或公或私的勉励与赞助,自觉终非长久之计,所以渐生弃世之心,决定实行自杀。主编郑振铎在篇末发表意见,以为这并非作者实录,但言辞之间似乎透露出顾仲起曾明白告诉过他自杀的计划。① 在"五四"运动以后,因为北大学生林德扬的自杀,曾有一个关于青年自杀问题的集中讨论。较一致的看法是,林德扬的自杀是对社会黑暗的抗议,然而,在奋斗中遭遇挫折就灰心、悲观、厌世以至于自杀,则是不可取的。② 这样的评判在道理上无可挑剔,只是没有身临其境,大概也很难明白有自杀意图(或口头宣称自杀)的知识青年奔走于途的艰辛,赴诉无门的愤懑。比之于林德扬,顾仲起生活状况更恶劣,同时,他辍学之后无法就近得到师长指点,而过从较密的朋友在精神状态上则与其相仿佛,一样的孤苦愤懑。在《小说月报》《文学周报》上发表作品,而与顾仲起在精神气质上比较接近,又备受文学研究会同人称赞的两位:一是徐玉诺,一是白采。徐玉诺在《小说月报》陆续发表记载河南老家乱象的《在摇篮里》若干片段(按发表顺序,分别为其一、其十,《到何处去》为其三,《祖父的故事》为其二)以及《一只破鞋》等作品。作者返乡之前显然有相当的精神准备,可是身临其境,还是被底层社会的扰乱震骇了。他区别于顾仲起的地方在于没有流入"无端的愤懑"之中,而是陷入了"无边的惊骇",只是这区别没有造成有意义的结果:他与顾仲起的状况相差无几,也是陷入一种"孤独"中去了。《我并不寂寞》一诗中,作家感到自己"孤零零的住在这无聊赖的荒野里",也像王统照"同情的寻觅"一

---

① 《最后的一封信·西谛附论》,《小说月报》第14卷第8号,1923年8月10日。
② 志希:《是青年自杀还是社会杀青年》;梦麟:《北大学生林德扬君的自杀》;守常:《青年厌世自杀问题》,《新潮》第2卷第2号,1919年12月。

样,向自然界找寻野生植物的安慰了。白采《堕塔的温雅》一诗描绘了一位不同于流俗而处处躲避世俗,最后不堪其扰的自杀者,究其实也是一位"孤独者"。

如果说知识青年在"五四"时期以"零余者"自况还不无矫饰的成分,那么他们到了"五卅"时期不约而同自居为穷愁的"孤独者",则是一代青年进入社会后最真实的心声。从创作一面看,因为共同的"他之身世,只有漂流;他之心境,只有苦寂"①的人生经历和精神状态,不仅知识青年中间"寻觅同情之爱"②的呼声不绝于耳,同时也引起了一定的社会关注,不断有人提醒"不要忘记了联络我们不幸的朋友"③;从阅读的角度看,当然有许多人对这一"新文艺腔"不满,不过它能够溢出知识青年群体而对社会有所影响,其实也是有社会基础的。

20世纪20年代中期,正是所谓"五四"落潮时期,不仅是知识青年陷入孤独苦闷之中追求新变,整个社会也在国内渐呈风起云涌之势的国民革命思潮的推动下开始主动接触社会科学知识。1926年冬,沈松泉看到"南昌竟没有一家出售新书的书店,决定在南昌设立光华书局分店",然后"写信给上海,要卢芳迅速寄出一大批光华的本版书和其他书店出版的新书,并派一个得力的店员来管理业务。等到第一批书寄到,我们就开启张来。果然一开门店堂里就挤满了读者,我和静庐忙于接待顾客,第一批书一下子被抢购一空。接着第二批第三批书寄到,也都供不应求"④。以光华的主营方向而言,社会科学类和文学创作类图书在"新书"中实是占了相当比例,而考察光华在此前后的本版书,一方面是穷愁之作的比例仍然居高不下,另一方面,则开始展现出主动拥抱社会科学理念的创作倾向——这后一方面的创作思潮可以视作稍后兴起的"革命文学"的先声。

知识青年读者对穷愁之作产生共鸣并表现出新的趋向性,当然并不能说明他们全部倾向当时鼓吹甚力的革命文学、普罗文学,闻国新、周开林、张寿林等一批在《晨报副镌》活跃的文学青年并不如此,而当国民革命高潮过后,南京国民政府基本奠定了社会秩序,文学进入平稳发展期,新文学读

---

① 为法:《〈林中〉的序》,《洪水》半月刊第1卷第7号,1926年1月1日再版。
② 许杰:《王成组君的〈飞〉》,《小说月报》第14卷第3号,1923年3月10日。
③ 参见昌英:《顾仲起君的〈归来〉》,《小说月报》第14卷第12号,1923年12月10日。
④ 沈松泉:《关于光华书局的回忆》,宋原放主编:《中国出版史料·现代部分》(上),山东教育出版社2000年版,第347—348页。

者也在此时发生更明显的分化。一方面,知识青年虽仍然是文学阅读的主力,但其结构及阅读结构较"五卅"前后发生了重要变迁;另一方面,一般民众开始较多地阅读新文学作品,绝对数量有较明显的增长。

1930年前后,知识青年读者结构产生如下分化:第一,知识青年读者中最激进的分子被中共领导的革命团体吸纳而同相对单纯的文学传播、接受拉开相当大的距离,这可以存而不论。较激进的人员则加入"左联"等左翼文学团体及其外围组织,受"关门主义"倾向影响,他们的创作在相当程度上沦为自己人内部的知识对流,虽对巩固团体有效,但较难吸引一般的知识青年读者。这是一个虽有人员出入,但相对封闭的小圈子。

第二,就非左翼的知识青年读者而言,在校学生在知识青年中占据多数,他们的阅读兴趣与社会中的知识青年读者较接近,共同表现出明显的多元化趋势;不过,两类人群之间又有一定差异。概而言之,大学生兴趣较广,他们对文学的兴趣,较多出自中学教育的惯性及身心易受社会风气影响的年龄特性[①],较少表现出阅读的自主性;而社会中的知识青年则不同,他们对社会较关心,保持文学阅读习惯的人往往根据自己的兴趣自由地选择读物,中外、雅俗、新旧以及激进保守之间并无明显界限,表现出相当的开放性。

总之,知识青年读者群从"五四"时期以在校学生为主,到"五卅"时期以激进的时代青年为主,再到20世纪30年代前后以开放的社会青年为主,新文学创作也从泛政治化、左翼化逐渐形成自由自在发展的势头。与读者结构表现出较大的弹性相表里的,则是新文学读物及选择的进一步多元化。"五四"时代中经1923年前后知识界的分化进入"五卅"时代,新文学在前一时期激昂,在后一时期低沉,而均肯定文学的社会意义并以之为

---

① 当时的一项调查表明:第一,中学生"差不多可以说把文艺读物视为课余唯一的伴侣",调查统计文艺读物142种,"每人平均竟有4本之多,可知文艺读物之普遍性";第二,"从数量比较起来,爱读新文学为多,旧文学次之,文艺杂论又次之",调查者以为是"时代思潮所演成必然的趋势,尤其在文化荟萃之区的上海,文化贯输是很便利最容易受新潮的影响而变容的";第三,在众多文艺读物中,"中学生最爱读的是《爱的教育》、《给青年的十二封信》、《石炭王》、《屠场》和《彷徨》、《呐喊》六种",前两种针对青少年故而受到特别欢迎可以存而不论,调查者以为"《石炭王》、《屠场》是普罗文学的名著,是现在革命青年最爱读的读物",而《呐喊》、《彷徨》"已经到了'死了阿Q时代',在文坛上的全文已经丧失掉"。参见陈表:《中学生读书问题之实际探讨》,《中华教育界》第18卷第11期,1930年11月;转引自李文海主编《民国时期社会调查丛编二编·文教事业卷》第4卷,福建教育出版社2014年版,第273页。

改造现实的利器,表现出文学观念的单质性;只有迈入20世纪30年代,新文学在接受新文化熏陶而成长起来的知识青年那里不过是阅读的一种选择,而非唯一选择,极真实地反映了文学风气之变。

二、社会大众读者群

新文学自发生以来不能说没有社会读者,但其数量之少不难想见。其实,单纯从读者数量上来看,早期的新文学即使在青年读者那里也同样如此,所以有青年赴"通、宁、锡、苏"等处参观教育,发现"到处可以看见什么'礼拜六'、'快活'、'半月'""等等的恶魔"而"迷住着一般青年"之后发出呼吁,请《小说月报》"评论"栏"当作与一切黑暗势力奋斗的战场"。① 此时的关键,在于《小说月报》革新前后的读者群发生分化而形成了"两大阵营:以《小说月报》为中心的'新文学阅读圈'渐渐养成;置身圈外的则是数量庞大、名称尚不统一的'鸳鸯蝴蝶-《礼拜六》派'刊物,因其适应了转换最慢的民间阅读口味而得以绵延不绝"②。

调查报告显示,民国时期一般民众"以16岁到25岁为重要学习时期"③,部分知识青年读者对革新不断礼赞、充满信心,认为"看改革后的月报的人""并非看因其有十多年历史的月报",并且"敢武断说一句,改革名称之后,不但不阻碍发行;还可以帮助发行哩"④,预示了知识青年读者群对新文学奠定社会基础至关重要。在另外一面,《小说月报》的原先忠实读者也明确表达了对革新的不满,沈雁冰在1921年致周作人的一封信中就提到"一位老先生(?)巴巴的从云南寄一封信来痛骂""印这些看不懂的小说,叫人看一页要费半天功夫,真是更不经济"。⑤ 在新文学个中人(提倡者和读者)眼中,这种差异是因为民众的阅读习惯需要缓缓改造,"若想叫文学去迁就民众,——换句话说,专以民众的鉴赏力为标准而降低文学的品格以就之,——却万万不可"⑥。这是新文学发生、发展初期趋新的知识

---

① "通信"(王桂荣来信),《小说月报》第13卷第8期,1922年8月10日。
② 丁文:《新文学读者眼中的"〈小说月报〉革新"》,《云梦学刊》第27卷第3期,2006年5月。
③ 范同曾:《成人学习意见的调查》,《中华教育界》第23卷第1期,1935年7月;转引自李文海主编:《民国时期社会调查丛编二编·文教事业卷》第4卷,福建教育出版社2014年版,第755页。
④ "批评创作的三封信"(谢立民来信),《小说月报》第13卷第6期,1922年6月10日。
⑤ 沈雁冰1921年9月21日致周作人,《茅盾全集》第36卷,人民文学出版社1997年版,第32页。
⑥ "通信"(沈雁冰复张侃),《小说月报》第13卷第9期,1922年9月10日。

人对民众作为新文学读者的基本判断。不过,以新文学论者观之,不喜欢新文学的读者作为"老先生"之"老",是"不全然是不懂'新式白话文',实在是不懂'新思想'"①,事实当然并非如此。西风东渐,略为通晓世事的国人无不趋新,学识程度不一的大小知识人均在其中,谓其有"新""老"之别,不过反映了新文化、新文学论者在文化上的意识形态壁垒。

有别于以知识青年为主的"新文学阅读圈"的另一个阅读圈,即趋奉流行读物的社会大众读者群,则在"通俗知识分子"的引领下,阅读的私人性和自由选择化"出乎意料地实行着期盼良久的民主社会改革:把阅读能力广泛地普及大众"②。当然,大众通过印刷文化得到启蒙只是蕴藏着一种可能,如社会无大变迁,他们的阅读将一如其旧;但20世纪中国屡有变故,在国民革命的影响下,人们开始主动接触可能会影响到他们实际生活的新事务,并由此真正大规模地介入新文学。

社会大众早已通过报纸的文学副刊大量接触到新文学③,但反应并不积极。待到国民革命高潮时期,"有门市发行所的,买书的主顾确实增多了,就是向来对于新书不感兴味的工商界也要为明了三民主义或共产主义而读书了。就使过去不易销去的新书,这时候也连带的比较平时多销去几本了",此时"社会科学书的需要超过文艺书",但因为光华"偏重于文艺书籍",④故新文学读者应有较明显的增长。张静庐的回忆也说明了社会大众接受新文学的动机和目的。简而言之,如果说青年学生主要出于身心特点而容易接近新文学,时代青年因为境遇而不平则鸣并与新文学发生共鸣,那么大众接触新文学,则是因为其包含了足以影响到他们日常生活的某些成分,如此一来,新文学也就从前两种读者占主流的"为主张而制作"的时代进入"1928年以来"的"行市"之中了。⑤

---

① "通信"(沈雁冰复梁绳祎),《小说月报》第13卷第1号,1922年1月10日。
② 参见陈建华:《共和宪政与家国想象:周瘦鹃与〈申报·自由谈〉,1921—1926》,李金铨主编:《文人论政:知识分子与报刊》,广西师范大学出版社2008年版,第206、208页。
③ 沈从文1926年的文章中提到《晨报副刊》时说:"平时不能另卖,每日附到报纸的正张发行,到月终,则另订成一个本子,价洋三角。每月据说除正张附发之万份上下外,还可销去成册的三千份左右。"参见沈从文:《北京之文艺刊物及作者》,《沈从文全集》第17卷,北岳文艺出版社2002年版,第5页。
④ 张静庐:《在出版界二十年》,上海杂志公司1938年版,第128、135页。
⑤ 沈从文:《论中国创作小说》,原载1931年《文艺月刊》2卷4号(4月15日)、2卷5—6号(6月30日),引自《沈从文全集》第16卷,北岳文艺出版社2002年版,第198页。

第二章 新文学读者群结构变迁概观

新文学被资本操控、压榨历来是作家们极力控诉的现象,但其进入市场、成为商品则是另一回事。"著作人的精神的产品商品化"①当然不无弊端,但也使得文学作为职业成为可能。沈从文在1935年以"过来人"的身份提及,"如从小说看,二十年来作者特别多,成就也特别好,它的原因是文学彻底商品化后,作者能在'专业'情形下努力的结果"。② 这里的"专业",应该指的是文学成为正常的职业,既不像"五四"时期那样搅动全社会,也不像"五卅"前后那样成为小圈子内部失路之人的哀鸣,而是作为社会事业的一种,与其他文化行业并行发展、正当竞争。从这一角度看,"杂志年"是社会大众成为主流读者的外在表现,更重要的是,也标志着新文学由非常态转为常态,成为社会文化生活的一个有机组成部分。

20世纪30年代中前期杂志颇为流行,时人称1933年或1934年为"杂志年"。对其成因,或以为出于创作不振,或归咎于图书审查过严,或认为国内经济低迷累及图书市场导致想办杂志的人多,这些当然都其来有自。客观说来,当时"农村的破产,都市的凋敝,读者的购买力薄弱得很,化买一本新书的钱,可以换到许多本自己喜欢的杂志"③,实际的算盘推动读者涌向杂志。问题在于,当社会大动荡的时代,人们急求了解社会变动之真相、缘由,往往倾向于购阅专书,如前述国民革命时期,而实际的盘算来源于稳定的生活或者对生活的这一预期,杂志的大面积流行便是人们生活态度的最明白的宣示。20世纪30年代中前期可以说是民国最稳定、发展最迅速的一个时期,人心思定、人性恒常,于是文学便和其他精神消费品一样由万花筒性质的杂志予以便捷呈现。

胡道静曾如是综合各方面的观点,说明杂志的优势:

> 近年杂志在出版界中盛行,而单行本书籍减退,当然是反映着社会经济的动态,同时又有出版者与读者之间的关系;对于这一状态形成的所以然,已经有着许多人讨论,现归纳其要点如下:
> 一、世界政治经济变动的旋律日益急速,人人所要知道的现况的真象和分析,杂志能够以其定期性首先提供于读者;

---

① 胡怀琛:《上海著作人公会缘起》,张静庐辑注:《中国近现代出版史料·补编》,上海书店出版社2011年版,第268页。
② 沈从文:《新诗的旧账》,《沈从文全集》第17卷,北岳文艺出版社2002年版,第97页。
③ 张静庐:《在出版界二十年》,上海杂志公司1938年版,第157页。

二、杂志售价较单行本为低,而质量相等,在现今中国社会经济低落读者购买力薄弱之时,杂志能得读者的欢迎;

三、杂志的内容复杂,作者众多,较单行本的单纯内容容易得读者的欢迎;

四、出版家的"一窝风"脾气;

五、中国社会上和文坛上派系甚多,于是各派各系都办着杂志,发表自己的意见。①

而据1934年的一项调查,民众偏好"内容浅近而带有相当普遍性或一般性质的刊物",而577份答卷"最为特别的,则是有阅读杂志的'嗜好'或对于杂志阅读'感觉特殊兴味',能够以一种'欣赏'的态度去阅读杂志,以及将杂志之阅读视作'一种习惯'的,在民众方面都居绝对的少数",但大众相对从"增广常识""事业上需要""认识社会""帮助修养"等角度购阅杂志,是在校大学生几乎无人选择的理由。② 从分析结果来看,同是成年人,大学生阅读杂志注重"欣赏"而大众则强调获取"常识",应该说,这是一个正常社会的常态。

在20世纪30年代,文坛中人不乏窥得其中隐秘者,如《现代》主编施蛰存。施蛰存对此前文学期刊的指摘颇有代表性:

> 对于以前的我国的文学杂志,我常常有一点不满意。我觉得它们不是态度太趋于极端,便是趣味太低级。前者的弊病是容易把杂志的对于读者的地位,从伴侣升到师傅。杂志的编者往往容易拘于自己的一种狭隘的文艺观,而无意之间把杂志的气分表现得很庄严,于是他们的读者便只是他们的学生了;后者的弊病,足以使新文学本身日趋于崩溃的命运,只要一看现在礼拜六派势力之复活,就可以知道了。

在施蛰存看来,文学对读者大众教谕或顺从都不可取,真正值得去做的,是

---

① 胡道静:《上海新闻事业之史的发展》,上海市通志馆1935年版,第84—85页。
② 蒋成堃:《成人阅读兴趣与习惯之调查及研究》,《教育与民众》第5卷第10期,1934年6月;转引自李文海主编:《民国时期社会调查丛编二编·文教事业卷》第4卷,福建教育出版社2014年版,第342、343页。

做他们的益友。因此,他将《现代》定位为一个"一切文艺嗜好者所共有的伴侣"①,对其内容,则"除了好之外,还得以活泼,新鲜,为标准"②——这里的"好"是文学标准,"活泼""新鲜"则更多地是从读者角度着眼。以此故,《现代》的市场业绩颇好,"销数竟达一万四五千份"③,同时提升了书店的社会声望。

应该承认,现在很难有确切的调查报告及相应的统计数字可以对社会大众读者的构成及其历史变迁做出精准的描述,但通过上面的分析起码可以得出这样一个结论,那就是经过北洋政府统治时期的国内动荡之后,大众经过社会革命的洗礼,到南京国民政府统治时期,社会生活日趋常态化,文学得以相对自由发展,大众的文学阅读选择多元化、趣味多元化,新文学也进入一个作者与读者以市场化的文学期刊为主要沟通渠道从而交流日益密切的良性发展阶段。然而,不久之后爆发的"抗战"截断了新文学沿着这一路径发展的可能,战时的文学规范也改变了读者的心态,文学阅读的风尚也因之大变。

整体看来,自新文学诞生到 20 世纪 30 年代前后新文学读者的结构及其变迁状况大致如下:第一,新文学读者的主体是知识青年。新文学最初的读者是亲近新文学缔造者的在校青年学生,"五四运动"后新文学的影响及于校外,社会上的知识青年读者数量有一定增加,在"五卅事件"的刺激下,失路的知识青年之时代哀鸣在相当程度上决定了其时新文学的悲愤主题和愤激格调。第二,社会大众作为新文学读者群出现于国民革命兴起之后,而与知识青年的文学阅读深受政治因素影响不同,大众读者因影响到整个社会的政治事件的催逼而较被动地趋向新文学读物,真正对其具有制约作用的,还是阅读兴趣、商品市场等内外多种常规因素。在南京国民政府主导的社会秩序渐趋稳定之后,新文学作为商品进入市场,成为大众读者的一种阅读选择,在和其他读物的竞争中稳步发展,缓缓形成生产、传播、接受体系的自然、自由秩序,遗憾的是,不期而至的"抗战"打断了这一进程。第三,旧派文人对新文学的有限度接触在早期增广了新文学的社会声名,但作为新文学一个极特殊的"读者"群体,他们对新文学并无共鸣,因

---

① 施蛰存:《编辑座谈》,《现代》创刊号,1932 年 5 月 1 日。
② 施蛰存:《编辑座谈》第 1 卷第 4 期,1932 年 8 月 1 日。
③ 张静庐:《在出版界二十年》,上海杂志公司 1938 年版,第 150 页。

而在"身心徘徊于城市乡村之间,同时亦脚踏于知识分子和不能读写的大众两大社团之间"的知识青年作为边缘知识分子主导的"城乡及士人与大众的疏离进程中"影响日微①,于是旧文学从个人趣味蜕变为私人嗜好,成为时代主潮回水区的涟漪。

  总之,新文学读者的结构变化与晚清以来的中国社会转型密切相关,政治变动及相应的社会形势广泛影响到新文学阅读,虽然它促进了新文学读者群的扩展,但应该强调,这是一种非常态。相较而言,建立在文学商品化、市场化基础之上、受文学创作风气变迁影响,而又取决于个体趣味的自由、多元阅读格局,则在已经成型的情况下,被不期而至的战争打断,中止了自发生长。

---

① 罗志田:《乱世潜流:民族主义与民国政治》,上海古籍出版社2001年版,第188页。

第三章　知识青年读者与新文学的互动

"娜拉走后怎样"？这是一个时代命题。在"后五四"时期，受过新式教育的知识青年面临梦醒之后无路可走的困境：他们走出校门之后，在社会当中却找不到个人应有的位置以及实现自我价值的机会，引发了一场普遍而深入的心理恐慌与失落。边缘化的社会体验使得知识青年群体分割成情感的孤岛，每一个人似乎都成为"孤独者"，而这种失落感、孤绝体验源于个体历时的精神滑翔，也造就了共时的情绪泛滥，此时问题的关键在于，当真正的个性无从构建之时，这一情感洪流如何着床就成为一个极重大的问题。

茅盾在1923年就观察到，"新文学运动的短促的四五年内，好像已有了由社会的倾向转入个人的倾向这一种形势。只要把四年前的小说和现在的小说一比较，便显然可见。四年前的小说，十篇里总有九篇是攻击社会中某种旧制度，现在的小说，十篇里总有九篇是作者发自己的牢骚"①。全力主持了两年《小说月报》的茅盾的判断是准确的，只是他所谓"个人的倾向"，完全不是真正的个人主义，而是"孤独"。阿伦特指出，"在'黑暗时代'中，这种作为光的替代物的底层人群的温暖，对所有那些厌恶世界因而渴望逃避到不可见性中的人们，却有着极大的吸引力，这一点也是事实。在这种不可见性和幽暗中，一个自身隐藏起来的人不再需要看到可见的世界，只有挤在一起的人们的温暖和博爱，才能偿还人类关系所呈现出的这种古怪的非现实性——无论他们在哪儿，他们都处在一种绝对的无世界状态中，很容易推论出所有人共同的要素不再是世界，而是某某类型的'人的本性'。至于是哪种类型的本性，这就取决于解释了：它要么与理性有关，因为理性作为所有人的共同财富被强调，要么与一种普遍具有的情感有

---

① 雁冰：《杂感》，《文学旬刊》第74号，1923年5月22日。

关,诸如同情能力之类。18世纪的理性主义和情感主义只不过是同一事情的两个方面而已;它们都同样导致一种狂热过度,在其中个体感到他被'人人皆兄弟'的情感所围绕。在每一种情况下,这种理性或情感都只是已经失去的、共同且可见的世界的心理替代物,而这些替代物又局限于不可见的领域之中"①。茅盾所叙述的事实,正如阿伦特所说的那样,"无论他们在哪儿,他们都处在一种绝对的无世界的状态中"。作家的这种精神或曰心灵体验,鲁迅以西洋文学为鉴,早有结论:"人生不可知,社会不可恃,则对天物之不伪,遂寄之无限之温情。"②庐隐的《或人的悲哀》中甚至有最直接的字句:"我对于人类,抽象的概念,是觉得可爱的,但对于每一个人,我终觉得可厌的!"③这种情绪既是书中的人物的,也是书外的作者的,二者混合起来的形象大致如剑三(王统照)在《野中之风》所自况的那样:

    在浪漫的意境里,
    抱了无谓的悲哀,
    作无目的的行程。

再到极端,就是周全平说的"我要拒绝一切"(同名杂感文)。

准此,则上述几位作者或温良或凄厉的姿态支配下的叙述基本都诉诸"理性"或"一种普遍具有的情感"也就可以理解了:在"世界"的"非现实性"(用当时的"关键词"来概括,自然应当是"非人"的历史与现实)中,一个人只有退守内心世界,才有足够的力量,可以用个人意识抵御"无世界的状态"对个人的冲击,这也正是伯林所谓"当通往人类自我完善的自然之径被堵塞时,人们便会逃向自我、沉溺于自我,建立一个外在厄运无法侵入的内心世界"④。不过,由冲击造成的思想危机内化以后,需要极庞大的精神资源做支撑,如果缺乏这种支撑,则很容易倾向于另一种解决之道,即相信某

---

① [美]汉娜·阿伦特:《黑暗时代的人们》,王凌云译,江苏教育出版社2006年版,第13—14页。
② 鲁迅:《摩罗诗力说》,《鲁迅全集》第1卷,人民文学出版社1981年版,第85页。
③ 勃兰兑斯论及法国大革命后的流亡文学,也曾指出类似的风气:"他身上存在着一种奇怪的混杂情绪,一方面泛爱人类,一方面却对现实生活中的一切关系全都漠不关心。"参见[丹麦]勃兰兑斯:《十九世纪文学主流》第一分册,张道真译,人民文学出版社1997年版,第47页。
④ [英]以赛亚·伯林:《浪漫主义的根源》,吕梁等译,译林出版社2008年版,第43页。

一种类型的"人的本性"。然而,这两种化解思想危机的方法,如阿伦特所言,都是"一种狂热过度",即追求某种"世界的心理替代物"。落实在现实之中,就是面目模糊的"我们"。

"我们"作为知识青年的精神避难掩体,是裹挟着某种理性认知("五四"以来若干新名词包含的诸多模糊的新学理或新思想,而在中国社会史论战以后更显突出)的一种含混的情绪共同体,当时盛行的"新文艺腔"是其最典型的表现。它为处于"无世界状态"之中的"非现实性"知识青年提供了心理慰藉乃至一种形式的心灵洗礼,为他们在国民革命高潮时期向昂扬、兴奋的反方向弹跳提供了充足的势能。

第一节 "底"的表征:"时代精神"的"不留余地"

1923年9月,《小说月报》的"通信"栏刊登了两位中学生的来信,他们的问题简单明确,属于知识上的疑惑。他们在信里说:"新文学里讨论'底'和'的',到现在还闹个不清。到底他们的用法有何区别……"对这一纯粹的语用问题,主持杂志的郑振铎没有多做解释,只是转录了《民国日报》所载的"用字新例"中的一个表格①,以示答复。从这件事可以看到,当时确实有不少人对这一问题不甚了了,以至于文学刊物也要探讨语言文字的用法,另一层原因在于,白话文学兴起以后,语言的规范又势在必行,新文学首先即以语言形式从文言到白话的转换为前提。

除去语法术语上的差别,"的""地"起初的用法规范和现在大致仿佛,只有一度广泛使用而后来销声匿迹的"底"字被列为介词,让人觉得诧异,估计两位中学生看了这表格也还是不甚了了。那么,"底"是介词,还是另有所属呢?其实在此之前,当时的中学语文教学已经关注到这一问题。夏丏尊1919年在长沙第一师范任教时编写的《文章作法》,明确地将"底"字

---

① 《小说月报》第14卷第9号,1923年9月10日。表格如下:

地	底	的					词类
副词	介词	形容词			代词		
副词语尾	代词后面	名词后面	动词的形容词底语尾	名词的形容词底语尾	本来的形容词底语尾	代"所"字	代"者"字	用法

认作"后置介词,表示'所属'"。① 那么,"底"到底如何使用?

这里,首先选取一篇文章的题目先做讨论。这个题目恰好含有"底"与"的"两个语词,正好适用,可以做对比分析。《文学周报》第41期有署名蘋初的文章,题为"评读诗底进化的还原论",批评的是俞平伯的论诗文字。按照当时的用法来推断,"的"的用法应该是"动词的形容词底语尾",所以"进化的还原论"的中心词是"还原论",而"底"是"后置介词",用在了"诗"这一"名词后面",也就是说,"还原论"隶属于"诗"这一更大的范畴。这样一分析,就揭示出几个实词"诗""进化"以及"还原论"之间的分层次的关系,所以我们可以对俞平伯的原文做出这样一个判断:他要谈的是诗,而且是诗的还原论,再细致一点分析,他要讲的是诗的还原论里面的进化的部分。所以,按照"底"的本来用法,这篇文章的题目完全可以改写为"评读诗底还原论底进化说"。

之所以做如此细腻的语言形式及意义上的剖析,为的是指出一点事实,那就是"底"字用法的一个最突出的特点,在于它前面的代词或名词之于以后诸项的统领功能。这也就表明,某一个人探讨的问题可以细化到相当程度,但是他的关注中心则在于统率了后面所有问题(宾词)的那一个概念(主词)。这样看来,稍后的"革命文学"论争中,"艺术的武器"与"武器的艺术"因为句法的特点颇为上口,其实应该写作"艺术底武器""武器底艺术"意义才显豁。

质言之,"底"在民国很长一段时间内,用法约略等同于英文中的介词"of",只是汉语和英语的用法在顺序上恰好相反:英文中的主词在介词的后面,而汉语中的主词恰恰在介词的前面。刊载了俞平伯本篇文章的《诗》,在介绍内容时不辞繁冗地说"《诗》底第一期底目录"②,其用法一目了然,所以俞平伯在《诗底进化的还原论》中说"文学应该是 of life,不是 for life"③,也就是说,他反对文学"为人生",而承认文学是人生之一种形式或进行方式,所以文学研究会的艺术观最正当的表述,是"人生'底'文学"。顺便说明一下,俞平伯的立场,其实就是更纯粹的周作人"人的文学"立场。周作人说,"总之艺术是独立的,却又原来是人性的,所以既不必使他隔离

---

① 夏丏尊、刘薰宇:《文章作法》,开明书店1930年版,第10页。
② 参见《文学旬刊》第27期,1922年2月1日。
③ 俞平伯:《诗底进化的还原论》,《诗》第1卷第1期,1922年1月15日。

第三章 知识青年读者与新文学的互动

人生,又不必使他服侍人生,只任他成为浑然的人生的艺术便好了"①。《自己的园地》以后的周作人更注重艺术的独立性,相对来说,淡化了以前提倡"人的文学"的功利色彩。

此处提出"底"这个"介词"加以探讨,正是因为观察到新文学书面语表达形式方面的变化所传达出的思想动态。在"底"字盛行的新文化运动及其后的一段时期内,与之相伴的,是较注重对一些概念的本体标示,作者也大都有较明确的价值立场。尤为重要的是,因为"底"的这一用法而增加了若干概念的出现频率,在后来的很多情况下又因为或主观或客观的原因没有做进一步的阐释,无疑要使得一般读者望文生义。而且,当这一用法逐步被"的"字兼并以后,观念的本体意义进一步变得含混,修饰性词语占据了主要地位,作者的思想面影也就相应模糊起来。因此,从"底"到"的"的转变在相当程度上意味着,起码是象征了情感、情绪代替了理性、理智。

应该承认,这只是一种大概的状况,例外如胡适,他几乎所有文章都用"的"而基本不使用"底",这在主张"引入学理"的胡适,可算意外。但若我们了解他所谓"文学越进步,自然越讲求'经济'的方法"②等观点,也就不奇怪了。"底"作为介词,后来可以废弃,本也说明它属于暂时的措施,胡适只是从开始就选择了最"经济"的方法而已。鲁迅偶尔使用,而在总体上也不常见,不过原因似乎与胡适不同。鲁迅有一个基本判断,认为"中国历史的整数里面,实在没有什么思想主义在内。这整数只是两种物质,——是刀与火,'来了'便是他的总名"③,对各种"招牌"从来不曾有过好感,对静态的概念间的辨析也就不甚着意了。

最经常地采用"底"字,而且对其用法做严格区别的,首先要推许地山。他拟定的文章标题以及书写的内容,在用这个介词的时候,非常准确。《小说月报》1921年第7号有"创作讨论",许地山参与"笔谈"的文章,题目是《创作底三宝和鉴赏底四依》。作者借佛学来阐释文学,归根结底在于他对创作与鉴赏有一种坚定的意见:"人间生活不能离开道德的形式;创作者所描写底纵然是一种不道德的事实,但他底笔力要使鉴赏者有'见不肖而内自省'底反感,才能算为佳作。即使他是一位神秘派、象征派,或唯美派底

---

① 周作人:《自己的园地》,《自己的园地》,上海北新书局1929年版,第3页。
② 胡适:《论短篇小说》,《新青年》第4卷底5号,1918年5月15日。
③ 鲁迅:《随感录·五十九"圣武"》,《鲁迅全集》第1卷,人民文学出版社1981年版,第355页。

作家,他也需要将所描那些虚无缥缈的,或超越人间生活的事情化为人间的,使之和现实或理想的道德生活相表里。"①许地山的文学观——文学道德化——不出文学"为人生"的范畴,只是"为"的方式有些曲折。他认为,文学可以通过促使人们向内自省而建成一种"现实或理想的道德生活",也就是合乎"人的道德",即较理想的伦理秩序的社会。他本人有相对稳定的道德观,并十分注意以此来对待生活,所以创作也可以视作在此一方向的努力。

在许地山的早期作品中,异国情调与宗教色彩是特别鲜明的,只是后者不合时宜,在当时就运交华盖——不待"科玄论战",经受了新文化运动之"科学"理念熏陶的青年就对此大加批驳。潘垂统明确表示反对《命命鸟》的"立意",直接斥之为"佛学小说"②,还有人认为该篇"带有厌世主义的味调,实大缪于人生的正义"③。不过,仁者见仁,智者见智,在许地山的作品中读出积极态度的亦正不少。应该出于茅盾手笔的一篇编后记说,《缀网劳蛛》"实在密布着人生的悲哀——在命运的网里,人的努力是不一定有怎样多的成效",然而,"这命运观里很含着奋斗不懈的精神。现代的青年呵!如果你对于人生有悲观,对于将来有绝望吗?这一篇《劳蛛缀网》(按:原文如此。或茅盾误记,或排版错误。从个人阅读经验看,前者可能性较大。)就是对于你的消沉颓唐的血清注射!"④这或者出于朋友间的私淑情谊或办刊策略的考究,而上面认为《命命鸟》有厌世思想的作者,也在《商人妇》中特别析取了他所认为有益的成分:"作者自己说:'我只对她说:你在那漂流底时节,能够自己找出这条活路;实在可敬。……'我看这种思想才真是人生文学的口吻呢!我想因环境恶劣而失志的妇女,若是一读他这篇创作后,必定有兴奋生活的感觉醒悟;又定能把一切自杀死节厌世轻生的观念铲除。那么他这篇创作,岂不是救世的基督;还阳的仙丹吗?哼!这才可说是人的文学创作品啊!"⑤如此立论倒也无可厚非,只是与许地山的本心相距甚远。

---

① 许地山:《创作底三宝和鉴赏底四依》,《小说月报》第12卷底7号,1921年7月10日。
② 潘垂统:《对于〈超人〉〈命命鸟〉〈低能儿〉的批评》,《小说月报》第12卷第11号,1921年11月10日。
③ 吴守中:《批评落华生的三篇创作》,《小说月报》第13卷第5期,1922年5月10日。
④ "最后一页",《小说月报》第13卷第2号,1922年2月10日。
⑤ 吴守中:《批评落华生的三篇创作》,《小说月报》第13卷第5期,1922年5月10日。

许地山作品的一大特征,是在最终都会达到一种心灵的醒悟与心态的平静,《命命鸟》《商人妇》《黄昏后》《缀网劳蛛》等作品,无不如此。这当然与作者的宗教思想有关,而这种总体上的出世观念与前文提及的"孤独"感也有相通之处,但许地山其实还有另外的意思在内。这一点在《读〈芝兰与茉莉〉因而想及我的祖母》中被极显豁地表露出来。

许地山与顾一樵、冰心、梁实秋等人同船赴美,在路上即将他们的诗文汇为合集在《小说月报》发表,在茫茫海天之间相互酬唱,旅途颇有慰藉。抵美以后,许接读《芝兰与茉莉》,遂有此篇。严肃地讲,这一篇应该算是读了顾一樵的小说集之后的随笔,主干部分是作者叙述祖辈爱情、婚姻的悲欢离合,可是开头与结尾有本人的感慨和议论。也许是旅居哥伦比亚大学时的孤独与"唐代死和尚的文契"过于枯燥,他开篇不久就说:"描写亲子之爱应当是中华人的特长;看近来的作品,究其文心,都函这唯一义谛。"这句话的后一半实在值得怀疑,但若说是许地山夫子自道,则庶几得之,因为他接下来就洋洋洒洒地论述"中华"与"欧西"之间"爱父母""爱夫妇"之别,总之:"爱父母的民族的心地是'生';爱夫妇的民族的心地是'取'。生是相续的;取是广延的。"在记述了他的祖母以一种十分意外的方式走进祖父的生活后,许地山写道:"我爱读《芝兰与茉莉》,因为它是源源本本地说,用我们经验中极普遍的事实触动我。"应该说,抒写"我们经验中极普遍的事实"也是许地山作品的本色,虽然许多人因为环境的差异特别关注异国风情,而借此道出这些"极普遍的事实"中"极普遍的经验",更是许地山的用心之处。他所追求的,是合乎"现实或理想的道德生活"的一种伦理的生活,也就是人身处其中,可以感受到温情的"人"的生活。这种"极普遍的经验",正是可以带来较稳定的秩序,但是又不抹杀人性要求的一些基本观念。无论这些观念是宗教的,还是传统伦理的,在许地山看来,只要不悖于"道德的形式"即"人的道德",都是可以承认的。就此而言,他的诸多温和的作品无论是否带宗教色彩,在一个革故鼎新的时代,就总不能算是相宜,但如果有人说他或他的作品有厌世主义倾向,就谬以千里了。

许地山的"人情以内,人力以内"的伦理道德观当然不再是僵化固守的传统,而是他为人、为文有所本的一种思想源泉,这与他在自己的作品中极准确地厘定"底"字的用法有相通之处,都是他有主脑不苟且、能够独立思考判断的一种表现。这就使得他不同于当时受了托尔斯泰主张的影响,单纯流于表面的"对于人物应有'道德的同情'"的肤浅的人道主义①。所以，许地山渴慕心灵的平静，也是把宗教作为一种资源，并非"躲进小楼成一统"。《空山灵雨》中有一篇《债》，就由出世进而为入世。一个在妻死后寄居岳家的青年，整日为天下寒苦人焦心，岳母宽慰他，以为这焦虑并不能解决问题，若要没烦恼，除非一死；这一番对答促使他深入思索，从而否定了自己以前终日的无益冥想，"出去找几个帮忙底人"。"底"，介词，"帮忙底人"即帮助别人。许地山在后期有许多洋溢着乐观色彩的肯定人的努力的作品，其精神实与此一脉相承。

如果说许地山（还有冰心，虽然她很少明确地运用概念）是立身有根柢（宗教背景），较看重观念的内涵并引以为据，那么更多的人则是借以突出概念的外延，为自己立说增加声势——概念本身可以很清晰，也可以很模糊，但之于读者，大概最强烈的感受，即一些名词的冲击。因此，就"底"字与对概念的本体意义认同这二者之间的关联来说，在更广泛的意义上讲，众多新文学作者不过是用这个字将自己所关注的问题与更广大的问题联系起来的一种手段，也进而成为一种表征。比如闻一多在《〈女神〉之时代色彩》中盛赞郭沫若的诗，代表了"二十世纪底时代精神"，并且引申说，"二十世纪是个反抗的世纪。'自由'底伸张给了我们一个对待威权的利器，因此革命流血成了现代文明底一个特色了"②；这里姑且不去辨析闻一多心目中的"二十世纪""自由"和"现代文明"的具体内涵是否准确，他在更广延的时空中对待问题的意图则表露无遗。所谓"二十世纪"，对浸淫在进化论气氛中的学人属点睛之笔，"自由"吸引了歆慕西方社会学说者，而"现代文明"也是怀着强国富民心理的一帮人念兹在兹的东西。

这是很有意思的一种悖论："底"的作用本来是突出观念本身，而在事实上它却造成这些观念在大量的沿用中变得内涵含混不清，直到最后完全沦为一堆标语或口号。朱自清在《论无话可说》中回忆说：

> 十年前正是五四运动的时期，大伙儿蓬蓬勃勃的朝气，紧逼着我这个年轻的学生；于是乎跟着人家的脚印，也说什么自然，什么人生。但这只是些范畴而已。

---

① 沈雁冰：《人物的研究》，《小说月报》底16卷第3号，1925年3月10日。
② 闻一多：《〈女神〉之时代色彩》，《创造周报》第4号，1923年6月3日。

所谓"范畴",正是大而无当、不知所云的空洞概念。在"科学与玄学"论争时,张君劢就曾批评过此种风气。他认为,"国人迷信科学,以科学为无所不能,无所不知,此数十年来耳目习染使之然也,虽然试询以何谓科学,则能为明确之答复者甚鲜"①。不过,考虑到新文化运动时期对诸多新概念的引入本来就存在粗疏与误解的成分,那么"底"字的成绩恰恰是沿着这个理路并将之发扬光大了。"自由""民主""科学""道德"以及"进化论""写实主义"等观念,都在这一过程中深入人心——这里的"深",自然是印象之深,而非理解之深,以至于胡适1920年秋季在北京大学新学期的开学典礼上直陈,"现在所谓新文化运动,实在说得痛快一点,就是新名词运动"②。

这一趋势,其时主持《小说月报》而对文学青年(几乎就是知识青年的代名词,或另一种说法)之思想与情绪有着一定观察的茅盾,名之以"主义之'口头禅化'"③。这正是新文学在理论与创作两方面从"我"到"人"的一个大背景:"我"作为独异的个人被驱逐到个体的内心世界,那么"人"作为一个含混的"人的本性"的载体就被推到了前台。"人"的本质可感而又难以阐明,经此获得了一个适于言说的方式与传播的氛围。伯林指出:"概括措辞如'自由'或'平等'除非转译成特定确指而能应用于实际状况的条件,否则最上只可能搅起诗的想象、动人以慷慨的情怀,至其最下,不过为愚妄与罪行辩白而已。"④依此推论,则一个又一个的新观念在内涵不清的情况下大面积流布,对新文化运动及其以后的文学发展,起码在"搅起诗的想象、动人以慷慨的情怀"上起到了推波助澜的作用。这正是茅盾所察觉的文学"由社会的倾向转入个人的倾向这一种形势",但如前述,这个"个人的倾向"并非真的个人主义,而是精神的困顿与情绪的无端,是"发自己的牢骚"。

"自己的牢骚"只能出自个人的心中并流布于笔端,有些类似鲁迅所谓"无端的悲哀",但二者之间存在的差异即所悲哀的缘由之不同,需小心辨析。鲁迅曾沉痛地说:"中国固有的精神文明,其实并未为'共和'二字所埋

---

① 君劢:《再论人生观与科学并答丁在君》(上篇),《努力周报》第50期,1923年4月29日。
② 胡颂平编著:《胡适之先生年谱长编初稿》第2册,联经出版事业公司1990年校订版,第417页。
③ 雁冰:《主义……》,《小说月报》第13卷第9期,1922年9月10日。
④ [英]以赛亚·伯林:《俄国思想家》,彭淮栋译,译林出版社2003年版,第135页。

没,只有满人已经退席,和先前稍不同。"①他的悲哀始终有一个对象,就是劣根性的精神遗传,属国民性批判。青年作者如顾仲起,直截了当地承认是在"发牢骚",其根源在"有端的悲哀",即个人在社会中所遭遇的不公与歧视,或曰边缘化处境。然而,当众多的"牢骚"聚沙成塔成为"无端的愤懑"以后,整个知识青年群落受到感染,经由"孤独"从"有端的悲哀"走向"无端的愤懑"却是一个普遍现象,于是"有端的悲哀"也从此变成无边的伤感,即"无端的悲哀"。

这种"无端的愤懑"加上"无端的悲哀",就构成了青年作者的自画像:"无端的悲哀"是经历了悲惨遭际的"我"的感伤素描,"无端的愤懑"则是与"孤独"的"我"心灵相通的"人"(至少是"我"非常愿意肯定、确定的一件事)所共有的情绪速写。对"我"对"人"的一沉郁、一激烈的情感,经过文学的长期渲染,就成为弥漫于青年知识人中间的"舆论的气候"。

不仅于此,知识社会中的共同情绪,也可以因政治事件而迅速扩展到普通社会,而知识青年的失落、愤懑、不满也就此找到了发泄渠道,与社会中的绝大多数的人某种程度上建立了感情交流的一种渠道,似乎也因此部分地摆脱了"孤独"的羁縻。在五卅运动以后,文学作者对事件的快速反应,既是出于知识人的道义,也是找到了对"人"发声的突破口。但正因为此,鲁迅有一种焦虑与期盼,他警惕于"卑怯的人,即使有万丈的愤火,除弱草以外,又能烧掉甚么呢",所以才表明"更进一步而希望于点火的青年的,是对于群众,在引起他们的公愤之余,还须设法注入深沉的勇气,当鼓舞他们的感情的时候,还须竭力启发明白的理性;而且还得偏重于勇气和理性,从此继续地训练许多年"②。这篇写于五卅运动过后不到一个月的文章,极清楚地表明了鲁迅对群众的"公愤""感情"被调动起来以后的忧虑。

鲁迅在这一年还写有一组《忽然想到》的短文,其二作于年初,意蕴颇为深远。鲁迅对美术的兴趣是众所周知的,他对书的形式也有个人的喜好,即"在书的开头和每个题目前后,总喜欢留些空白",可是因为"近来中国的排印的新书则大抵没有副页,天地头又都很短",所以他觉得这"使人发生一种压迫和窘迫之感,不特很少'读书之乐',且觉得仿佛人生已没有'余裕','不留余地'了";"在这样'不留余地'空气的围绕里,人们的精神大抵要

---

① 鲁迅:《灯下漫笔》,《鲁迅全集》第1卷,人民文学出版社1981年版,第216页。
② 鲁迅:《杂忆》,《鲁迅全集》第1卷,人民文学出版社1981年版,第225页。

被挤小的",而鲁迅认为其间存在的更大的危险,在于"人们到了失去余裕心,或不自觉地满抱了不留余地心时,这民族的将来恐怕就可虑"。鲁迅惯用"即小见大"的笔法,常常从"比牛毛还细小的事"里窥察"时代精神表现之一端",这里所留心的,自然是"人们的精神大抵要被挤小"的现实。①

简而言之,鲁迅忧虑的正是"时代精神"对"人们的精神"的挤压以及因此而有的极端情绪。雅斯贝斯指出:"假定我们自己能够像神一样从外部审视我们的生存,那么,我们就能够为我们自己建立起一个有关总体的概念。我们把我们的注意力投射于人类历史中的一个特定的点上,即投射于当代这一点上。这样,一个客观的总体,不管它是作为静态的总体而轮廓分明,还是由于被认为处于生成过程中而模糊不清,都成为这样一种背景:依据这个背景,我从认识上说明我的状况,说明它的不可避免性、惟一性及可变性。"②问题是,任何人都不可能像"神"一样俯视众生,所以如果有"时代精神"的话,那一定是一些人——有意或是无心——在"舆论的气候"感染下选择的结果。

其实,无论是茅盾所谓"思想的空气",还是瞿秋白所谓"社会情绪",都是游移不定的。可是,两个概念在茅盾、瞿秋白二位那里,却都蕴含着肯定意味。换句话讲,他们的命名虽然采取的都是强调偶然性的表述,但命意之处却在必然性的因素,也就是指"时代精神"。当然,考虑到其时"时代精神"这一说法的普遍,茅盾、瞿秋白也是所在多多,也就不奇怪了——这正是当时"舆论的气候"的一种表征。所以,"无端的悲哀"与"无端的愤懑"造就的"狂热过度",在政治事件的导火索被点燃后,引发了整个社会的"万丈的愤火","人们的精神"也就"不留余地"了,于是出现了阿伦特所描绘的场面:"在传统权威崩溃,令世间穷人啸聚街头之处;在穷人离开不幸所带来的默默无闻,纷纷涌入集市之处,他们的狂热就像星辰一样不可抗拒,带着自然力的一股洪流向前奔涌,吞没了整个世界。"③鲁迅所谓"点火的青年",原本处于"孤独"之中,本无所谓个人"精神",而在他们看来,眼前燎原的火势似乎就是他们胸中的热情,就理所当然地以实际行动投入这股洪流当中了。

考究"底"字与其用法上对主词的强调所起的作用这一过程后可以发

---

① 鲁迅:《忽然想到》,《鲁迅全集》第3卷,人民文学出版社1981年版,第15—16页。
② [德]卡尔·雅斯贝斯:《时代的精神状况》,王德峰译,译文出版社2003年版,第27页。
③ [美]汉娜·阿伦特:《论革命》,陈周旺译,译林出版社2007年版,第97页。

现,类似的语言习惯、论说方式正在于以不多诠释的方式,通过"舆论的气候"让人们不假思索地,在潜移默化中接受一些新异的名词,以及跟随该名词而产生的含混的情绪。① 当整个社会沉浸于这种不求甚解的空气中后②,任何理性的分析与评判也就变得多余,这时候需要的——只是一个突发的事件来刺激、震荡,而先前失意的青年作者,在他们借助一个意外的契机重新进入社会的视野之后,一个很明显的现象是,"我"已经消失了,取而代之的——是面目模糊但感情息息相通的"人",即作为一个整体的"我们",而这个"我们"情感性的一面要远远超过组织化的那一面。

在进入这一问题之前,首先应该分析一下知识青年的"有端的悲哀"是怎样变成所谓"无端的悲哀"的。

第二节 "孤独者":知识青年的自画像

真的个性的发生、发展,首先要求社会提供它得以产生的可能,而对新文化运动前后的"新青年"来说,当他们满怀渴望地走出旧家庭后,当时的中国社会并不具备进一步滋养他们循正常路径成长的现实条件。在旧的政治格局主导下的社会秩序已经无力应对时变,而新的现代社会秩序又无从建立的时期,知识青年仿照"娜拉"而从各式各样的家庭中出走,令他们失望而在情理之中的是,走出来的结果不一定就是光明。因此鲁迅说,"在我自己,觉得中国现在是一个进向大时代的时代。但这所谓大,并不一定可以由此得生,而也可以由此得死"③,正是对这一历史的简明而精辟的概括。

霍布豪斯指出,"个性不是从外部塑造而是从内部成长的,外部秩序的

---

① 唐德刚的说法比较有趣:"搞文学革命和搞政治革命有许多相同的地方。其中很重要的一点就是革命家一定要年轻有冲劲。他们抓到几句动听的口号,就笃信不移。然后就煽动群众,视死如归,不成功,则成仁。至于这些口号,除一时有其煽动性之外,在学理上究有多少真理,则又当别论。"参见胡适口述、唐德刚译注:《胡适口述自传》,广西师范大学出版社2005年版,第156页。

② 这也不排除某种国民性遗传,比如胡适特别予以批评的所谓"名教"信仰;当时即有人指出"我们中国人有种循名不核实的坏脾气,只管在字眼上着眼,不在实际上注意"。参阅勉旃:《"不合逻辑"》,《现代评论》第1卷第3期,1924年12月27日。

③ 鲁迅:《〈尘影〉题辞》,《鲁迅全集》第3卷,人民文学出版社1981年版,第547页。

功能不是创造个性,而是为个性提供最合适的成长条件"①。一个人只有在规则而有弹性的社会秩序中,从本人的权利与对社会应尽的义务二者的调适中,并依据内在的道德信条,逐步形成较稳定的个体思想,而且,这种思想必然以社会行为的方式在外予以表述,同时接受他人的批判得以改进。一代青年,对旧家庭家族所代表的视为"非"的体制是不愿负责,而新文化运动所提倡的符合"人的道德"的、可以成为"是"的秩序处在非常缓慢的成长之中,他们对此是意欲承担责任而不可得,这就造成了"五四"运动高潮过后普遍的失落之感与彷徨之态。周全平观察到,《洪水》周刊(1924年8月)"产生的当时,正是国内思想界最最沉默的时候;几种有力量的刊物,都收敛了她的光芒。愈是混沌包围在我们的周围了! 青年人的热烈的情绪在这黑漆漆的混沌中感着莫大的苦闷"②。更有决定意味的是,如果说鲁迅"呐喊"以后继之以"彷徨"是精神上的,那么对众多的青年来说,这一问题来得更实在与具体。"零余者"形象是他们本人境遇的缩影,显然不无夸张之处,但重要的地方在于,在这些自画像前面,一代青年借由书写行为缓解了形影相吊的孤独与悲怆;而在另一方面,也通过书写这一"镜像"强化了穷且益坚的愤懑与激越。

　　在被郁达夫称为"其实是一篇散文,是一篇美丽的 Essay"③的《一个流浪人的新年》中,成仿吾绘出了一幅他个人的"简笔画":一个独居异国的青年,对自然的更替无所感,对人事的变迁也无所怀,无所用心地游荡在他乡的街道与原野中,连与同乡守岁也掩饰不了无以名状的落寞。冰心《超人》中的何彬,在被"爱"感化之前,也是难以与自然风物有心灵上的交流又格格不入于尘世,只得封闭在一个自造的牢笼里,所谓"超人"哲学,不过是拿来作为精神上的支撑,避免厌世以至于自杀而已;《烦闷》中的主人公慕自然而厌人生,虽然归家之后这种"青年的危机"立刻就被温情消解了,但这是冰心本诸"爱的哲学"而制造的一种"光明的尾巴"。就此二人对青年人精神状态的叙述看,成仿吾是"感同身受",冰心不免"道听途说",但他们对知识青年困顿的精神与行为状态的摹写,观感是一致的。所以郑振铎概括

---

① [英]霍布豪斯:《自由主义》,朱曾汶译,商务印书馆1996年版,第72页。
② 《洪水复活宣言》,《洪水》第1卷第1号,1925年9月16日。
③ 达夫:《〈一个流浪人的新年〉读后》,《创造》季刊第1卷第1号,1922年5月。按:文章附在小说之后,所以初次发表时无标题。

说,"我觉察得佐治式的青年,在现在过渡时代的中国渐渐的多了起来",而"佐治式"即"充满了这怀疑与厌倦"的思绪之谓。①

既是这般,那么新式知识青年何去何从?王统照就在一首题为《同情的寻觅》的诗中写道:

> 我宁愿全得罪了人间,
> 我只要去向荒莽中,觅得同情去!

王任叔也在《原是死了》一文中悲凉地说:

> 其实我们人类,他们的看待方法,都是你把我当死人,我把你当死人的。大家毫无感情的。
> ……
> 将来所有一切的人们死了,我也一点不觉得难过。因为他们也当我死过的人,我也当他们死去过的人。

"二王"共同的感慨,恰如周全平在他人眼中的观感,是"他之身世,只有漂流;他之心境,只有苦寂"②,得自一种泛泛的社会情绪,尤以知识青年为甚。在这方面,庐隐比上述几人更有代表性。

庐隐的作品多书写知识女性追求自由的艰辛,一个突出的模式,是冲出旧家庭以后的主人公,往往在徘徊无依中顾影自怜(如《丽石的日记》),而如果主人公有几个精神上的同调,那么这种低首喟叹的孤独背影就转换为相对无言的悲凉剪影(如《海滨故人》)。庐隐本人的经历当然提供了解释问题的一种答案,即她的作品基本忠实于事实,但是更为可能的是,她正是在重述本人以及他人的遭遇的同时,情感的压抑获得一个释放的渠道。在另一方面,也经由此建立在公众中的形象——遗憾的是,她此后在总体上没有能够从这种模式与格调中走出来,许多作品陷入僵化的形式:主人公在出场时通常性格已经定型,是"完成式"的,限于对"孤独"的"我"的不

---

① 郑振铎:《〈灰色马〉译者引言》,《小说月报》第13卷第7期,1922年7月10日。按:茅盾在郑振铎之后,于下一期的《小说月报》"社评"栏即刊出《青年的疲倦》,寓意与郑振铎相似。
② 为法:《〈林中〉的序》,《洪水》半月刊第1卷第7号,1926年1月1日再版。

厌其烦地叙写,所以曾经打动人心的感伤哀婉的情感也流于对经验的复制,读来亦不复有真诚之感。

"娜拉走后怎样"? 不是堕落,就是回来。鲁迅给出的答案已经在现实中无数次地重演,而经受了一次又一次挫败的青年,进退两难,也正是因为这样,他们只能无奈地缩回个人天地,而更加固守内心。庐隐在多年中重复叙述此种经验,随着她个人在文坛上的成功,在现实中可能只是蜕化成为一种实际的写作策略,并没有更多的实际意义。与庐隐大有分别的是,另一些人在经历了她所展现出来的心路历程以后,反而更加激越地以不羁的精神傲视社会,以抗争的姿态对抗他人,从而将自己塑造成一种混合了弱者的自怜与英雄的独异两种形象的伤感又悲壮的角色。

成仿吾在与文学研究会的争论文字里,就以小半是自哀、大半是自傲的意气说:"我们才是真的弱者,并且也很甘心是这样。他人对于我们所加的不正义,我们不能把一只眼睛来还一只眼睛,他人对于我们的欺侮,我们只好无言地忍受,一切不正义的行为,我们是被禁止了的。"[1]这当然不是真正的弱者所说的话。事实是,在《创造》季刊赢得相当的关注,创造社也获得了一定的社会声名以后,成仿吾《一个流浪人的新年》中的哀怨情怀以另一种方式表现出来:这种情绪在实体化后,被拿出来作为道义支柱与正当性证据,然后与他们病态的自尊结合起来,自己也就当仁不让地成了正义的化身:"一切不正义的行为,我们是被禁止的。"在相当程度上,创造社的郁达夫与成仿吾可以分别看作代表了自怜与自矜的两个典型,虽然郁达夫也有自矜的许多轻狂作品,成仿吾也有自怜的诸多哀怨文字。

郁达夫的为人行状、文章风格与庐隐截然不同,但思想根柢和后者有许多共同的色彩。他以颓废的生活方式与放浪的作品风格勾勒出一个被人间社会遗弃的知识青年,既有他本人真实经历在,又有他个人的浪漫幻想在,两者交相错杂,以致难分真假。其实,分别事实真假并不重要,重要的是两者都传达出了"零余者"的自嗟自叹、自伤自怜。与郁达夫相比,成仿吾则在此基础上产生了过分的敏感与病态的自尊。在创造社与其他社团或个人的争论中,成仿吾是相关文字最多的一个,这包括与胡适关于余家菊《人生之意义与价值》译文的商榷[2],在《文学周报》上连篇累牍地刊载

---

[1] 成仿吾:《创造社与文学研究会》,《创造》季刊第1卷第4号,1923年2月1日。
[2] 参阅"评论"栏,《创造》季刊第1卷第4号,1923年2月1日。

的梁俊青对郭沫若翻译的《少年维特之烦恼》的批评以及创造社诸人的反批评,特别是后者,最后沦为梁俊青夹在中间的创造社与文学研究会纯粹的意气之争①。成仿吾对同人的曲意回护,固然是社团小圈子化的排外倾向使然,但似乎更应该视为一个青年过于敏感的激烈的情绪上的反应。一个长期固守内心的人,对外部的任何刺激都不免看作对个人安全的一种威胁,因而常常反应过度。

与创造社为代表的游走于新文学中心与边缘的地位相似,一批知识青年也在努力寻找个人在新的文学体系——进而言之,也可以认为是新的社会体系——中的位置,其具体心路历程及精神状态与上述情形亦相仿佛。王以仁的《神游病者》《孤雁》等小说,主人公无一不是既冷心冷面又狂热过度的悖论式人物。可以说,何彬式的冷漠、郁达夫式的自怜与成仿吾式的自矜,几种要素简单地排列组合约略可以重构他们的形象,而知识青年的这种精神状况,理所当然地影响到他们现实生活中的具体言行,并深刻塑造了他们的个性。这是一个交相往复且不断深化的过程,同时,还会因为偶然事件的刺激而陆续增添新的元素。

何彬在现实中也许并不受欢迎,在理想上也不能满足人们的意愿,他的最后转变,既是冰心的"爱"的哲学的顺理成章的实现,也受到了当时读者的纷纷欢迎②,但这种情况只是就事论事的一个特例,而且是直接和冰心本人的人生观联系在一起的。在文学创造的世界中,何彬、郁达夫和成仿吾组成的混合体这样的人物最多,也尤其受到感伤的文学青年的欢迎,更何况,他们在理论上一直受到尊崇。

在胡适的《易卜生主义》中,他已经指出"社会最爱专制,往往用强力摧折个人的个性,压制个人独立的精神"③,而《新青年》第4卷第6号开始连载的陶履恭翻译的易卜生的剧作《国民之敌》(即《人民公敌》),在第5卷第4期刊载完毕时,众多读者也领略到了斯铎曼医士的一个口号,即"世界上最强壮有力的人,就是那孤立的人"。焦菊隐在《租界里》这篇小说中就借主人公之口说:"群众本来就是盲目的,所以易卜生才说一个孤立的人永远是不错的。"相较于"易卜生主义"学理化的表述,斯铎曼医士的话因其简洁

---

① 参阅《文学周报》第121期及以后十多期的相关争论文字。
② 参阅《小说月报》第13卷第8号,1922年8月10日。本期"创作批评"栏是对冰心作品的专论,何彬的转变受到几位普通读者的肯定与欢迎。
③ 胡适:《易卜生主义》,《新青年》第4卷第6号,1918年6月15日。

易记而在当时的知识青年中产生巨大的影响,可以用无以复加来形容。问题是,标语口号的大面积流布是以对原话的简化甚至误解为前提的。当易卜生在《国民之敌》中说出这句话的时候,他显然是指所谓民主的制度、程序并不一定保证得到最优的结果,真理往往在少数人即"孤立"的人那一边,这也是鲁迅在《文化偏至论》当中的思考。然而,这句口号在社会上流传开来以后,"孤立"往往被感染了时代伤感气息的青年,或自觉或下意识地根据自己的境况与感受,置换为"孤独"。这种置换意义重大,甚至可以说在根本上改变了一个时代的"舆论的气候"。①

当我们说一个人处于"孤立"的地位时,是指他与社会中的他人无法在观点、行动上达成一致,而这并不妨碍他与别人有情感上的交流;而当我们说一个人"孤独"的时候,是指他在心灵体验上与别人的经验由于种种原因处于隔绝状态,但这也并不一定就妨碍他和别人在行动上采取合作。丁西林自凌淑华一个短篇小说改编的同名独幕剧《酒后》,对"生在世上"与"活在世上"有一个区分,而他对后者的理解与发挥,恰如其分地诠释了此处"孤独"所谓者何:

> 一个人,在世上,有了爱,他就觉得他是人类的一个,他就觉得这个世界也是他的,他希望大家都有幸福,他感觉得到大家的痛苦,这样方才能够叫做生在世上。一个人,如果没有爱,他就觉得他不过是一个旁观的人,他是他,世界是世界,他要吃饭,因为不吃饭就要饿死;他要穿衣服,因为不穿衣服就要冻死;他要睡觉,因为不睡觉就要累死。他的动作,都不过是从怕死来的,所以只好叫做活在世上。②

这里所谓"活在世上",正是阿伦特所谓"作为一个人而感到自己被所有的

---

① 关于"孤立"(isolation)、"孤独"(loneliness)以及"孤寂"(solitude)的对比思考,阿伦特做出了精彩而深刻的分析。她认为:"孤立与孤独(loneliness)不一样。我可以是孤立的——处于我无法行动的状态,因为谁也不会与我共同行动——但是不孤独;我也可以是孤独的——出于我作为一个人而感到自己被所有的人类同伴遗弃的情景——但是不孤立。孤立是一种人被驱入的绝境,他们的政治生活、他们追求一种共同目的的共同行动都被摧毁。"参阅[美]汉娜·阿伦特:《极权主义的起源》,林骧华译,北京三联书店2008年版,第591页。

② 到20世纪40年代,冰心在《关于女人·我的同班》中也提到人生的这两种性质或说状态,阐释、命名与丁西林完全一致。由此可见,身经"五四"的知识人关于人生的中心话题,就是对周作人所谓合乎"人的道德"的"人的生活"的肯定与追求。

人类同伴遗弃的情景",亦即"孤独"。无独有偶,郁达夫到了1930年的时候,还以调侃的口吻表达过同样的意思。他在给《大众文艺》的信里说:"我的没有'文艺',就是因为没有'生活',到现在为止,我不过是生存在世上罢了,并没有所谓'生活'的这一件东西。"①这里的"生活"与"生存"之分,就是丁西林所谓"生"与"活"之别。

新文化运动没有对"孤立"与"孤独"在实际当中加以明确的区分,只有极个别的人,如鲁迅,察觉并正视了这个问题。当鲁迅批判中国多的是"合群的自大""爱国的自大"时,作为对比的,是"个人的自大","就是独异,是对庸众宣战",而他为阐明后者所举的例子,正是《国民之敌》中的斯铎曼医生,并且推崇这些"个人的自大"者说"一切新思想,多从他们出来,政治上宗教上道德上的改革,也从他们发端"②。鲁迅的《孤独者》包含了对"孤独"的政治哲学意义的思考,但显然又不仅仅如此,而有着更深刻的体验和意蕴,这一点留待后面详细论述。胡适在论述他所主张的"个性主义"时,也曾极力突出"担干系,负责任"——他对易卜生的理解显然是准确的,因为担不了干系、负不了责任的人,只能是"孤立"的人。新文化运动的倡导者对此没有特别加以论说,同时,尼采的"超人"思想也是造成"孤独"在知识青年中得以取代"孤立"的另一个极其重要的原因。

尼采"重新估定一切价值",对于冲决中国旧思想对"人"的束缚大有裨益,只是这柄利刃的锋芒还有另一面,即他对处于"孤独"状态的独异的个人的缺乏理性制衡的偏重,从理论上支持、诠释并强化了一代"新青年"在现实中觉醒以后无路可走而营造的自我封闭的倾向。有论者针对《超人》说的一番话,很能说明当时的一些共识:"尼采底哲学是意志之哲学,力之哲学。现在何彬和他相反,不过是一个比虚无主义者更虚无的厌世者罢了;不能实现人生底价值于刹那,突然感到前后底虚空,中间底短促,因而怕爱与怜悯之能增加痛苦而至于屏绝两者,这是现在许多意志薄弱青年的通例,而大多数,都逃入于他们底所谓超人生活。"③这里说的青年逃避现实的原因值得商榷,而尼采与主人公何彬并无关联的论调,其实是论者过于偏重尼采的强力意志的偏见,他就反而看不到尼采根本上的厌世色

---

① 郁达夫:《致〈大众文艺〉编者》,《大众文艺》第2卷第5、6期合刊,1930年6月1日。
② 鲁迅:《随感录·三十八》,《鲁迅全集》第1卷,人民文学出版社1981年版,第311页。
③ 佩蘅:《评冰心女士底三篇作品》,《小说月报》第13卷第8号,1922年8月10日。

彩了。

正因为有这样的"舆论的气候"作为背景,所以那种孤独的、感伤的遗世孑立的形象便源源不断地被制造出来,又被当成个人主义的模范加以礼赞。郭沫若《残春》中的主人公被妻子在愤怒中斥为"等于零的人"[1],或许艺术的夸张太多;而张闻天在致郁达夫的信里则一边哀叹"我们是被群众抛弃的人",一边又执拗地要"永远做少数的人"[2],殊不知这"少数"已由"孤立"走入"孤独",实在是死路一条。稍早一点,冰心的《春水》诗第三四则也有同样的情绪:

青年人!
从白茫茫的地上,
找出同情来吧。

郑振铎在1923年的时候曾有翻译阿尔志跋绥夫的《沙宁》的计划,着眼点也在于此。他认为:"书中的英雄沙宁,青年时代就离了家庭而出与世界及人类相接触。没有一个人保护他或指导他;于是他的灵魂便完全自由,完全独立的发展起来,正如田野中的一株树一样。"[3]这样的不受任何限制,当然就在相反的方向说明没有一个健全的社会可以提供适合他的个性得以成长的条件,所以奠基于此的所谓"灵魂",也就不可能是真正的个性。因此,社会在大的方面难以提供真正的个性得以成长的环境,而个人在上述"舆论的气候"的熏染下又自动封闭自己,两相结合,就在前提与过程两个阶段杜绝了真的个人主义萌芽和成长的机会;而另外必须要提到的,是中国传统的隐逸之风与狂狷之气对新文学家的巨大影响,也在一定程度上干扰甚至阻遏了真的个人主义的形成[4]。

在此,有必要重提前文提及的一个青年作者顾仲起。茅盾在1925年年初曾作为两个介绍人之一,推荐顾仲起考入黄埔军校教导团,而后者也

---

[1] 果戈里的小说《狂人日记》里类似的说法为"你不过等于零罢了"。参见俄国郭克里《疯人日记》,耿济之译,《小说月报》第12卷第1期,1921年1月10日。
[2] "通信",《创造》季刊第1卷第4号,1923年2月1日。
[3] 西谛:《阿志巴绥夫与〈沙宁〉——〈沙宁〉的译序》,《小说月报》第20卷第1号,1929年1月10日。
[4] 参见倪婷婷:《"名士气":传统文人气度在五四的投影》,《文学评论》1999年第6期。

来信述说投笔从戎后的兴奋之情。① 顾仲起之所以值得特别关注,是因为他颇有传奇色彩的一生,极准确地阐明了一个青年在"孤独"的状态中,所谓个性怎样发生发展,最终又会走向何种结局。

顾仲起曾在《最后的一封信》这篇小说中流露出自杀的意思,作品的主体,则是以愤激的语调叙述了自己奔走于途的艰辛,赴诉无门的愤懑。在"五四"时期,北大学生林德扬的自杀,引起了一番讨论,罗家伦从较实际的角度分析了原因:"中国青年没有社交的生活,更没有男女社交的生活,所以生活更觉得干燥无味。"②当新文化运动弃置旧家族、旧家庭等传统的"切近的伦谊"(胡适语)以后,并没有提供坚实的理论并展开切实的行动,为"新青年"搭建足够的新的"切近的伦谊",也就是罗家伦所谓"社交的生活",所以精神苦闷而外,个性发展也失去了必需的前提条件。顾仲起的境况显然还比不上林德扬:首先是无法像后者那样可以就近得到师友的指点与帮助,而他的朋友的精神状况大概都和他本人相仿佛。其次,生存状况显然要恶劣得多。他在同年年底发表的《风波之一片》里描述了个人与家庭决裂的经过,很大程度上也就是他本人的真实经历。在幼年时,遵从祖父之命,作者过继给中年无子的叔父;当这一举措也难以避免其他兄弟子侄对其财产的觊觎时,作者的嗣父无奈中娶妾,而且还生了个儿子。由此,家里也开始了另一场争端:两个母亲以嗣父为战场,打骂无休。嗣父痛苦不堪,几欲求死,只是念及幼子,不忍遽去。作者在叙述时,此前偏激的作风减去了很多,而且承认,嗣父述说家中困难,表示不能支持他外出求学,并非就是有意歧视。小说所叙情景,从作者倾注的感情推测,大体上可以认为就是顾仲起本人的生活,虚构的地方应该不多。顾仲起心平气和之际,反躬自省,尚能承认有一些曾经引起他激烈反抗的对象,并不是出自人为的、有意的压迫。然而,对一个血气方刚的青年来说,在面对显然的不公时,也很难按捺得住心中积累已久的怨气、怒气。顾仲起继《最后一封信》之后发表的作品《归来》,非常生动地表明了这一点。

顾仲起叙述他抱定投海而死的决心登上客轮,没有一点的哀婉,有的是满腔的悲愤,但在受了茶房的侮辱以后,寻死的心思全部消散,取而代之的是对势利的人间社会的抨击。他后来痛痛快快地做如许招供:"《生活的

---

① 玄珠:《现成的希望》,《文学周报》第164期,1925年3月16日。
② 志希:《是青年自杀还是社会杀青年》,《新潮》第2卷第2号,1919年12月。

血迹》(这部小说集囊括了上述诸篇作品——引者注)不是时代作,也不是力作,更不是无产阶级的文学,是我个人牢骚的产生品——这我完全承认。"①值得注意的是,这种叙述的转换亦即情感的迅疾转移在当时是极其自然的,也是前文叙述所部分表明的一种现象:个人的悲惨遭遇与社会的不公之间存在着不证自明的因果关联。

对这种现象,鲁迅有一种思考。他说:"然而我虽然自有无端的悲哀,却也并不愤懑,因为这经验使我反省,看见自己了:就是我决不是一个振臂一呼应者云集的英雄。"②"自有无端的悲哀,却也并不愤懑",是鲁迅的伟大之处,而他的独具一格的"愤懑",是启蒙主义立场下的针对整个传统的文明批评,最显著的特点,是能够精确地把握住这种隐形的精神遗传在当时现实中的具体形态,做社会批评。换句话讲,鲁迅所谓"无端的悲哀",是对整个中国传统遗产做出的价值评估,"并不愤懑"则是正视现实而有的一种审慎态度。其他的作者特别是青年,大抵则反之,其基本的思考模式,是从"有端的悲哀"到"无端的愤懑"。

"有端的悲哀"是探寻出路的知识青年随时随处可以遭遇的,"无端的愤懑"则是难以分析的情感的激流,虽与前者有联系,但绝不是由它所决定的,其中的关键,即上文特别加以探讨的"孤独"。正因为孤独是无法与他人建立有效的情感上的联系,所以"有端的悲哀"在孤独个体的心灵中发酵膨胀之后,如果这一个体并不具有"个人的自大"者那般可以熔铸所有悲哀的胸襟,那么就很容易被它吞噬,常常是"花溅泪""鸟惊心",表现为情感的无来由与无节制。

知识青年从此出发,当然要寻求心理的安全和情感的慰藉,许杰将之概括为"寻觅同情之爱"③,一个现成的例子,是成仿吾评论《沉沦》时也将其主题概括为"求爱的心"④。《幻洲》出版在五卅运动的一年以后,仍然有如是主张:

> 我们彳亍在茫茫无际的沙漠里,
> 渴想着一片绿洲的出现,

---

① 顾仲起:《哭泣——〈笑与死〉的序》,《文学周报》合订本第7卷,开明书店1929年版。
② 鲁迅:《呐喊·自序》,《鲁迅全集》第1卷,人民文学出版社1981年版,第417—418页。
③ 许杰:《王成组君的〈飞〉》,《小说月报》第14卷第3号,1923年3月10日。
④ 成仿吾:《〈沉沦〉的评论》,《创造》季刊第1卷第4号,1923年2月1日。

> 上面有密枝浓叶的树林,
> 　　有碧澄清莹的池沼,
> 　　有清脆嘹亮的鸟鸣,
> 　　有娉婷不凡的女神;
> 我们渴想着,渴想着,
> 何处去找这一片OAZA?

不过,知识青年实在的情绪当远甚于此,当时即有人察觉并加以劝导。褚保时就引用《呐喊·自序》的观点谆谆告诫:"不要切求别人同情于自己的失望,也不要以为自己是一个振臂一呼应者云集的英雄,这话对于失望的青年,也有重要的意义存在的。"[①]也就在这篇文章中,褚保时对"五四"运动以来的青年的思想、情感有一个总体的认识与意见,同时也暴露了他本人在某种程度上的类似的思想。他说:"那时我有一种偏见,对于五四运动以后的青年不满于家庭而故意出而反抗者,总不愿表同情。我是承认家庭中自有黑暗的暴力,但同时我又深信社会中的黑暗的暴力更甚于家庭。一个人要改革家庭改革社会,决不是离了家庭离了社会便算完了。"不能走入"孤独"状态是他的卓见,而不从"切近的伦谊"入手,则是他与顾仲起辈"英雄略同所见"的地方了。

对"孤独"状况不无警惕,又拿不出具体的解决之道,是相关议论的共同特征。周全平说他"对于目前的现象:作品太软性的现象并不抱悲观,这正是思想生激变时一些彷徨者应有的表现"[②],因为"我们青年应该要晓得:世界上的快乐和幸福,只有在人群生活中才能寻出啊"[③]。可是从什么地方着手呢? 顾仲起此后参与"无产阶级文学"运动,也发表了一定数量的作品,但还是因为恋爱的事情,抑郁自杀。这其实就表明,个人投身于"集团主义"以后,并不一定能够解决自己精神上、生活中的诸种问题,所有的纠结最后还会归结到个体本身。

在《小说月报》《文学周报》上发表作品,而与顾仲起在精神气质上比较接近,又备受文学研究会同人称赞的两位:一是徐玉诺,一是白采。他们受

---

① 褚保时:《顾仲起君的〈最后的一封信〉》,《小说月报》第14卷第9号,1923年9月10日。
② 全平:《关于这一周年的洪水》,《洪水周年增刊》,1926年10月。
③ 昌英:《顾仲起君的〈归来〉》,《小说月报》第14卷第12号,1923年12月10日。

到褒扬的原因,在于坦诚的情感以不事修饰的文字出之。这在强调文学作品是"写"而非"做"出来的一段时期内,在主张"自然主义"与"新写实主义"的文学研究会,并不意外。让人觉得有些意外的是,两人在作品中表露出的实际的生活与精神状况,却没有得到足够的重视。

徐玉诺就是叶圣陶的小说《火灾》中的主人公"言信君"。据这篇小说的内容以及相关的评论推测,徐曾向叶圣陶承诺,回到河南后,将自己意欲加入的家乡的"刺激的生活"写出来。联系到上述的顾仲起则可以说,徐玉诺起码如袁昌英所论,是有意于"联络我们不幸的朋友"的。针对叶圣陶在小说里显然的责备他失信的口吻(所以主人公名为"言信",是叶圣陶顺手的一种善意的讽刺),徐玉诺后来在《小说月报》陆续发表记载河南老家乱象的《在摇篮里》若干片段(按发表顺序,分别为其一、十,《到何处去》为其三,《祖父的故事》为其二)以及《一只破鞋》等作品,表达其居乡期间强烈的惶惶不安之感,以及对真实的"刺激的生活"的恐惧。徐玉诺在返乡之前,显然有相当的精神准备,可是身临其境,还是被底层社会的扰乱震骇了。他区别于顾仲起等人的地方,即在于此:他也是"有端的悲哀",但结果不是"无端的愤懑",而是"无边的惊骇"。只是这区别没有造成有意义的结果:他与顾仲起的状况相差无几,也是陷入一种"孤独"中去了。

茅盾早先曾用颇带不平的口气说:"因为有了一个赞美'自然美'的成见放在胸中,所以进了乡村便只见'自然美',不见农家苦了!我就不相信文学的使命是在赞美自然!"①主张为人生的或人生的文学,当然对单纯的"自然美"大表反对,可是在生命与精神都经过炼狱的考验,只得退返"荒野"的自然呢?有人说"真正艺术功用是达到自由的大路",因为它可以"把'自我'从忙碌的世界的种种活动里解放出来"②。这不过是评论泰戈尔时的较随便的感慨,并非发自心底的对这种艺术观的认同,事实倒可能恰恰相反,"忙碌的世界的种种活动"不仅没有他们的份儿,还让他们备受身体与精神的双重伤害,而对"农家苦"的人道主义感情并不能解决他们自身的这种问题。白采作为受此困扰的一例,所采取的方法,是以艺术对抗——在很大程度上更是躲避——现实的纷扰。

白采在小说《目的达了(?)》篇后说:"在现代社会状况下,许多艺术的

---

① 郎损:《评四五六月的创作》,《小说月报》第12卷第8号,1921年8月10日。
② 张闻天:《太戈尔之"诗与哲学"观》,《小说月报》第13卷第2号,1922年2月10日。

天才,竟不能从容鉴赏自己的作品,仅以艺术为生活之另一种方法。"①作者这里悲叹的,是现实中不得不以艺术为生活手段(而非方式)的无奈的自况,而白采本人的作品,也多是他这种私人情绪的不加文饰的记录与敷衍——进一步还可以说,是夸大与过度渲染。有意思的是,当这种私人情绪也成为谋生手段后,作家大概也在率性中增加了若干表演的成分,而白采的这番话似乎也就含有自我辩解的意味——这也是他的作品在故意的不暇修饰之外,又不免给人以造作之感的原因所在。

《堕塔的温雅》描述了一位不同于流俗而处处躲避世俗,最终不堪其扰的自杀者。这一幕出自旁观者的叙述,读者尚难以明白堕塔的温雅究竟是怎样一个人物,但如果认为主人公有些不堪斯文扫地的愤懑,还是大致不差的。与此篇写作时间基本重合的长诗《羸疾者的爱》,则在思想层面阐释了一个何以选择自杀的"温雅",不过这位"羸疾者"温文尔雅早已不再,变成一位经历了生活与精神双重炼狱的流浪汉。

该诗可以看作四场分别由两个人物的对话组成的短剧。其中,不变的主人公"我"在与老人、母亲、朋友以及爱人的交相辩论中展示出具体的思想面目。值得注意的是,其面目只是展现出来而并非建构完成,所以"我"也像庐隐的大部分人物一样,是固守内心的固定形象。所以,与其说该诗存在对话,不如说是白采的内心独白。

在这首诗的开端,"慈爱"的老人劝"我"停止"不息地走着",离开"那残酷的人间",而且"不要佯装着寡情的样子,说出许多悻悻的话",并直指"我"之本心,以为之所以至此,不过是"从前用情太过度了"。白采在诗中清楚的叙述表明,他已经认识到自己以及其他知识青年中普遍存在的从"有端的悲哀"到"无端的愤懑"的情绪模式,开始反思个人的行为,痛定思痛,有可能找到新的出路。

然而,"我"谢绝了老人加于自己的"少年"称呼,只是坦率承认"我也有过一度尽量的泄露,采得的只有嘲笑的果子",所以成为一个"羸者","有透骨髓的奇哀至痛",精神至为疲惫,因此"不配有享受爱的资格",最终只能是:

  既失去了本有;

---

① 白采:《〈目的达了(?)〉附识》,《小说月报》第 15 卷第 9 号,1924 年 9 月 10 日。

除了自己毁灭，
需要怜悯，便算不了完善。

也就是说，白采或者诗中的"我"在回顾了以往的经历、经验以后，仍然没有找到出路，选择的解决方法较"孤独"更进一步，是自我毁灭。值得注意的是，白采所谓"自我毁灭"，其实是一种彻底的避世态度，即拒绝一切的同类之爱。这一决定显然在其胸中盘旋已久，所以"我"在向母亲报告了老人的善意以及他的孙女的痴情以后，也仍然归结如下：

既不完全，
便宁可毁灭；
不能升腾，
便甘心沉溺；
美锦伤了蠹穴，
先把它焚裂；
钝的宝刀，不如断折。

这些沉痛的自我否定，带有新文化运动早期"不能完全，宁可没有"（All or nothing.）式的激越；但其中明显的悲愤色彩同时也表明，两者所指至为歧异：白采更多是注重人格的完善，而非后者在当时所直面的争论中的西方文明。① 这由"外"而"内"的转移，可以看作从"个人"（Individual）到"个性"（Character）的退缩，即当现实社会难以容纳个人并造就真的个人主义时，对一个秉持道义的知识人来说，大概除坚守良心、追求人格的完善（Perfection）以外，别无选择。

在以下两幕场景里，白采只是把上面的意思分别向朋友、爱人做再次声明。朋友以为"人们原不过尔尔，都是'病的'，都将就些受着'疗治'"，所以不可以苛求，可是"我"为了"拥护生之尊严"，虽然"不能谈那离开人间的天国，但也不能使后人更见有人间的地狱"，只好自求毁灭，遁世以至悄然以终。所以，当爱人尝试以百折不挠的爱感化"我"时，"我"在这爱面前却"甘愿作一个狷者"，以"求得'毁灭'的完成，偿足我羸疾者的缺憾"。不过，

---

① 鲁迅：《随感录·四十六》，《鲁迅全集》第1卷，人民文学出版社1981年版，第337页。

"我"最终的形象却如同爱人所说的那样,其实也很像成仿吾的自矜,是"自示羸弱的人,反常想胜过了一切强者",所以朱自清在当时就曾指出白采及其笔下的主人公共同分享的这一种特性,"虽然他'常想胜过了一切弱者',虽然他怎样地嘴硬,但中干的气象,荏弱的情调,是显然不曾能避免了的"①。

  白采这首诗的意思如果细细分析,可能还有深入的可能。他在诗中表明自我毁灭的意思,主要指避世倾向,但更深一层的用意则说明,造就了羸弱者的"我"的"人间的地狱",凭我一己之力委实难以颠覆,可是"我"可以通过自我毁灭的形式来摧毁它——将这"人间的地狱"的产品毁灭了,"人间的地狱"也将不复存在。这是知识人追求独立个性而不得,陷入"孤独"之中,所能够完成的最具反抗意义的最后一击——遗憾的是,这种抗争在颠覆了"人间的地狱"的同时,也就毁灭了个体本身。白采本人的用意也许没有如此深入,鲁迅笔下的"孤独者"则命意之处恰在于此。

  勃兰兑斯认为,"文学中的自杀狂"是"个人解放后出现的一个病症","它是个人对他所由出生的整个社会秩序进行抵制并从中解脱出来的最彻底最干脆的办法"。②白采的弃世乃至自我毁灭倾向所具有的象征意义,就是浸于"孤独"状态中的青年在做出沉痛的反省之后,所选择的最后也是最高的抗争形式。这与顾仲起意图自杀的愤激姿态,以及更广大的其他知识青年的沉默而又愤懑难抒,都是一种变形的个人主义,而它们呈现出的相当私人化的趋向,却无以对建构真的个人主义有所裨益。何况,这种情绪也延续了较长一个时期。段可情在读了郁达夫《一个人在途上》以后,就在来信中说:

> 达夫兄,我也是到寂寞中求慰安的一个人,孤独生活的情调,在人生途中,确实别有风味,非个中人不足语此。……
> 在其间,我求爱之心,依然未尝稍懈。然而得着的,只是些虚伪的面目,和冷酷的心肠。我现在觉悟了,再不作这样的痴想,我只在自己的寂寞世界里,及回忆的途上,过孤独的生活,才能得着真真的

---

① 朱自清:《白采的诗》,《你我》,商务印书馆1936年版。
② [丹麦]勃兰兑斯:《十九世纪文学主流》第一分册,张道真译,人民文学出版社1997年版,第50页。

慰安。①

公平地说,青年一代已经为此做出了巨大努力,而所得的结果仍然是徒唤奈何,无法走出自我封闭的怪圈,而且自怨自艾在成为他们的情绪特征的同时,一种新的倾向也在知识青年中间悄然生发。

这就是以情绪化形式出现的集体面相:"我们"。

第三节 "我们":知识青年的心灵掩体

怀特海指出,"文明的进步,乃是通过增加我们毋需考虑便能运作的重大活动的数量来实现的"②。他的意思,乃是强调在一个内部自发产生秩序的自由社会,人们经由固定的价值准则导引,在一系列重大问题上可以形成一种观念上的默契与行为上的一致。在中国从传统向现代转型背景下,人们受民族主义情绪等支配,许多时候也是"毋需考虑便能运作",而新文学从"我"到"人"的转化,在本书论述的范围之内,也具有类似特征,它们都与怀特海所论只是在外部特征方面存在某些相似而已,差别在于,如果说怀特海强调的是在一个稳定的价值结构体系当中价值的自然增殖,后者则是在"偶像破坏"之后,社会、文学都没有固定的价值标准,受掺杂了即时情绪的舆情影响(因此又多受突发事件支配),所以也就难以算得"文明的进步",只能视为历史的回水区。

如前述,知识青年在各式各样新名词的笼罩下成长,但对它们的内涵其实并不能够准确辨析,这就意味着他们对现代文明的规则亦不甚了了。相反,他们在梦醒了以后无路可走的状况中,愈来愈如朱自清所描述的那样,外强中干、色厉内荏,在这个时候,他们迫切需要一种来自群体的安全感,这一群体趋向,正是许杰所谓"寻觅同情之爱"。问题在于,这种"同情之爱"经过上下求索仍然在现实中难觅踪影,当此之际,何去何从? 一个集合性名词"我们"在语用上的急遽扩张,一定程度上可以诠释知识青年的这

---

① 参见"通信二则"(段可情致郁达夫),《洪水》第 3 卷第 27 期,1927 年 2 月 16 日。
② 转引自[英]弗里德里希·冯·哈耶克:《自由秩序原理》(上),邓正来译,北京三联书店 1997 年版,第 19 页。

一心路历程,并进而呈现其进展。

自新文学产生,"我们"作为文学及批评用词即已登场,出现频率逐步增长,这表明在新文化人下意识的谋略中,或者竟是一个很重要的意图,在于有意识地制造一种舆论,谋求观念的扩张。在这种背景下,从"我"向"我们"做适度延伸是极其自然的。周作人在《谈龙集·序》里曾如是说:"我们(严格地说应云我)喜谈文艺,实际上也只是乱谈一阵,有时候对于文艺本身不曾明了,正如我们著《龙经》,画水墨龙,若问龙是怎样的一种东西,大家都没有看见过……"①显然,这里"我"并不能完全代表"我们",所以周作人要做一个附加的说明,可是"我"推己及人,设想总有一些人和自己在某一个具体问题上,立场或观点相同,因此不免常常以"我们"的样子说话。又如,在《文学改良刍议》里,胡适直接以"吾以为今日而言文学改良,须从八事入手"切题,"结论"又云"上述八事,乃吾年来研思此一大问题之结果"。② 为胡适知音者,不过"同志"如陈独秀、钱玄同、刘半农等人,故未及半年,《历史的文学观念论》就充满了"吾辈"。"吾辈"非即"我们",辈为同流,胡适只是泛泛地拉了一道"统一战线",所以还有进一步申说,"然亦不敢以吾辈所主张为必是而不容他人之匡正也"③。《新青年》从 4 卷 1 期起全部改用白话文,同时,"陈独秀先生主撰"的字样也从封面撤下。这一上一下,大有意义:杂志自此改由陈独秀、李大钊、胡适、刘半农、沈尹默、钱玄同六人轮流编辑,再加上周作人、鲁迅等不定期地参与编务,这一同人团体在公众眼中自然是一群,颇有资格可以自称"我们"的,所以在旁观者看来,白话文似乎和"我们"是同时正式登台的;可是,《新青年》中不仅正式的论文用"吾"或"我"以示文责自负,就连通信栏,这些人之间相互讨论问题,也极少使用"吾"的复数形式,而只有在私人书信里,"我们"出现的频率才稍高。由此,可以见出《新青年》同人当年的谨慎:对公,全以个人面目出现;于私,则无妨划定一个小圈子。这种姿态在后来的胡适身上体现得最为显豁。胡适写各种论文,只是以"我"的名义说话,可是在书信中,颇多"我们"的用词和做派;正如自由首先是政治自由一样,个人主义必为公共空间里

---

① 周作人:《谈龙集·序》,《谈龙集》,开明书店 1927 年版。
② 胡适:《文学改良刍议》,《新青年》第 2 卷第 5 号,1917 年 1 月 1 日。
③ "胡适致陈独秀",见"通信"栏,《新青年》第 3 卷第 3 号,1917 年 5 月 1 日。

的个人主义,方有其积极价值;胡适在意"群己权界",自深有用心。①

新潮社中的年轻人则大为不同,他们多的是"我们主张新文学"②的意气,显示出"五四"时代青年学子趋新而又自信的知识青年群落的群体特色。傅斯年声称,"我们对于自己的态度,不可不温愉,对于自己的主张,却不可不坚决。总要自信得过,敢说敢行"③;罗家伦也认为,"我们不主张思想自由则已,苟主张思想自由,则不能不以坚强的意志,热烈的情感,作真理的牺牲"④。傅、罗在"五四"运动中是学生界领袖,想来不无登高一呼、应者云集的自负,这两人所谓的"我们",既是把个人的志趣推而广之的结果,也显示了当仁不让地自觉可以代表新潮社同人以及社会当中其他知识青年的气概。成仿吾论及新文学,也下意识地有如许表述:"至少我觉得除去一切功利的打算,专求文学的全 Perfection 与美 Beauty 有值得我们终身从事的价值之可能性。"⑤这里,从"我"滑行至"我们"几乎不需要过渡,显示了青年新知识人群落的某种一致性——不过,这种一致是情绪、态度、立场上的,而非理解上的。知识青年的这种姿态就与其师长一辈在相当程度上构成了一种极有意味的对比。

知识青年在言及他本人所处群落时,"我"与"我们"之间的界限基本被取消了,而通过以上对"我们"一语在文学领域的兴起稍作钩沉可以见到,在"我们"登陆白话文的书面滩头后,大致有两种主要的意味:一是推己及人的个人观念的扩大;二是同人之间指涉同人团体本身。就"我们"一语的实际使用情形看,知识青年主要是在第一种意义上使用"我们",而其师长辈则主要在第二种意义上予以使用。知识青年当然也会就同人团体本身立言而使用"我们"一语,但或如前引若干知识青年作者的文学言论、创作所表明的那样,他们在很大程度上是将一己的边缘化感受扩大化,推及整

---

① 至于胡适亲任编辑而使用别号,当属于制造变化之编辑策略。周作人当年曾说"最反对用别名的胡适之先生还有'天风'等两三个变名,就可以知道这种办法之不得已了",参见《谈虎集》,上海北新书局1928年版;又,《红楼内外·新青年与国故》回忆说,"胡博士向来写文章的态度很是严肃,不主张用别号,也不说游戏话或激烈一点的话。但是他代编的时期,他用过好几个别号,如 VQ 即 Quo Vddis 的缩写,表示你往何处去,为胡适二字的意译……"参阅《知堂乙酉文编》,止庵校订,河北教育出版社2002年版,第93页。
② 傅斯年:《怎样做白话文?》,《新潮》第1卷第2期,1919年2月1日。
③ "通信",《新潮》第1卷第3号,1919年3月1日。
④ 罗家伦:《近代西洋思想自由的进化》,《新潮》第2卷第2号,1919年12月。
⑤ 成仿吾:《新文学之使命》,《创造周报》第2号,1923年5月20日。

个知识青年群落,从而将之当成一个同质的共同体,"我们"云云,不过是这种心理的下意识流露。

然而,"我们"一语在言说中被频频采用,不管言说者的主观意图如何,意识乃至下意识中,总有一个与我们相对待的"他们"作为对立面而存在。当张闻天哀叹"我们是被群众抛弃的人"①的时候,当成仿吾不甘地说"我们才是真的弱者"②的时候,他们其实都是有所针对的。事实也正是这样,"我们"与"他们"的对举,在当时是一个突出的文化现象。

陈独秀在以"庄严灿烂之欧洲"为论述背景时,笔下的"吾"已经有复数化倾向,如"吾苟偷庸懦之国民""吾阿谀夸张虚伪迂阔之国民性"等说法③,就带着泛民族主义意味,隐含着与其他国家的国民的对比之意。胡适留学归国,有一段文字开头则如此说道:

> 我在美国动身的时候,有许多朋友对我道:"密斯忒胡,你和中国别了七个足年了,这七年之中,中国已经革了三次的命,朝代也换了几个了。真个是一日千里的进步。你回去时,恐怕要不认得那七年前的老大帝国了。"我笑着对他们说道:"列位不用替我担忧。我们中国正恐怕进步太快。我们留学生回去要不认得他了。所以他走上几步,又退回几步,他正在那里回头等我们回去认旧相识呢。"④

胡适是当面对美国朋友时,才想到和"他们"在某种意义上处于相对位置的"我们"中国,而与此稍稍不同,成仿吾的对比则充满历史的攀附意味,径直把一群旧俄知识分子的"他们"追认为"我们"的"先驱而同调者":

> 我们在俄国的智识阶级 Intelligentsia,感到一个先驱而同调者。我们与他们的方法可以不同,我们与他们的结果可以不同,我们与他们的精神是相同的。他们是有知识的先觉者的团体,他们是超越一切社会的不自然的阶级差别的一个阶级。他们的目的是不断地反抗一

---

① "通信",《创造》季刊第 1 卷第 4 号,1923 年 2 月 1 日。
② 成仿吾:《创造社与文学研究会》,《创造》季刊第 1 卷第 4 号,1923 年 2 月 1 日。
③ 陈独秀:《文学革命论》,《新青年》第 2 卷第 6 期,1917 年 2 月 1 日。
④ 胡适:《归国杂感》,《新青年》第 4 卷第 1 期,1918 年 1 月 15 日。

切现存的社会制度,不断地追求它的革新。①

细细品味,胡适与成仿吾之间不无差异:同样是跨越国族的比较,胡适始终把"我们留学生"当成一个有形的整体,而将中国对象化为"他";成仿吾则径自把所有知识青年当成一个精神上的联合体。当然,二者之间仍有暗通款曲之处:胡适1919年3月22日在少年中国学会筹备会上演讲,引用"牛津运动"的领袖纽曼所摘引的荷马诗句"如今我们回来了,你们看便不同了"(You shall see the difference now that we are back again.)对"中国的少年"加以勉励②,而这也不正是后来成仿吾们所自期许的吗?

需要注意的是,胡适所谓"我们""你们",指的是国中两类人群。叶圣陶后来曾就此思潮有一短评,他在批评虚假的"到民间去"的呼声时,也触及了类似的问题,只是由国度、民族的区隔转换成阶级、阶层的分别:"'咱们'唱得顺口了,自然而然也漏出了'他们'——'他们'是谁?是民众呀。于是一条鸿沟界在'我们'与'他们'的中间了,这是人工凿成的,有如巴拿马运河。"③叶圣陶批评蓄意的"我们""他们"之划分,自然不是否定其间存在的差异——事实当如俞平伯讨论"民众文学"时所言,"我们底,他们底生活底隔绝"④毕竟说明了社会阶层的分化与隔阂——正是有民众的"他们",才有知识阶层的"我们"。相较之下,闻一多较早时候一个刻意的说法则暗暗涵盖了这一问题的两个项度。《〈女神〉之地方色彩》道:"我们的新诗人若时时不忘我们的'今时'同我们的'今地',我们自会有自创力。"⑤意思十分显豁,是"我们的'今时'同我们的'今地'",自然不是异时的、别一个国族的"他们"的;是"我们的新诗人",当然也不是不同阶级的"他们"的。

"我们"语用上扩张并频繁出现,集中见于创造社,尤以成仿吾为多。概括说来,成仿吾由郁达夫意义上的"我们的这种小杂志"⑥进而为"我们这个小社"⑦,字面的态度是开放的,可是做法难免与此有所龃龉。梁实秋

---

① 成仿吾:《士气的提倡》,《创造周报》第4号,1923年6月3日。
② 胡适:《少年中国之精神》,《胡适全集》第21卷,安徽教育出版社2002年版,第169页。
③ 圣陶:《魔法》,《文学周报》第174期,1925年5月24日。
④ 俞平伯:《更正》,《文学旬刊》第27期,1922年2月1日。
⑤ 闻一多:《〈女神〉之地方色彩》,《创造周报》第5号,1923年6月10日。
⑥ T.D.Y.:《编辑余谈》,《创造》季刊第1卷第1期,1922年3月。
⑦ 仿吾:《编辑余谈》,《创造》季刊第1卷第3期,1922年冬。

曾经借徐志摩批评郭沫若"泪浪滔滔"一句而引起成仿吾回击一事①,就此有所批评,他认为:"即使志摩说沫若是假人,你不该说'你既攻击我们是假人……'。他所攻击的只是沫若,沫若的朋友全可以出来说几句公正话,但沫若的朋友不可自己跳进被攻击的方面里去,除非他们确实也是攻击了。"②在成仿吾眼中,"这个小社"中的每个人,都应该对其他人的"攻击"持同仇敌忾的立场,情有其然而理有必至的,同时也要回护"我们"中的组成分子。

郭沫若也曾慷慨地说,"我们是最厌恶团体之组织的:因为一个团体便是一种暴力,依恃人多势众可以无怪不作";在对文学研究会讥讽的同时,又特别强调,"我们的主义,我们的思想,并不相同,也并不强求相同。我们所同的,只是本着我们内心的要求,从事于文艺的活动罢了"③。"我们"本身就是一个团体,如果"最厌恶团体之组织",不也就是反对自身吗?郭沫若话语中的矛盾,大概表明创造社除"有'狄卡丹'的嫌疑的"郁达夫外其他"很健全"④的成员之基本立场,同时不过昭示"主义""思想"并不相同的"我们"是一个行动上的"我们",上述成仿吾"回击"徐志摩即其一例,而创造社话语的开放性与行为的"我们"化在这一段时期内,就主要表现为见缝插针地对文学研究会做意气化批评。

从创造社的姿态来看,"我们"集团化、圈子化的发展,取决于一个参照即对立面的存在,对立面无论是预设的还是后生的,都在实际上固化了作为团体的"我们"。所以,本来是作态表明立场的同人之"我们",在现实中遭遇了对立面以后,迅速地从观念形态走向行为状态,换句话说,就是从文化走向政治。

"我们"从自称走向对举,在"五四"运动后这种趋势初现苗头,创造社多的也不过是个人意气,后来则有两大事件促使其加速发展,其内涵从而集中贯注在政治立场之上。这两个大事件,一个是"五卅运动",还有一个则是中国社会性质论战。这一转变,个中道理其实并不复杂:"五卅运动"激起了国人的民族情绪,面对帝国主义这一外敌,作为中国人就自成一个

---

① 参见"通信四则",《创造周报》第4号,1923年6月3日。另,徐志摩指摘郭沫若"泪浪滔滔"诗句一事参见《坏诗,假诗,形似诗》,《努力周报》第51期,1923年5月6日。
② 梁实秋致成仿吾,见"通信二则",《创造周报》第13号,1923年8月5日。
③ 郭沫若:《编辑余谈》,《创造》季刊第1卷第2期,1922年8月25日。
④ 成仿吾:《创造社与文学研究会》,《创造》季刊第1卷第4期,1923年2月1日。

整体,即"我们";而社会史论战辨析中国传统社会的性质,因为面对的是逝去的历史,所以作为中华民族后裔的国人亦得以排除其他因素,成为一个混沌的"我们"。二者以时空交错、纵横交织的结构,构造了"我们"的政治化。胡适主导的《现代评论》如此,而在左翼社团里,标榜"我们"更是不在话下:1928年创办的一个期刊,刊名就是"我们"这两个大字;《创造月刊》的"编辑后记",从前是具名的,而自第1卷第12期起,落款则改为"文学部"。

在"我们"由自称向对举即从文化向政治的转换中,析而论之,则"五卅运动"唤醒社会各阶层的国族意识,与异国、异族对举的"我们"是政治姿态,也是政治行为的代称,而社会史论战里作为知识人群落的"我们",在对中国传统社会性质判定的历史意识的背后,也有现实因素的考究(只是对现实的作用在时效上稍稍滞后),特别是马克思主义划分社会形态的阶级论,尤为左翼社团在理论上所倚重,在政治上所借重。

"五卅运动"过后半个月,叶圣陶有首宣言诗,高声疾呼"同胞,我们彼此是唯有的伴当",并且写道:

  他们说,"没有什么,
  不过打死了几只小鸡,何妨?"
  他们说,"驱散群众
  最好的办法就是开枪!"
  我听见了,
  我们听见了。

在"他们"血腥行为过后的轻侮声中,"我"融入了"我们",因为"'认清敌人'的反面文章'纠结同伴'应是其中之至要的",如此则"'我们'的旗帜竖起"。[①] 在民众"一致对外"的声浪里,当然也不无有心的质疑,稍稍高明者反问道:"一致对外的前提是我们都是中国人,'咱们一伙儿'。进问一句,为什么都是中国人就该一致对外?"[②]这样的议论与前一种的差别不过半

[①] 圣陶:《认清敌人》,《文学周报》第180期,1925年7月5日。按:同期有朱自清作于"六月十九夜"的散文《白种人——上帝的骄子》亦不为无因。

[②] 郢生:《杂谭》,《文学周报》第182期,1925年7月19日。

斤八两,只是拿叶圣陶反对虚假的"到民间去"时曾经涉及的阶级问题置换了国族而已,但由此可以看到,阶级问题正是促成"我们"政治化的添加剂。

这样,"我们"在经历了历史与现实之双重打造后,就以政治话语的形式进入文学与文学批评。如前述,"我们"本就含有推己及人的倾向和冲动,但在个人主义风气激荡的"五四"时期,"主将"们还是注重其间的区别的。周作人提倡"平民文学",论及应"以普通的文体,记普通的思想与事实",一连若干个"我们",可是后来还是要强调,"还有我所最怕被人误会的两件事,非加说明不可"。① 周作人未始不是像叶圣陶那样,以为知识人与平民同为一体,但俞平伯所谓"我们底,他们底生活底隔绝"毕竟也是另一种真实。如果说在"五四"时期作为同人的"我们"即知识分子是以人道主义态度观照"他们"的,那么在阶级问题突出以后,"我们"则意图囊括"他们",即将"我们"的立场扩大而为包括"他们"在内的所有人的立场。如此一来,因为"他们"是"沉默的大多数",而"我们"作为话语主体频频出现,则"他们"就只能也是"我们"。

成仿吾论述《呐喊》,姑且不问其道理几何,还带点"五四"之风的余绪,也是承认"我们"与"他们"之别的:

> 我们现在在都市过活的人看乡村的人好像永远隔着在彼岸,文学家能够在这中间造出一条桥梁,使我们知道他们,也使他们自觉,这是再好不过的事情,此中也正有无穷的材料;然而我们如果要表现他们的时候,我们最要注意环境与国民性,我们的作者可惜没有注意到这些地方,颠倒尽把他的典型写成 abnormal 的 morbid 的人物去了。②

俞平伯等人想必也赞同这段话的前半句,对后半句中的"我们要表现他们",当时的作者、批评家分歧也不会大:尽管表现的方式有所不同,"我们"可以表现"他们"则殆无疑义。职是,《创造月刊》在提倡"革命文学"后才有如许告白:"我们要承受新时代将开展以前的朝气,我们要参加催促新时代早临的战线,我们要尽我们底能力做些自觉的工作欢迎新时代的礼物。"③

---

① 周作人:《平民文学》,《艺术与生活》,上海群益书社1931年版。
② 成仿吾:《〈呐喊〉的评论》,《创造》季刊第2卷第2期,1924年2月28日。
③ 王独清:《今后的本刊》,《创造月刊》第1卷第9期,1928年2月1日。

第三章　知识青年读者与新文学的互动

这里的"我们",在为了"欢迎新时代"而"做些自觉的工作"之时,就已经是作为"他们"的"我们"了。

问题反讽的地方在于,"我们"似乎是在忠实地表述"他们",而不是"我们"在"他们"不知情,当然也就没有授权的情况下,将"我们"的观点强加给"他们",从"他们"那里悄悄窃取了道义优越感与政治正当性,并以"他们"的代表自居。这一点,当初《努力周报》展开"关于'我们的政治主张'的讨论"就有所涉及。当董秋芳等青年人提出"平民革命",主张"一面是'到民间去',一面是手枪炸弹"时,胡适当即指出他们认识上的误区:"俄国'到民间去'的运动,乃是到民间去为平民尽力,并不是到民间去运动他们出来给我们摇旗呐喊。'到民间去'乃是最和平的手段,不是革命的手段。"①总之,作为表现者的"我们"是否可以表现作为表现对象的"他们",较之"我们"是否有能力表现"他们"(如茅盾与后期创造社关于"技术手腕"的争论),无疑更为根本,②而就创作本身来讲,中国现代作家、批评家多数对此并没有太多思考,所以毫不迟疑地滑过"我们"代表"他们"的合法性问题,径直走向了如何更好地表现"他们"的技术层面。

为了较透彻地说明此一变化的重要意义,在此可以顺便向后做一种延伸论述,说明在文学从文化到政治的行程中,左翼文学社团以其特有的组织形式为"我们"彻底奠定了政治地位。

检点《创造月刊》的所有论说,反复出现的"阶级""革命""解放"等语词掩盖不了其理论来源的纷纭散乱,众多的"我们"也只是在虚张声势。这一种情感的声浪,其势不可低估,茅盾稍后认为,创造社"跟着'五卅'时代向前走了","但是并没有结会立社,只单身地跟着一个一个时代的潮流往前走的无名氏,正不知有多少呢!这些无名氏便凑合成了时代的社会的活力"③。可是,自"左联"成立以后局面则大为不同。《现代》创刊号强调,"本志是普通的文学杂志,由上海现代书局请人负责编辑,故不是狭义的同

---

① 《关于"我们的政治主张"的讨论》,《努力周报》第 4 号,1922 年 5 月 28 日。
② 这是社会转型期知识人自觉或不自觉的较普遍的思想倾向。有人论述胡适在"问题与主义"之争里的立场,也注意到胡适将"他对中国的愿望表达为中国人的愿望,而又据此提出类似杜威的解决方案"。参见罗志田:《再造文明的尝试:胡适传(1891—1929)》,中华书局 2006 年版,第 196 页。
③ 茅盾:《读〈倪焕之〉》,《文学周报》合订本第 8 卷,远东图书公司 1929 年版。

人杂志",接着便以"因为不是同人杂志"的排比宣示编辑方针①,不无相对标榜的意思;而在约半年后,苏汶认为"现在左翼文坛的理论之一致,不像从前似的零零落落"②,又隐隐约约透露所谓狭义的同人及杂志究竟所指为何。

这在当时不过是一个公开的秘密。夏衍认为,"'左联'在党内有党团书记、党小组,但他毕竟还是一个群众团体"③。其实,不如说倒置过来更切近事实,即左联虽然是一个群众团体,但它有党团书记、党小组。事情有意思的地方在于,在其他人眼里,"左联"是一个社团,其中的人大概都可以用"我们"来自称,然而在"左联"内部,党员相对于非党员则又自成一个"我们"。直接说来,"左联"的组织是"我们"之中有"我们",而这两个"我们",显然并非同一回事。

因此,在"左联"当中,就由"我"和"们"组成一种层级架构。艾芜在回忆丁玲时,提到在"左联"小组会(而非党团会)上,"她跟钱杏邨一样,只谈政治,不谈文艺",而他多年以后才觉得不太妥当的地方,是丁玲说要"提拔"他"做共产党员"④。虽然艾芜要反思丁玲的"行帮意识"(即"左联"内部的派系意识),"提拔"二字则成为对"左联"内部结构以及运行机制的最好说明。冯乃超对张天翼的短篇《二十一个》所做的批评,具体显示了"我"和"们"之间的歧异。他认为,张天翼的"这个进步是相对的,脱掉了知识分子的主观,变成一面镜子,这就是我们所说的同路人的态度,即没有阶级的主观。……可是我们应该苛求到这个地步:——完全用烘托的方法去表现我们要表现的内容,这是不对的(至少在非商业性质的杂志上,是应该如此的)"⑤。这段话中的三个"我们",中间的一个作为形式主语,去掉也不影响行文,可以存而不论,前后两个"我们",恰恰一个是作为"党团书记、党小组"的"我们",另一个则是作为"群众团体"的"我们",亦即"我"与"们"——或者如冯乃超文中的说法,是"我们"和"同路人"。

虽然"左联"内部有这样的分别,但在他人视野里则仍是一个整体。苏汶总结了关于"第三种人"的争论,以为"严格地说,截止到现在,中国还没

---

① 施蛰存:《创刊宣言》,《现代》创刊号,1932年5月1日。
② 苏汶:《"第三种人"的出路》,《现代》第1卷第6期,1932年10月1日。
③ 参见夏衍:《懒寻旧梦录》,北京三联书店1985年版,第208页。
④ 艾芜:《有关丁玲的回忆》,《新文学史料》1995年第4期。
⑤ 李易水:《新人张天翼的作品》,《北斗》创刊号,1931年9月20日。

第三章　知识青年读者与新文学的互动

有名副其实的无产作家的存在,即在'联盟'之内的作者,也大都只是以'同路人'的资格而存在着吧"①。所以,借用冯乃超的说法,即使"同路人"经常被"我们"所纠正,亦为"我们"之一部分,且常常以"我们"的面目说话。

如果左翼文学不仅局限于文学自身,可以称之为左翼文学运动的话,那么阿伦特关于"运动"(Movement)的分析,在此无疑也有相当的针对性。根据她的判断,一种"运动"的正式成员与同情者总是维持在一定比例,而"同路人组织""在外部世界本身真实性质问题上欺骗运动成员,又用掩盖运动实质的手法来愚弄外部世界"②。苏汶的观察还是有道理的,或许可以进一步说,在"左联"内部自以为是核心的丁玲、冯乃超们,对从事实际革命工作的共产党人来说,其实也不过如冯乃超眼中的张天翼,仍然是"同路人",而左联的实际作用,也大致与阿伦特所谓"同路人组织"相仿佛。

这里也有必要强调,这里是仅仅就一个"运动"的组织与功能做类比,而不涉及其他方面的评判。

当年郭沫若说过,"言说便是行为的一种",且"一切真正的革命运动都是艺术运动"。③ 以郭的理论修养,可以认为他是充分领悟其时所谓"时代精神"的敏感分子,他之所谓"革命运动都是艺术运动",恰恰与阿伦特的意思吻合,而"我们"作为"行为的一种"之"言说",一变而为实际的行为,又和实际的形势密切相关。在民族日益危亡之际,不可否认,"左联"后期的"国防文学"与"民族革命战争的大众文学"之"两个口号论争",其实都在文化、文学范畴内强化了"一致对外"的作为民族的"我们"的政治姿态,直至"抗战"爆发,"地不分南北,人无分老幼"。

当然,"我们"的政治化从理论上讲并不让人特别意外,任何现实中的理论或概念都有政治化的可能。问题在于,"我们"在组织化以后,反而由政治化初始阶段的内涵明确转而变得模糊,似乎在外延上具有无限拓展的可能。"左联""我们"之中有"我们"的层级结构,从里向外看,就是不断扩大的许许多多个"我们";而如果说某一层级的"我们"是具体的,总有另一个更核心的"我们"出现,证明它并非真正的"我们"。

胡风后来的回忆可以作为一个佐证。他记述何其芳、刘白羽 20 世纪

---

① 苏汶:《一九三二年的文艺论辩之清算》,《现代》第 2 卷第 3 期,1933 年 1 月 1 日。
② [美]汉娜·阿伦特:《极权主义的起源》,林骧华译,北京三联书店 2008 年版,第 469—470 页。
③ 郭沫若:《艺术家与革命家》,《创造周报》第 18 号,1923 年 9 月 9 日。

40年代在重庆的活动时,这样提到某种反应:"他们报告的内容是延安整风、作家的阶级性和思想改造。这是根本原则问题,但他们的报告引起了反感。梅林在会后发牢骚说:'好快!他们已经改造好了,现在来改造我们了!'我也觉得他们没有注意'环境与任务的区别',但又没有机会再开会了。"①这正是"我们"渐次扩张,而始终内外有别的一次具体事例:胡风、梅林夫妇居重庆在一定程度上可以代表何、刘等人的"我们",但他的文学主张受到后者的批评又表明,他还不是何、刘以及他们背后的"我们"。

最终,当"我们"完全成为一种话语平台、言说方式的时候,就是扎米亚京意义上的"我们"了。作为话语主体的"我们"裹挟着"沉默的大多数",不断变更替其外延、变幻其外形,但无论如何,始终有一个居于中心的"我们"是真理,以任一种"我们"的名义做出的判决也总是正确的,因为不管怎样都有那同一个来源,即呈现为"无物之阵"而又能高效运转的"我们"机制。

第四节 "新文艺腔":"新思潮的门面"与世界的"心理替代物"

"新文艺腔"差不多可以说是新文学的伴生物,二者相较,在于前者徒有后者的形式而缺乏相应的精神特质,故有"腔"而并不"文艺"。一般而言,新的美学规范当建立之初,总不免较多模仿,对这些模仿品的价值,后世则几乎众口一词地指其为低劣,虽然这种判断大体不错,但未免低估了它们的文学史意义和在特定时期极为重要的社会功能。

就20世纪20年代中期前后的知识青年创作及相关文学批评来说,"新文艺腔"在形式特征、精神内涵方面都带有"五四"以来新思想在社会之中广泛流布又面目不清的诸多特征,其具体功能,是为知识青年营造了一种相对封闭也相对安全的心理空间,就其传播特性来看,则这一阿伦特所谓"心理替代物"的情绪结构体孕育着时代新变。因此,考察知识青年创作当中呈现的"新文艺腔",一方面有助于我们对其时的文艺思潮及其承接转换能有较细腻的认知,另一方面,也可以对其时文学与社会思潮之间的复杂互动关系有一个更深入的解释。

---

① 胡风:《胡风回忆录》,人民文学出版社1993年版,第328页。

第三章　知识青年读者与新文学的互动

一、"新文艺腔"的形式特征

新文学自然以"表现的深切和格式的特别"①为判别标准,但在实际中不得不降格以求,所以,虽然有人明确指出,自鲁迅使用了"驼背五少爷"之后,"'瞎子阿二'等等满天下了",因之"这是模仿,不是创造"②,但"看见一朵云彩,便疯疯癫癫地说痴话"③的创作屡屡见之于报端,也是实情。

新文学的这类作品,时人及今人均称为"新文艺腔"。"五四"之后,新文学在知识青年群落中的影响力大增,加之各类文学刊物纷纷开张,这就使得走出家庭的"娜拉"们有更多的机会一吐胸中块垒。茅盾在 1923 年观察到,"新文学运动的短促的四五年内,好像已有了由社会的倾向转入个人的倾向这一种形势。只要把四年前的小说和现在的小说一比较,便显然可见。四年前的小说,十篇里总有九篇是攻击社会中某种旧制度,现在的小说,十篇里总有九篇是作者发自己的牢骚"④。对众多"叹老叹贫"而并无"真实的悲感"的牢骚之作,坊间通行的"评语"是"无病呻吟"⑤。不过,检录这些评论,倒是可以见出"新文艺腔"的一般形式特征。

首先,"新文艺腔"的语汇偏好"洋腔"(这一点极鲜明,所以在相当程度上甚至可以说"新文艺腔"就是"洋腔")。向培良指出"现在的作者,最喜欢用什么花吓月吓爱吓上帝吓等等诗趣的东西"⑥,冯沅君也认为"在新文艺中,我们所常见的字是玫瑰,是夜莺,是接吻,是拥抱"⑦,二者共同传递的讯息,是新文学遣词用语以及因之而有的情调的"欧化"。当然,洋字眼儿触目皆是,似乎也可以认为是提倡者用心培育的结果,如傅斯年稍早时候就将"那些'什么''那个''月亮''太阳'的字眼儿"视作"白话文学的介壳"⑧。然而,这在一众模仿者那里,却是知其然而不知其所以然的行为,职是故,"新文艺腔"能否收新文化、新文学倡导者所谓矫枉过正之效,则不

---

① 鲁迅:《〈中国新文学大系〉小说二集序》,《鲁迅全集》第 6 卷,人民文学出版社 1981 年版,第 238 页。
② 孙福熙:《我所见于〈示众〉者》,《京报副刊》第 145 号,1925 年 5 月 11 日。
③ 甘人:《中国新文艺的将来与其自己的认识》,《北新》第 2 卷第 1 号,1927 年 11 月 1 日。
④ 雁冰:《杂感》,《文学旬刊》第 74 号,1923 年 5 月 22 日。
⑤ 参见沅君:《"无病呻吟"》,《语丝》第 6 期,1924 年 12 月 22 日。
⑥ 培良:《再评〈玉君〉并答琴心女士》,《京报副刊》第 115 号,1925 年 4 月 11 日。
⑦ 沅君:《愁》,《语丝》第 23 期,1925 年 4 月 20 日。
⑧ 傅斯年:《白话文学与心理的改革》,《新潮》第 1 卷第 5 期,1919 年 5 月 1 日。

无疑问。广东二十岁的青年读者李放的看法是:"白话诗好者也愿读,但满纸肉麻'她''心弦''的''呀'……之诗我就不愿读了。我知道,并且敢武断这些不是诗,这类的诗说不定要绝种的,因为我——青年人——渐渐厌恶它们呢。"①这一观点在当时很有代表性。

其次,"新文艺腔"叙述方式的"高蹈"。当时有论者批评剧本不合舞台实用,其中一点便是人物语言表达方式与观众(听众)之间的脱节,批评"……我的心灵,被旧社会的阴影……"之类台词"如何说得出听得懂"。②这种现象,从作者方面看,就是"装出一幅嘴脸,绕湾儿说话"的结果。③"绕湾儿说话"由欧化的叙述导致,读者不甚满意尚情有可原,因为语言习惯的改变毕竟非一日之功,但"装出一幅嘴脸"则的确有违于新文学提倡者的初衷。

这里面的问题是,固然有若干模仿者端起得风气之先的文化架子拿腔捏调,更主要的还是文学经验的自我重复和超限复制,使得新文学在度过最初的兴奋期后,成为仅在文坛内部自我增殖的产物,因之难免与大众隔绝。比如庐隐,她的小说往往叙述冲出旧家庭的女性孤独无依的苦闷感,而为了便于抒发梦醒了以后无路可走的苦闷,书信、日记等也就成为她经常采用的小说体裁。应该承认,庐隐所书写的人生经验及其所采用的文体形式在起初都有独创性,但也应该看到,她在后来并没有突破这一模式和格调,许多作品不免沦为对主人公孤独体验的不厌其烦地叙写,于是曾经引起广泛共鸣的哀婉情绪不复动人。庐隐的自我重复和其他作者等而下之的经验复制,在"五卅"乃至"大革命"之前并非孤立的个案,它们一方面与民众脱节,显得"高蹈",而在另一方面,却成为加强新知识人群落特别是知识青年群落自我身份认定的一串符码。此类作品,可能文化功能超过文学价值。

再次,"新文艺腔"的情感都因雷同而成为滥调。自《沉沦》面世,便出现"一班时尚文风",即"怎样表示自己放荡不羁哕,怎样曝露自己的性欲之类之类"④,很快就稀释了周作人的阐释,滑落为张资平式的地摊文学。又如上述,当庐隐引领的题材、主题或风格一旦在社会范围内取得轰动后,后

---

① 《京报副刊青年爱读书特刊》(三),1925年3月。
② 郁陶:《试验期戏剧底分化》,《京报副刊》第439号,1926年3月15日。
③ 俞平伯:《诗底自由和普遍》,《新潮》第3卷第1号,1921年10月1日。
④ 黎锦明:《我的批评》,《北新》第4期,1926年9月11日。

起仿作(包括她本人后来的诸多作品)未始没有感情投入,但都因为高度的相似性而面目模糊,难以让读者产生共鸣。彭基相曾批评年轻的作者"实在只学到了二位周先生的躯壳","没有'真切的感情做衬托'",所以《京报副刊》的"小品文字"过滥遂在普通人眼中成为一个"缺点"①,可谓切中了问题的实质。

问题还有另一面。"新文艺腔"众多雷同之作本身的文学价值固然不高,但这些作品汇聚在一起,成为文学史上不可忽视的重要一环。这是因为,相关作者均是知识青年,而"新文化运动的'群众基础'原本就是广大的青年"②,他们原是最早接受新文学的读者;另一方面,他们又是较早开始创作的年轻作者,不仅模仿文坛先驱,更把自身的经验带入作品。这些经验虽然与大众不无隔阂,但在知识青年内部具有极高的认同度,成为他们自我肯定的凭借、相互辨识的方式、意义增殖的条件,累积到一定程度,就在外部环境的催化下,侵入文学与社会。

二、"新文艺腔"的时代精神内涵

林语堂在对西方读者介绍鲁迅时说:"新文学运动已经产生了一批青年作者,他们的大多数喜欢写一些伤心感慨的诗,满篇多带着浪漫的厌世性(World-weariness),这种厌世性便是十九世纪初期的浪漫派之征象;同时还有一样多的小说作家(往往也就是那些'诗人',他们所写的总是那千篇一律的三角关系和同类的题目)。"③"一批""一些""一样多"云云,都是对其时作为文学现象的"新文艺腔"规模之"盛"的描述。

"新文艺腔"在20世纪20年代中期前后集中涌现,除青年人性情近于文学而刻意模仿之外,更主要的出自"优秀之才""日日空谈'新',空谈解放与改造"④的时代风气。从晚清开始,"新"成为一种包容甚广但内涵空洞的准意识形态,进入民国,亦复如是:"人之视新,几若神圣,不可侵犯,即在昌言复古之人,亦往往假托新义,引以为重。"⑤新文学创作当然并不例外,

---

① 彭基相:《西山通信》,《京报副刊》第332号,1925年11月18日。
② 余斌:《周作人》,南京大学出版社2010年版,第148页。
③ 林语堂:《鲁迅》,光落译,《北新》第3卷第1号,1929年1月1日。
④ 《通信·熊子真致蔡元培》,《新潮》第2卷第4号,1920年5月。
⑤ 汪叔潜:《新旧问题》,《青年杂志》第1卷第1号,1915年9月15日。

如《玉君》就曾被认为是"红学家的《红楼梦》,不过加了些所谓新思潮的门面语"①。"新文艺腔"中的新式"门面语"之多,有时超出想象。闻一多在《〈女神〉之时代色彩》中盛赞郭沫若的诗代表了"二十世纪底时代精神",并且引申说,"二十世纪是个反抗的世纪。'自由'底伸张给了我们一个对待威权的利器,因此革命流血成了现代文明底一个特色了"。② 在一句话中,闻一多连续采用"二十世纪""自由""威权""革命"和"现代文明"等概念,不待读者有所反应,就早已置身于"洋腔"的包围之中了。

从这个角度看,"新文艺腔"倒不一定全是情绪的滥调,而与时代密切相关。其实,透过"新文艺腔"的简易形式装置可以看到,它所表征的情感及其背后的思想动态不仅反映时代,还可以通过自我增殖的方式参与"新"时代的创造。这源于知识青年群落自身的边缘化处境而产生的群体性趋向。

1922年至1923年间,中国发生系列政治变动,"五四"时期因权力纷争所形成的自由的真空地带已经陷落。这致使新文化运动的领军人物不得不收缩活动,整体转入"彷徨",与之相应的,则是知识青年整体陷入幻灭。当个人,特别是涉世不深的知识青年经此大挫折而对社会丧失基本的信心以后,一个最自然的反应是逃离现实。就知识青年的反应看,大致有两种貌似相反的选择:一则是向外逃逸,"融入野地";另一则是向内逃匿,躲入个人(或许称之为私人更合适)的一方小天地。这两种选择原都是对社会现实的拒绝:前者如鲁迅所论,"人生不可知,社会不可恃,则对天物之不伪,遂寄之无限之温情"③;后者亦如伯林所言,"当通往人类自我完善的自然之径被堵塞时,人们便会逃向自我、沉溺于自我,建立一个外在厄运无法侵入的内心世界"④。所以,王统照在一首题为《同情的寻觅》的诗中写道:"我宁愿得罪了人间,/我只要去向荒莽中,觅得同情去!"庐隐《或人的悲哀》则是另一套说法:"我对于人类,抽象的概念,是觉得可爱的,但对于

---

① 培良:《再评〈玉君〉并答琴心女士》,《京报副刊》第115号,1925年4月11日。
② 闻一多:《〈女神〉之时代色彩》,《创造周报》第4号,1923年6月3日。
③ 鲁迅:《摩罗诗力说》,《鲁迅全集》第1卷,人民文学出版社1981年版,第85页。
④ [英]以赛亚·伯林:《浪漫主义的根源》,吕梁等译,译林出版社2008年版,第43页。

第三章　知识青年读者与新文学的互动

每一个人,我终觉得可厌的!"①

在这种情况下,"新文艺腔"首先成为孤绝的知识青年自我肯定的凭借。从极度自尊而又极度自卑的"零余者"开始,那种混合了英雄的自大与弱者的自怜的矛盾人物就成为边缘知识青年的缩影,并在诸多零碎作品中得到反复摹画。他们借由书写行为缓解了形影相吊的孤独与悲怆,但同时也强化了穷且益坚的愤懑与激越。其次,"新文艺腔"因此又成为边缘知识青年之间"寻觅同情之爱"②,即相互辨识的方式。当边缘知识青年从"寂寞"造就的"无端的悲哀"③走向"无端的愤懑",见花落泪、遇鸟惊心,外部世界遂成为一个充满危险的丛林,他们也经由相同的"苦闷与呼号,贫穷与忿恨"④这样的"时代病"而在心理层面逐渐形成一个亚文化群落或集体。

阿伦特指出,人们处于这样的状态之中,建基于理性或者情感的某种"人的本性"往往会成为真实世界的"心理替代物",如是则产生"人人皆兄弟"的安全感,而不管哪一种情况,它们都势必导致一种"狂热过度"。⑤"新文艺腔"的重要作用,就在于它以陈词滥调为边缘知识青年营造了一个世界的"心理替代物"。在这一虚拟世界中,处境孤绝而情感相通的底层青年被"人人皆兄弟"的情绪传染,成为不断膨胀的情绪火药桶。这时所需的,仅仅是一个引爆的契机,不期而至的"五卅"则扮演了这一角色。

"五卅"之于边缘知识青年的意义,在于一致对外的民族主义情绪凸显了国族作为一种普遍情感的载体使得他们从此浮出地表。李欧梵认为"在政治疏离时期,英雄主义的狂热和英雄崇拜都不可能产生直接的政治后果,只能美化作家的孤芳自赏"⑥无疑是正确的,但如若将少量几个"作家"拓展为集读者、作者于一身的为数甚多的底层青年,将"英雄"泛化为某种"人的本性",那么"狂热"本身就会转化为"政治"。当边缘知识青年的群体性狂热情绪在"五卅"中喷薄而出时,这一群体就已经成为一支政治生力

---

① 勃兰兑斯论及法国大革命后的流亡文学,也曾指出类似的风气:"他身上存在着一种奇怪的混杂情绪,一方面泛爱人类,一方面却对现实生活中的一切关系全都漠不关心。"参见[丹麦]勃兰兑斯:《十九世纪文学主流》第一分册,张道真译,人民文学出版社1997年版,第47页。
② 许杰:《王成组君的〈飞〉》,《小说月报》第14卷第3号,1923年3月10日。
③ 鲁迅:《呐喊·自序》,《鲁迅全集》第1卷,人民文学出版社1981年版,第417页。
④ 参见《旧时代之死》的广告文,《北新》第1、2期合刊,1930年1月1日。
⑤ [美]汉娜·阿伦特:《黑暗时代的人们》,王凌云译,江苏教育出版社2006年版,第13—14页。
⑥ 李欧梵:《中国现代作家的浪漫一代》,新星出版社2005年版,第259页。

军,他们在"五卅"之后和"大革命"中的亢奋①,乃是因为他们积蕴了太多的情绪势能。

胡适在 1933 年年底指出,"一九二三年以后,无论为民族主义运动,或共产革命运动,皆属于这个反个人主义的倾向",且将之命名为"集团主义(Collectivism)时代"。②"娜拉走后怎样"? 当鲁迅提出这一问题的时候,他可能没有想到自己后来与左翼文学集团之间的纠葛,但对边缘知识青年来说,投身于某种基于"人的本性"而建构起来的集体,那似乎是一条康庄大道。

三、"新文艺腔"的传播功能

"五四"之前,陶履恭即指出"社会,社会,此近来最时髦之口头禅",并批评了"世人用语,率皆转相仿效,而于用语之真义,反漫然不察"的现象。③ 其实何止"社会"一词,举凡"自由""民主""科学""道德"以及"进化论""写实主义"等当时流行的概念或曰观念,无不存在类似的问题。对于那些加入"新文艺腔"合唱队的青年作者来说,有意识地采用这些时髦语词堆砌成文,意味着他们在一定程度上参与了新式话语权的建构。这不仅缓解了他们身处边缘的焦虑感,客观上也促进了这些观念的流布。

事情吊诡的地方或许正在于此:新思想、新文学及相关概念被引入国中,民众阶层(非仅限于文盲)难免就近取譬,以自身经验比附新概念,所以多有风马牛之效;然而,未能准确理解的概念并不妨碍其传播,毋宁说,正因为其皮相而产生的滑稽,反而获得了极佳的传播效能。鲁迅笔下的未庄人可以把自由党猜作"柿油党",那么民众把"打到帝国主义""错讹为'打扫鸡骨猪皮'"就也在情理之中④。需要注意的是,自新文化运动特别是文学革命以后,许多人都将文学视作传播新思想的利器,这尤以在"五四"运动中及稍后对知识青年产生重要影响的新潮社为代表⑤。如此背景下,"新

---

① 罗志田指出:"在各种向往革命的读书人中,最积极活跃的还是废科举和城乡疏离之后兴起的边缘知识青年。"参见罗志田:《近代读书人的思想世界与治学取向》,北京大学出版社 2009 年版,第 109 页。
② 胡适日记 1933 年 12 月 22 日,《胡适全集》第 32 卷,安徽教育出版社 2003 年版,第 238 页。
③ 陶履恭:《社会》,《新青年》第 3 卷第 2 号,1917 年 4 月 1 日。
④ 伏园:《游行示威以后》,《京报副刊》第 170 号,1925 年 6 月 5 日。
⑤ 参见"通信",《新潮》第 1 卷第 4 号(1919 年 4 月 1 日)和第 2 卷第 2 号(1919 年 12 月)。

文艺腔"作为新思想的庸俗化载体而能够"大行其道",这在当时的许多人眼中可能并非一无是处,只是观感或如孙伏园那般啼笑皆非。

在新思潮传播过程中,报纸副刊和期刊扮演了极重要的角色,郭沫若曾用"中国人看两本杂志便要乱讲主义"之语加以讽刺①。就文学领域看,自《语丝》《现代评论》《猛进》三种刊物出版后,各种定期文学刊物呈风起云涌之势,尽管"现在新诗上所写的悲哀,是理想构成的,空空泛泛,于事实上,往往通不过去"②的批评不绝于耳,但"新诗人的过剩和新诗的充斥"③则是一个客观事实。事情复杂的地方还在于,知识青年因为自身处境的缘故,诸种新观念在很多时候只是他们倾吐一己愤懑时顺手扯下来当作虎皮的大旗,但在一般人看来,新思潮也就和"新文艺腔"似乎有了某种关联。而出于青年人身心特点,知识青年表现出的颇极端的态度、情绪,也就成为新观念难以剥离的情感外壳,所以有心人颇为忧虑"不成熟的言论遍地"的社会舆论④。

郭沫若《漂流三部曲》的主人公爱牟对人对事的态度往往从"极端的憎恨一跃而为极端的爱怜",情绪常常往返于两个极端。这种情感特点在"新文艺腔"中比比皆是,王独清、王以仁、顾仲起、白采、徐玉诺等人都表现出"不能完全,宁可没有"(All or nothing)式的激烈。"本来所谓极端一类的话,它本身并不是一种主张或理论,它不过附带于主张的一种态度或别的形容字样"⑤,问题是,当时许多态度或者情绪其实并不以某种主张为基础,在某种条件下,它可以仅仅就是一种态度或者情绪。

高一涵在《青年杂志》的创刊号上,就曾对"舆论与公论"加以辨别:"公论者根于道理,屹然独立,而不流于感情;舆论者以感情为基,不必尽合于道理者也。"⑥此后十余年,虽说若干变动无不是"顺舆情者胜,逆舆情者败"⑦过于夸张,但从时人的观感中,不难推断出"舆情"影响力之巨。如前

---

① 值得注意的是,作者作为青年人其实不以为非。参见鸣着:《介绍青年的战友——"狂飙"》,《北新》第10期,1926年10月23日。
② 温仲良:《读了〈倦旅〉后的感想》,《北新》第10期,1926年10月23日。
③ 朱大枬:《说"平民的"兼评先艾的诗》,《北新》第5期,1926年9月18日。
④ 轩:《一年来国内定期出版界略述》,原载《唐山》旬刊,见《京报副刊》第388号,1925年1月18日。
⑤ 月如:《论"极端"》,《北新》第3卷第10号,1929年6月1日。
⑥ 高一涵:《共和国家与青年之自觉》,《青年杂志》第1卷第1号,1915年9月15日。
⑦ 彭基相:《防川》,《京报副刊》第447号,1926年3月23日。

所论,"新文艺腔"虽多有造作和矫饰,但从开始就带有"失路人"的哀伤与愤激,在1923年以后更成为孤绝处境中的愤懑与激越,就都是基于边缘知识青年的具体处境和身心特质而产生的群体性情绪。这种情绪借助于(文学)期刊、副刊迅速扩张,在整体陷入低沉的知识青年中间极具传染性,反映在图书市场上,就是经过了"五四"落潮之后的困顿,"民十二三年间,新书的销行,才渐渐抬起头来了"①。而知识青年和(文学)期刊、副刊之间的相互影响是一个不断深化的双向循环过程,其间流露出的趋向极端的情绪以及因此而产生的舆论声势渐涨,又容不得忽视,以至于张奚若提出要将"毒害青年"的副刊"一把火烧掉"。②

只是激愤之辞解决不了问题,反倒是边缘知识青年登上历史舞台之后再不退场。鲁迅于"五卅"之后不久作有一组题为"杂忆"的四组短文,对"点火的青年"提出告诫,一方面提醒"卑怯的人,即使有万丈的愤火,除弱草以外,又能烧掉甚么呢",另一方面则强调"对于群众,在引起他们的公愤之余,还须设法注入深沉的勇气,当鼓舞他们的感情的时候,还须竭力启发明白的理性;而且还得偏重于勇气和理性,从此继续地训练许多年"。③ 然而,正往时代中心前行的愤怒青年耳边只有呐喊,已经听不得如此唠叨了。

需要强调的是,"新文艺腔"之于新文学传播的作用,当然比不得"五卅"、北伐这样重大的社会变动自身所具有的推动作用,甚至只是后二者的附庸,但如果考虑到追随"白话文"的"就是那些向往变成精英的城镇边缘知识分子或知识青年",他们才是"西向知识精英的真正读者听众和追随者"④,则对"新文艺腔"的情绪碎片所产生的传播助力自有较切实的了解。

四、"新文艺腔"之于知识青年的意义

周作人在《国语文学谈》中指出:"白话文的生命是在独创,并不在他是活的或平民的,一传染上模拟病也就没有他的命了。"⑤因此,"新文艺腔"的各色作品之所以缺少文学价值,即在于它们从内容到形式的全盘模仿,

---

① 张静庐:《在出版界二十年》,上海杂志公司1938年版,第122页。
② 张奚若:《副刊殃》,《晨报副刊》1925年10月5日。
③ 鲁迅:《杂忆》,《鲁迅全集》第1卷,人民文学出版社1981年版,第225页。
④ 罗志田:《权势转移:近代中国的思想与社会》(修订版),北京师范大学出版社2014年版,第140、142页。
⑤ 周作人:《国语文学谈》,《京报副刊》第394号,1926年1月24日。

特别是模仿"几个所谓新文化首领"①。其实，当一种美学规范崛起时，模仿是极自然的文学现象，问题在于它是自发的模拟还是有意识的提倡。从较长时段看，"新文艺腔"尚有很多后裔，在不同的时代也有不同的名称，但不管是叫"抗战八股"还是"赵树理方向"，它们大都是因应时代、社会的需要而人为促成的运动，就像20世纪40年代那场以"巴金式的腔调"为核心的"新文艺腔"的讨论所表明的那样，它们"不只是一个文艺问题，反而更是一个政治立场、意识形态问题"②。唯有这里讨论的"新文艺腔"不同，在相当程度上可以这么讲，它是诸多个体不约而同地主动模仿而形成或者凸显的社会、时代现象或曰问题。

"新文艺腔"的绝大多数作品，是反复抒写穷愁，而所谓穷愁之感未必只是知识青年的一己苦闷。近现代以来，知识分子边缘化趋势不断加剧，这以出身底层的知识青年为尤甚。他们接受或多或少的新式教育，受到新思潮的影响，得到新观念的鼓励而走出家门以后，非但不能挤开社会之门，还尝尽了奔走于途的辛苦和赴诉无门的心酸，失望在所难免，愤怒自然滋长。褚保时曾引用《呐喊·自序》的观点对顾仲起为代表的边缘知识青年隔空进行告诫："不要切求别人同情于自己的失望，也不要以为自己是一个振臂一呼应者云集的英雄，这话对于失望的青年，也有重要的意义存在的。"③道理自是不错，欠缺的是感同身受的理解。

其实，"五四"之后的知识青年和任何时代的青年并无差别，都追求个人幸福和社会价值。从这个角度审视"新文艺腔"，则其文学史意义不言自明：向前看，文学研究会和创造社可以看作"人的文学"在"五四"时期的两个不同侧面，前者关心社会问题，后者强调个人出路；向后看，则"革命文学"的"革命+恋爱"（其实就是性与政治，亦即饮食男女）小说模式不过是在特殊的时代背景中对"五四"文学社会解放、个人解放两大主题的最激烈，也是更为变形的呈现。"新文艺腔"居于两个时代中间，以青年人的热情传导了这一社会转型命题，同时也增添了新因素。

边缘知识青年在形势催逼下从失望青年变为愤怒青年，参与造就了激进的舆情并在相当程度上改变了文学和社会进程。然而，就他们的作品而

---

① 伏园：《曾朴与季通》，《京报副刊》第404号，1926年2月3日。
② 张梅：《上海沦陷区"新文艺腔"讨论史料钩沉》，《新文学史料》2010年第4期。
③ 褚保时：《顾仲起君的〈最后的一封信〉》，《小说月报》第14卷第9号，1923年9月10日。

言,令人惋惜也在情理之中的是,他们在追求过程中的辗转辛苦本应存在的个体差异被程式化的书写所淹没,进而言之,是作为一个同质化的群体被他们参与缔造的历史洪流所吞没。这是革命的儿女反为革命吞噬故事的预演,之后的人物、情节、背景全变了,脚本却只是这一个。

从这个意义上讲,"新文艺腔"就率先推出新文学当中一个反复出现的成长叙述模式。"破落户"出身,"五四"的洗礼,"沉沦"的郁结,"五卅"之后"到民间去"的狂热,它们构成了边缘知识青年清晰可辨的身心发展历程。在这一模式之中,主人公和外部环境之间的对立是最突出的,然而,区别于经典的教育小说的是,主人公并没有经历上下求索而走向成熟并最终以超越的姿态与世界和解,反而在孤独情境中走向了与之更激烈的对抗,直至最后扑入"乌托邦"的怀抱。由此,"新文艺腔"展现出其自身的悲剧性。

职是故,"新文艺腔"这一文学史现象本身所具有的文学精神属性可能更值得重视。虽然在文学表现上,它似乎只为后来的创作断断续续提供了若干食洋不化的喜剧性人物形象(如"假洋鬼子""学生腔"之类)。事实是,当沈从文出于特别的原因先后写出《记胡也频》和《记丁玲》的时候,对边缘知识青年及"新文艺腔"的文学书写就已经开始,而胡也频、丁玲们的灵魂在历史的黝黯回水区沉浮的创伤,也已成为现代文学精神永不消褪的淤青。勃兰兑斯认为:"文学史,就其最深刻的意义来说,是一种心理学,研究人的灵魂,是灵魂的历史。"①就此而言,以"新文艺腔"为典型表征的边缘知识青年写作及其背后的暗黑精神属性,亦已成为中国文学心理、精神、灵魂之史的重要组成。

---

① [丹麦]勃兰兑斯:《十九世纪文学主流》第一分册,张道真译,人民文学出版社1997年版,第2页。

第四章　新文学读者与新文学审美底色

新文学是"平民的文学"。按周作人的看法,平民文学在内容上追求"普遍"与"真挚",在艺术上则自然具备"以真为主,美即在其中"的品质。①这个说法并没有什么难于理解的地方,只是问题仍然没有得到解决:为什么"真"的就是"美"的?如果分解一下,至少可以提这样两个问题:第一,什么是"真"?第二,怎样表现这个"真",才能具有周氏所谓"艺术的美"?笼统说来或就理论而言,"真"就是"美"倒不难回答,因为在社会转型期,"真"的标准重建,"美"的法则亦因此重塑,故自发的言行都可以被认为具有审美的价值。

问题难在具体施为方面。如前述,清末民初到"五四"及其之后的一段时间内,文学往往被认为是思想的载体,故在理论与创作两方面均过于推重"真"的一面,而在"美"的一面难有建树。从这个角度看,胡适所谓"诗的经验主义",正是建基于"人间本位主义"的"人的文学"的最本色的表达。若从当时的创作看,知识青年中间流行的"新文艺腔"则在一定程度上对什么是"真"及怎样表现"真"等问题均有所涉及。这一创作现象提醒我们,"真"与"美"相混杂而以前者为主的情形,是一个复杂的存在。

客观说来,新文学的理论阐述对日常经验过于推重,导致了对审美体验的轻视乃至漠视,造就了朱自清后来所谓"偏重俗人或常人的立场,也可以说是近于人民的立场"②。新文学的这一特质,或如前所论,是文明现代性与审美现代性两种品质的糅合,由于社会转型的缘故而特重前者,因此,也就形成了王国维所谓"古雅"的审美格调。需要强调的是,新文学在美学层次上属古雅,并不是说它完全没有产生大家名著,只是从历史的角度看,

---

① 参见周作人:《平民的文学》,《艺术与生活》,上海群益书社1931年版。
② 朱自清:《论雅俗共赏·序》,《朱自清全集》第3卷,江苏教育出版社1996年版,第218页。

整体如是而已。

古雅之用,应如王国维所论,在"教育众庶"[①]。本书在第一章已提出一个问题,即新文学(理论)对其读者充满召唤性,不过,这是就单方面立论。若从读者一面着眼,他们为适应过渡时代,也在多种因素的推动下逐日趋向新文学,知识青年不过是其中最活跃的一个群落而已。"新文艺腔"就是知识青年以文学为中介来阐发他们特有的社会情绪的一种方式,它对整个知识青年群落有重大影响。当读者以种种不同的方式介入新文学的时候,他们事实上也就在一定程度上重塑乃至改造了新文学的气质。

第一节 "人的道德"与"诗的经验主义"

新文化运动的"新潮"很是复杂,囊括了欧洲几个世纪的纷纭复杂的思想;但像文艺复兴以后的欧洲一样,其中心在于依次发现了"人""妇女"和"儿童",而且就学理而论,在开始阶段完全是自觉地横向引入,到后来才有向中国历史深处溯源的举动。正因为"人"被作为一种价值评判准则予以重置,所以历史与现实之中的许多现象均须加以重估,是非与善恶也都成了问题。就此来说,胡适与周作人之间的差异颇有意味。

从思想根柢看,胡适是英美经验哲学的信徒,周作人则较多地受到欧洲大陆哲学的影响,所以前者重是非而后者重善恶。细细辨析,周作人认为"以真为主,美即在其中",指的是"美"来源于"真",但"真"因带有强烈的以"人的道德"为旨归的意味从而接近"善";胡适则几乎抹杀了二者之间的区别,径直将"真"等同于"美",这正是胡、周二人因思想差异而在文学理念中所应有的分别。

胡适、周作人对真与善的各有侧重,反映的是知识人在转型期应对社会巨变的不同态度或选择;但他们的一致性,在于都隐含着将文学政治哲学化的倾向,而这就造成了"真""善"对"美"的压抑(周作人后来对自己的文学观有所修订,但这一底色始终没有完全褪去)。用一句形象的话来说,"以真与善为主,美即在其中"是新文学的胎记。

---

① 王国维:《古雅之在美学上之位置》,《中国近代文学大系·文学理论集1》,徐中玉主编,上海书店1994年版,第219页。

第四章　新文学读者与新文学审美底色

一、"人的道德":真、善对美的压抑

《人的文学》认为,人是"从动物进化的人类",所以有"灵肉二重的生活","肉的一面,是兽性的遗传;灵的一面,是神性的发端",而"兽性与神性,合起来便只是人性"。① 新文化运动时期,进化论程度不一地仍然是众多文化人的价值理念,所以关于周作人提及人是"从动物'进化'的"即涉及"肉的一面",历来讨论较多,这对长期经受礼教、家族束缚的中国"人"来讲,自然意义重大。问题的另一面在于,"灵的一面"做何理解方为妥帖?照周作人文章里的说法,这是人的"内面生活",是基于人的动物性存在又高于动物性的精神上的"高上和平的境地"。这样的解释当然可以接受,但接下来的问题是,如果"灵的一面""趋于极端"或者说终极形态是"神性",那么可否认为"人"就具有"神性"呢?周作人用了一个含混的表达:"大人类"。

中国传统上就有"天道远,人事迩"的说教,这是儒者世界观之积极入世的一种常规表达。周作人后来自陈"学问根柢是儒家的"②,他此时指出"人类正当生活,便是这灵肉一致的生活",是一种"人间本位主义",在原初没有形而上学倾向,而大有儒家的入世意味。于是,他所谓的"人",便也只在这"人间"生长,丝毫没有"神性"气息。胡适将"人的文学"称之为新文学运动的"中心观念",并解释为"主张'人情以内,人力以内'的'人的道德'的文学"③,正是的诂。然而,如此独立的人,毕竟也需要"大人类主义"即"人道"做支撑:"所以现代觉醒的新人的主见,大抵是如此:'我只承认大的方面有人类,小的方面有我,是真实的。'"④因此,周作人关于"人"的见解不免就形成一种调和:本来周作人以为人的规定性应该本诸人的经验事实本身,但他觉察到孤立地强调人性与人的社会性的矛盾,所以必得以"大人类"为背景。

这种调和是好理解的。"人"作为社会存在,其规定性总得有一个支柱;换句话说,就是必得有一种来源:神、天或者道,不一而足。周作人在《文艺的讨论》里这样说:"我想现在讲文艺,第一重要的是'个人的解放',

---

① 周作人:《人的文学》,《新青年》第 5 卷第 6 号,1918 年 12 月 15 日。
② 知堂:《两个鬼的文章》,《过去的工作》,香港新地出版社 1959 年版。
③ 胡适:《〈中国新文学大系〉建设理论集·导言》,上海良友图书印刷公司 1935 年版。
④ 周作人:《新文学的要求》,《艺术与生活》,上海群益书社 1931 年版。

其余的主义可以随便;人家分类的说来,可以说这是个人主义的文艺,然而我相信文艺的本质是如此的,而且这个人的文艺也即真正的人类的——所谓人道主义的文艺。"①"个人主义"必须要有"人道主义"作为补充,当然更是作为合理性、合法性的根源,所以,周作人才不厌其烦地屡屡阐明。《新文学的要求》这篇演讲里也点明了他的文学观,说明"这文学是人类的,也是个人的;却不是种族的,国家的,乡土及家族的",正是立足于普遍主义立场,反对传统体制对人的束缚;《人的文学》强调"只能说时代,不能分中外"也同样是基于此而有的议论。总之,周作人如是说:"我想文明总只是一个,因为人性只是一个,不过因为嗜好有偏至,所以现出好些大同小异的文化,结果还总是表示人性的同一趋向。"②

由上述可知,周作人提出"人的文学"的前提,是排斥了各种社会中介而从"大的方面"的"人类"那里直接取得理论支撑的"小的方面"的"我",这里的"我",就是个人。关于这个问题,傅斯年的说法最直接透彻。他认为,"我只承认大的方面有人类,小的方面有'我',是真实的。'我'和人类中间的一切阶级,若家族、地方、国家等等,都是偶像"③。傅斯年接受了师长的观点而表达更大胆,他的前半句话经周作人在"新文学的要求"中引用,后半句话正是新文化运动"偶像破坏"之实际所为,但周作人的态度较此要远为复杂。在"大的方面"的"人类"与"小的方面"的"我"之间,其实难以离开中介的勾连,所以周作人在提出"人的文学"以后,很快就提出"平民文学"试图弥补其间的罅隙。

从周作人本人的个性、气质以及"文学革命"时期具体的文学主张来讲,都是基本没有"主义"的色彩的,所以,周作人提到的个人或个人主义,其实质大都倾向于所谓人格(Personality),但也并非仅仅限于欧洲 17 和 18 世纪的文学创作上比较流行的人物(Character)描写这一概念。周作人以文学为中心但又不限于文学活动,而对"人"有一种理论方面的本体兴趣,也体现在这里。例如,郁达夫强调"所谓个性,原是指 Individuality(个人性)与 Personality(人格)的两者合一性而言"④,"个人性"比较接近胡适

---

① 周作人:《文艺的讨论》,《晨报副镌》1922 年 1 月 20 日。
② 周作人:《新旧医学斗争与复古》,《永日集》,上海北新书局 1929 年版。
③ 傅斯年:《新潮之回顾与前瞻》,《新潮》第 2 卷第 1 号,1919 年 10 月。
④ 郁达夫:《〈中国新文学大系·散文二集〉导言》,《中国新文学大系·散文二集》,上海良友图书印刷公司 1935 年版。

的意思,人格就类同于周作人的思想,两者结合,就涵盖了广义的政治与文化的两个侧面。当然,周作人的思想来源复杂,中外新旧都有。他在《圣书与中国文学》中又说:"中国旧思想的弊病,在于有一个固定的中心,所以文化不能自由的发展;现在我们用了多种表面不同而于人生都是必要的思想,调剂下去,或可以得到一个中和的结果。"①这种说法酷似文化多元主义腔调,但毋宁说是周作人一贯的"中庸"做派;同时从这里可以看出,周作人所反对的,是居于一个结构体中并成为所有阐释依据的"固定的中心"之思想。

从一般意义上来观察,"个性"这一概念其实比个人主义要宽泛,它在现代"已被内化为个人的所有物,也就是某个可以显示或诠释的特质。就某个层面而言,这是一个强烈的、占有性的个人主义,但它更应该被看成一种意识的记录;记录了日益增强的意识(对于'独立的'、有价值的生活的认知),且赋予我们'个别的'(individual)自我"②。周作人对"我"即个性的偏重于差异性、独立性的诠释,契合了新文化、新文学运动的"个性解放"思潮之"解放",即摆脱各种观念的、体制的束缚的要求,因而收相得益彰之效。

周作人理解的"我"与"人",最终统一于个性,自然也是一种"意识的记录"。它来源于个人的已经内化了的某种特质,又超越了人的经验存在的事实,因而具有相当的观念论、价值论色彩。这种自觉就体现在他个人的"文体"选择上。对周作人来说,翻译、批评以及随笔,无一不可以认为是某一种"文体"。他在《书房一角》的"原序"中说:"我写文章,始于光绪乙巳,于今已有三十六年了。此期间可以分做三节,其一是乙巳至民国十年顷,多翻译外国作品,其二是民国十一年以后,写批评文章,其三是民国廿一年以后,只写随笔,或称读书录,我则云看书偶记,似更简明的当。"③如果说翻译是"引入学理",那么批评文章则是检验此种学理在中国现实中的实践情形,而随笔则是周作人反思此种学理并试图"在中国发现历史"的一种尝试。在他个人划分的第一时期,也就是提倡"人的文学"的阶段,与他第二阶段"写批评文章"(包括文学批评与文明批评)的差别,就表现为从"人"到

---

① 周作人:《圣书与中国文学》,《艺术与生活》,上海群益书社1931年版。按:此文初次发表于《小说月报》第12卷第1号(1921年1月10日)。
② [英]雷蒙·威廉斯:《关键词:文化与社会的词汇》,刘建基译,北京三联书店2005年版,第351—352页。
③ 周作人:《书房一角·原序》,《书房一角》,北京新民印书馆1944年版。

"文学"的过渡。简单地说,"人的文学"阶段是以"人"为价值衡量的尺度,而后一时期则基本立于较为独立的"文学"立场。对中国现代文学来讲,这一转变意义重大:他对汪静之《蕙的风》、郁达夫《沉沦》等新文学作家作品的品评,为新文学的发展奠定了坚实的基础。这里指出这种变化,也正是在相反的向度上证明周作人提倡"人的文学"时具有自觉的价值意识。

对周作人来说,个性而非个人主义是他一以贯之的立脚点,不过,当他在新文化、新文学运动中"多翻译外国作品"阐释并尝试建立关于"人"的理论的时候,个性作为理论支撑便不敷用了。所以,从模糊的"大人类主义"出发,周作人又提出了"平民文学"。这一观点的提出,自然可以看作"人的文学"的补充,而且像上面阐明的那样,其实质是要在"人"与"人类"之间架一座桥梁。《新文学的要求》一文最后一句话,再清楚不过地点明了这层关系:"这新时代的文学家,是'偶像破坏者'。但他还有他的新宗教,——人道主义的理想是他的信仰,人类的意志便是他的神"。

这并不就是说平民或平民文学完全可以代表"人类"或"人类的意志",而是周作人在将"大人类"落实下去以后,结合时代潮流所做的一个极其自然的选择。清末以来,"个"与"群"的论述纷纭不绝,有一个明白的事实,就是"个"在反抗旧时代之"群"的压制与束缚的时候,对新式的"群"也不无警惕(鲁迅的《文化偏至论》是其中一例),加之传统团体的庸俗行径在新式团体中的延续,大体说来,新知识人对社团并无多少好感。这就造成了"群"从具体到抽象的转移。平民文学是"以普通的文体,写普遍的思想与事实",是"以真挚的问题,记真挚的思想与事实",根柢在于"研究平民生活——人的生活",目的是"想将平民的生活提高,得到适当的一个地位"。① 普遍与真挚之于"平民文学",好比独创性之于"人的文学",均无特别之处,胡适提倡白话文学的精神也正是这样。其特别之处,正在于它的含糊。

值得注意的是,周作人后来站在"文学"的立场上,在《贵族的与平民的》一文中对"平民文学"做了一番修订。他认为,"我现在的意见,以为在文艺上可以假定有贵族的与平民的这两种精神,但只是对于人生的两样态度,是人类共通的,并不专属于某一阶级",而"平民的精神可以说是淑本好耳所说的求生意志,贵族的精神便是尼采所说的求胜意志了",就文学来

---

① 周作人:《平民的文学》,《艺术与生活》,上海群益书社 1931 年版。

第四章 新文学读者与新文学审美底色

说,"我想文艺当以平民的精神为基调,再加以贵族的洗礼,这才能够造成真正的人的文学"。① 周作人对"平民文学"观点的改变,自然来自他对"艺术与生活"之关系以及文学独立价值的进一步思考;但有一点是前后贯穿的,即他努力打通"贵族的"与"平民的"之间的壁垒:在前期,这二者所处的背景是"生活"("人");而在后期,二者得以对话的平台则为"艺术"(文学)。

这里意图揭示的一个问题,用周作人在《平民的文学》一文中的表述,那就是:"只须以真为主,美即在其中,这便是人生的艺术派的主张,与以美为主的纯艺术派,所以有别。""以真为主,美即在其中"才是周作人在新文化运动中文学主张的核心。"以真为主",其实就是新文学运动以现实主义思潮为主导倾向的一个最简单又最透彻的一个说明,因为"在现实主义文学中,情感水平滑到了伪参照系之下;在这个意义上,这种文学更类似于意识形态语言的和更日常形式的运行"②。

对胡适来说,真即为美;而对提倡"人的文学"的周作人来说,美则来源于真。当周作人说"以真为主,美即在其中"的时候,他虽然仍在强调"既是文学作品,自然应有艺术的美"(《平民的文学》),但任何一种形式的美都应以"真"为本质,则是不可否认的。当然,周作人所谓的"真",也与胡适有较大差异。胡适以是否切用为辨别是非的条件,"真"就是某一时代中能够适应社会与人的要求的各种举措;而周作人的"真",如他在《人的文学》中所说,"人的文学,当以人的道德为本",在本质上是一种"人的道德",也是上文所谓内化为人的特质的个性。对周作人来讲,他"写文章"的三个阶段始终以此为中心:在"多翻译外国作品"时,注重引入西方的价值准则改造传统的"非人"的律条;在"写批评文章"时,注重检讨新的价值在中国社会里的得失;而在作"看书偶记"时,也立足于"疾虚妄,重情理"的"人的道德",重新回到新文化运动抨击旧传统的路上。所以,他在 1925 年为《雨天的书》所写的序言的确是夫子自道:"我平素最讨厌的是道学家,(或照新式称为法利赛人,)岂知这正因为自己是一个道德家的缘故;我想破坏他们的伪道德不道德的道德,其实却同时非意识地想建设自己所信的新的道德来。"③

---

① 周作人:《贵族的与平民的》,《自己的园地》,上海北新书局1927年版。
② [英]特里·伊格尔顿:《沃尔特·本雅明或走向革命批评》,郭国良、陆汉臻译,译林出版社2005年版,第164—165页。
③ 周作人:《雨天的书·自序二》,《雨天的书》,北京新潮社1925年版。

简单说来,这种"人的道德",约略可以等同于善。周作人批评俞平伯的《诗底进化的还原论》,认为"感人向善是诗底第二条件""还有可商的余地",因为善这一"概念也是游移惝恍,没有标准",然而,"倘若指那不分利己利人,于个体种族都是幸福的,如克鲁泡特金所说的道德,当然是很对的了",所以,"这样看来,向善的即是人的,不向善的即是非人的文学"。① 为维护文学的独立地位,周作人反对文学"感人向善"的论调,但如果可以增进"大写的"道德,那还是可以认同的。因此,"人的道德"如果还用周作人的语言来表述,就是人道主义,即《人的文学》所谓"一种个人主义的人间本位主义"。按照哈耶克的观点,"人道主义的真正概念,因而也是任何形式的国际主义的真正概念,完全都是人的个人主义观点的产物"。② 周作人的思路是清楚的,而当日的旁观者傅斯年即明白宣示:"请问'善'是从何而来?我来答道:'善'是从'个性'发出来的,没有'个性'就没有了'善'。"③ 这一番议论,正是对"人的道德"与个人主义之间关系的准确理解与表述。

那么,周作人首肯的个人主义到底是什么呢?周作人说:"但是中国所缺少的,是澈底的个人主义,虽然尽有利己的本能,所以真正的国家主义不会发生,文艺上也可以虚空地提倡着民众文学,而实际上国民文学是毫无希望。"④这是批评中国传统的自我中心主义、利己主义,可以算作反面立论。在《新村的理想与实际》⑤一文中,周作人对日本知识人的这一实践下了一个判断。他说:"或者因此说新村是个人主义的生活。新村的人虽不曾说过他们是根据什么主义的,但照我个人的意见,却可以代他们答应一个'是'字。"周作人以为"是"的个人主义,在于"尊重个性,使他自由发展",而且这与"共同生活""原是不相抵触的,因为这样才真能使人'各尽所能',不仅是为个人的自由,实在也为的是人类的利益"。正是在这篇文章中,周作人强调在一个理想的社会中,可以根据人的"性情嗜好的不等,天分的高下,专门技工的不同"等差异做分工协作,在"共同生活"中发展一个人的个性,也就是说,"这将来合理的社会,一方面是人类的,一方面也注重是个人

---

① 周作人:《诗的效用》,《自己的园地》,上海北新书局1927年版。
② [英]弗里德里希·奥古斯特·哈耶克:《通往奴役之路》,王明毅、冯兴元等译,中国社会科学出版社1997年版,第136页。
③ 孟真:《万恶之源》,《新潮》第1卷第1号,1919年1月1日。
④ 周作人:《潮州畲歌集序》,《谈龙集》,上海开明书店1927年版。
⑤ 参阅《艺术与生活》,上海群益社1931年版。

的"。而且,他还做出一个预测,认为"不从'真的个人主义'立脚,要去与社会服务,便容易投降社会,补苴葺漏的行点仁政,这虽于贫民也不无小补,但与慈善事业,相差无几了"。

周作人心目中的个人主义,也纯然以"理性"为前提。他反对以暴力解决问题的方式,在《日本的新村》里说:"所以新村的运动,是重在建设模范的人的生活,信托人间的理性,等他觉醒,回到合理的自然的路上来。"①《访日本新村记》也认为,"但我深信这新村的精神绝无错误,即使万一失败,其过并不在这理想的不充实,却在人间理性的不成熟"②。通过理性的觉醒即个人的自觉,最终建立合乎"人的道德"的生活。

上面的论述始终致力于建立一条线索,即周作人在提倡"人的文学"时,前后如一地表明"人"与"人类"之间必然具有联系,他证明的方式有二:一是倡导平民文学的实践;二是展示新村运动所显现的理想(此二者之间的枢纽则诉诸人的理性,理性的现实形态即表现为个人主义),而最终目的在于建立一个理想的,即合乎"人的道德"的社会。或者,反过来说更有道理:周作人从"人的道德"出发,要求实行一种合乎上述之"真"的文学社会化实践,所以才有"平民文学"的提倡以及"新村运动"的赞美。因此,从政治哲学意义及效应两方面考究可以认为,周作人是以"真"为本源,以"善"为标的,以"美"为求真向善的衍生物。

这一点极可注意。伯林在检讨作为政治哲学思潮的浪漫主义时说:"真诚成为美德本身。这是整个问题的根本。"③周作人所谓"人的道德"本身就是一种理想主义的观念,当他从文学独立性的立场反对将其表述为"善"时,在内里仍然有同样的期许,所以,周作人文学上总体的现实主义主张并不能遮掩其政治哲学上的浪漫主义倾向。新文学在政治哲学上的浪漫主义倾向,就在于不期而然的道德化趋势。这里,道德化即指因无从养成"担干系,负责任"的真的个人主义而将其泛化、模糊化的倾向,而周作人所谓个性,即被认为是这样一种变异的个人主义。

周作人在赞美新村运动时,对个人主义的评判自然是公允的,而这种持平之论的前提,恰在于这一实践活动的理想性——用胡适的话来讲,则

---

① 周作人:《日本的新村》,《艺术与生活》,上海群益书社1931年版。
② 周作人:《访日本新村记》,《艺术与生活》,上海群益书社1931年版。
③ [英]以赛亚·伯林:《浪漫主义的根源》,吕梁等译,译林出版社2008年版,第139页。

是"独善的个人主义",是"跳出现社会去发展自己个性",当然也就并非"真的个人主义"①。就真的个人主义来看,周、胡二人都赞同个人与集团或曰社会应存在有机的联系,但区别则是关键的:周作人在思想的最深处仍然保留了对理想之"真""善"的肯定,这是《人的文学》中所谓"神性"的另一种说法;而胡适在根本上就否认脱离了具体社会语境的"真"与"善",从而将真的个人主义的建构置于政治社会之中。

因此,在新文化运动逐渐深入的过程中,真的个人主义缘何难以形成——既在于现实的社会难以提供其得以实现的条件,还在于倡导人物在理论上的偏差。胡适固然一再宣扬自己关于"个性主义"的观点,但其影响主要在学术领域,且较多局限于中上层的知识青年;而周作人在"个性解放"的大潮中,以其侧重"个性"则对中下层的知识青年有着莫大的影响。在"人的文学"展开阶段,新潮社作为新式知识青年的文化、文学团体,居间发挥了重要作用。一方面,新潮社将胡适、周作人等文学改良、社会改革主张加以自己的理解扩散开去,同时,也吸收来自青年群落的类似思考,反馈于新文化、新文学运动的倡导者。这个过程既是观念的辗转流布,也是新式知识青年在实践中对习得的知识加以检验的过程,而关于后者的辨析对理解"人的文学"在政治哲学上的浪漫主义倾向大有裨益。

二、"诗的经验主义":日常经验对审美体验的替代

《新青年》4卷6号是易卜生专号,刊出了易卜生《娜拉》《国民之敌》与《小爱友夫》三篇剧作,胡适为此还专门写了一篇"导论",这就是影响广泛的《易卜生主义》。其实,以"易卜生主义"为主干的思潮有两位"形象代言人",除易卜生本人之外,就是新文化运动中获得深入评论并建立其象征意义的"娜拉"。易卜生或娜拉的象征意义远比学理本身受到的关注为多,在于二者"喊出近代一切男女心中所有的不平",契合了新文化运动时期"解放了习俗的专制,奋发起自我的责任"②的社会潮流。不过这里暂且放过这个话头,先关注胡适在此基础上的引申发挥。

胡适认为:"易卜生把家庭社会的实在情形都写了出来,叫人看了动心,叫人看了觉得我们的家庭社会原来是如此黑暗腐败,叫人看了晓得家

---

① 胡适:《非个人主义的新生活》,《新潮》第2卷第3号,1920年2月。
② 沈泽民:《王尔德评传》,《小说月报》第12卷第5号,1921年5月10日。

庭社会真正不得不维新革命:——这就是易卜生主义。表面上看去,像是破坏的,其实完全是建设的。譬如,——医生诊了病,开的一个脉案,把病状详细写出,这难道是消极的破坏的手续吗？但是易卜生虽开了许多脉案,却不肯轻易开药方。他知道人类社会是极复杂的组织,有种种绝不相同的境地,有种种绝不相同的情形。社会的病,种类纷繁,决不是什么'包医百病'的药方所能治得好的。因此他只好开个脉案,让病人各人自己去寻医病的药方。"①胡适所谓的"易卜生主义"自然是易卜生本人的基本观点之一,但也更是他个人立场的一个具体展示。胡适的着眼点与周作人较类似,都偏重于"建设的"层面,只是周作人重在"引入学理",胡适则更注重方法论——当然,这在胡适眼中也是一种形式的学理。他后来在《胡适文存》里还特别强调这一点:"我这几年做的讲学的文章,范围好像很杂乱——从《墨子·小取》篇到《红楼梦》,——目的却很简单。我的唯一的目的是注重学问思想的方法。故这些文章无论是讲实验主义,是考证小说,是研究一个字的文法,都可说是方法论的文章。"②

胡适对方法论的强调,影响最深远的当属学术领域,这也是"整理国故"的一个重要成果。易卜生主义本来是胡适对社会问题解决之道的意见的集中表述,而他的看法与易卜生一样,也是只诊病源、不开药方的,不过这一点在当时并没有更多的反响,知识界更多接受的,是易卜生或娜拉所代表的"个性解放"思想,而一般知识社会受此影响,要到后来的"问题与主义"之争。因此简而言之,胡适在"学术"与"政治"两个领域一以贯之的"道",都在于方法论的讲求,只是在这两方面情况稍有差异:在学术方面,胡适幸运地找到清代的朴学作为个人理论的接榫对象并成为实践的场地,而在政治方面则没有如许运气,他的观点暂时还归于沉寂。

但不管怎么说,胡适对新方法的提倡在其个人志业之中,可以说是无处不在。在易卜生的创作引发了新文学运动"社会问题剧""问题小说"的热情时,其实胡适之前就有"文学的方法"的见解。在《建设的文学革命论》中,胡适虽然觉得"文学的方法""不容易回答",还是从取材、结构和描写三个方面进行论述:在取材即"集收材料的方法"中,"推广材料的区域"和"要用周密的理想作观察经验的补助"的同时,最重要的就是"注重实地

---

① 胡适:《易卜生主义》,《新青年》第4卷第6号,1918年6月15日。
② 胡适:《胡适文存·序例》,《胡适文存》,上海亚东图书馆1936年版。

的观察和个人的经验";三者之间主次关系甚是分明,前二者不过分别是后者的"区域"和"补助"而已。① 这一说法当然不是后来提倡自然主义、写实主义的一些人所谓"观察"和"经验"。胡适本来就觉得"文学的方法"不太好谈,虽然这是取材中最重要的一点,也只能含糊了事。不过,细细考究他的意思,正近于周作人解释"人生派"所谓"人生的艺术派的文学"②,都是最宽泛地表明文学与人生应该有所联系。也因此,胡适所谓"文学的方法"其实并没有具体的方法应该起的作用。

如此一来,如果非得要谈"文学的方法",胡适在学术上的思想方法就自然而然地介入其文学理论之中。然而注重"观察",把体验社会的方法论引入文学领域,势必要在一段本文内部符合逻辑地展示推理过程,这对基于感情并以跳跃的意识之流为基础的文学来说,导致一个最直接的问题,就是频繁的说理倾向。

朱自清后来在编辑《中国新文学大系·诗集》时,所撰"诗话"之"胡适"一条,即明白指出他"喜欢以乐观进取的主张入诗,多说理之作"。③ 胡适批评早期的几个新诗集,也认为"平伯最长于描写,但他偏喜欢说理;他本可以作诗,但他偏要想兼作哲学家;本是极平常的道理,他偏要进一层说,于是越说越糊涂了",所以毛病是"深入深出"。④ 说理当然不是不可以,但是对于诗歌而言,风险较其他文体为大。不论是俞平伯的"深入深出",还是胡适本人在《尝试集》里的"浅入浅出",在诗歌里说理、议论则同样属于并不成功的尝试。特别是俞平伯:他的诗注重探索人的感情中最幽微复杂的地方——这本是抒情诗的传统领地,大可以施展身手,然而,大概出于一个本色诗人习得新知识的兴奋,俞平伯不断铺陈意念,必得展示各个意念之间的关联。令人遗憾又在情理之中的是,因为情绪的关节点往往是意念的瞬间波动,并没有明确的逻辑可言,如果非得展示这种关联,大概只能是"越说越糊涂"。倒是胡适本人的清浅,反而有可能说明人事的表层关联,只是这样作诗,诗味也就淡薄了。

这里可以另以《新青年》第 4 卷第 1 期首次刊出的九首诗为例,说明胡适影响下的最初的新诗风格。《鸽子》(胡适)纯是写景,沈尹默的同名诗作

---

① 胡适:《建设的文学革命论》,《新青年》第 4 卷第 4 号,1918 年 4 月 15 日。
② 周作人:《新文学的要求》,《艺术与生活》,上海群益书社 1931 年版。
③ 朱自清:《诗话》,《中国新文学大系·诗集》,上海良友图书印刷公司 1935 年版。
④ 胡适:《评新诗集》,《读书杂志》(《努力周报》增刊)第 2 期,1922 年 10 月 1 日。

则在最后点出其任人宰割的命运("今日是生还是死;恐怕不到晚饭时,已在人家菜碗里");同题的《人力车夫》,沈尹默以车上保暖之人与车夫做比较,胡适仍然是车上客与车夫的对比,而且客人多了一层人道主义热肠;《月夜》(沈尹默)历来为人所称赞,其实如果不是一首哲理诗,也算得一种哲思(虽然当时有许多是称赞其音韵上的谐和);《题女儿小蕙周岁日造象》(刘半农)相对单纯,但也是在发儿童值得赞美之议论;胡适的两首诗,《一念》状意念之倏忽不可深纳,《景不徙》则以飞鸟投江之影不随水流喻思念之不可磨灭,貌似怀人之作,其实不过"读之忽得妙解,遂成此篇"的哲理①。九首诗大半属说理之作,而这些相关篇章如果写成散文,意思应该更为显豁,诗意似乎也不会因之减少几分。

胡适本人是为了提倡白话文学而试作新诗②,如钱玄同所言,是"'知'了就'行'的举动"③,理智的成分过多,虽然不能说他完全没有诗才与诗情,但因此而能作得好诗,那也言过其实。陈源就认为胡适"诗不能成家",而完全展露了"说理考据文字的特长"。④《尝试集》以"尝试"为名,取"尝试成功自古无"之反意,正是以充分的理性认识为前提的自觉实践。自觉对于提倡一场文学运动来说自然是必要的,可是要把这个自觉意识贯彻到某一种文体或者文学创作当中去,则未必可取。

但无论如何蹩脚,新文学运动归根到底是"新思潮"当中最能够博得青年知识者共鸣的一种具体形式,因此在某种意义上甚至可以说,是作为形式的新文学一定程度上左右了作为内容的新思潮。形式与内容自然可以各自独立,不过既然在开始就绑在了一起,新文学在起初也就要受到新思潮的影响。所谓"新思潮",按胡适的解释,其"根本意义上只是一种新态度",即自觉地采取"评判的态度",而"'重新估定一切价值'八个字便是评判的态度的最好解释"。⑤ "重新估定一切价值",其实就是社会观念的整体转型,是一种价值体系取代另一种价值体系,而用最简单的话讲来,则是

---

① 胡适:《景不徙》,《新青年》第4卷第1期,1918年1月15日。按:稍后一位英国汉学家也将此诗做哲理诗翻译,胡适认为译文"第三章全错了,以致题目也全错了。显为'现象实际',竟把一首言情的诗化成一首谈玄的诗了"。参阅胡适:《翻译之难》,《现代评论》第1卷第1期,1924年12月13日。本来诗无达诂,两说不妨同时成立,但即此可见胡适此诗之观感。
② 参阅胡适:《寄陈独秀》,《新青年》第3卷第3号,1917年5月1日。
③ 钱玄同:《〈尝试集〉序》,《新青年》第4卷第2号,1918年2月15日。
④ 西滢:《闲话》,《现代评论》第3卷第71期,1926年4月17日。
⑤ 胡适:《新思潮的意义》,《新青年》第7卷第1号,1919年12月1日。

自觉地用一种常识取代另一种常识。所以,胡适在诗里发议论、讲道理就不奇怪了,而他对于文学的常识化宣讲也就不难理解:"一切语言文字的作用在于表意达情:达意达得妙,表情表得好,便是文学。"①当然,这样的主张无论是否针对"桐城谬种""选学妖孽"而发,已经不再重要,"表情达意"的要求不过是在最大化地追求文学作为信息传递工具的职能,即新文学应该成为"新思潮"的载体;而更重要的是,"表情达意"也是一种新的价值理念的建构过程。

职是,"白话文学"的简单平易掺入常情常理的清澈议论,就成为胡适努力追求文学切用的表现形式,而怎样实际运用"评判的态度",则是他连结二者之后所极力展示的。无论是学术还是文学,只有在实践里经得起检验、符合现实需要的才有资格成为暂时的真理,胡适以晓畅的文字"尝试"新诗、整理国故,核心正在于此。对胡适来讲,"新思潮"是一种"新态度",就更是一种"新方法"。一位实用主义哲学家评论杜威说:"杜威哲学的最大成就是不以'真实的'、'正确的'等评价性术语来强调同某些现存事物的关系……对我们而言,进步是可以解决更多问题的方式,而不是预先靠近某些明确的事物。"②胡适在《实验主义》一文当中同样认为,真理"乃是作用的符合:从此岸渡到彼岸,把困难化为容易,这就是'和实在相符合'了"③。这种真理相对论也是胡适大力提倡方法论,提出"易卜生主义",还要给出"文学的方法"的前提。

胡适开出的"文学的方法"在后来由他本人给出了一个具体的名称,曰:诗的经验主义(Poetic empiricism)。他在《梦与诗·自跋》里说:"简单一句话:做梦尚且要经验做底子,何况做诗?现在人的大毛病就在爱做没有经验做底子的诗。北京一位新诗人说'棒子面一根一根的往嘴里送';上海一位诗学大家说'昨日蚕一眠,今日蚕二眠,明日蚕三眠,蚕眠人不眠!'吃面养蚕何尝不是世间最容易的事?但没有这种经验的人,连吃面养蚕都不配说。——何况做诗?"④这一段话讲得极其明白,做诗或说创作要以个人经验为基础。这是很简单的甚至是不说自明的道理,但为了进一步申

---

① 胡适:《建设的文学革命论》,《新青年》第4卷第4号,1918年4月15日。
② [美]理查德·罗蒂:《筑就我们的国家:20世纪美国左派思想》,黄宗英译,北京三联书店2006年版,第22页。
③ 胡适:《实验主义》,《新青年》第6卷第4号,1919年4月15日。
④ 胡适:《尝试集》(四版),泰东图书局1922年版。

第四章　新文学读者与新文学审美底色

说,这里同时引用几句《梦与诗》当中的话聊作发明:

> 都是平常经验,都是平常影像,偶然涌到梦中来,变幻出多少新奇花样!
> 都是平常情感,都是平常言语,偶然碰着个诗人,变幻出多少新奇诗句!
> 醉过才知酒浓,爱过才知情重:——你不能做我的诗,正如我不能做你的梦。

值得注意的是,胡适强调个人经验的不可替代性。这自然也算常识,但在当时却构成了胡适主张"个性主义"的思想底色。

真正的问题在于,胡适诗句中"平常"的"经验""影像""情感"和"言语",以及他在其他诗作里所阐发的,都是一种日常体验。若干种"平常"的生活经验,虽然各自有其独特性,但并不是所有这些体验都可以升华为审美体验;更为根本的是,"所有的艺术都是'制作'(making),并且本身是一个由幻想和象征形式构成的世界"①,而胡适假如有诗学或曰美学理想的话,按常理也是与此大相径庭的——从胡适的实验主义、实用主义哲学背景来看,常识经验与审美体验之间的差异已经几乎从根本上被加以否定②,而且,他本人的诗歌几乎可以认为是常识的推演,而不属于任何一个层次或种类的美学表述。

总之,胡适提倡、实践"文学革命",可是他的所有论说倾向于忽视"文学",实际上则是更专注于"革命"。这与胡适强调"个性主义"而实际的思潮主张"个性解放"而尤重"解放"的倾向是一致的。当胡适认为"美就是'懂得性'(明白)与'逼人性'(有力)二者加起来自然发生的结果"③时,自然算不得尊重文学及其独立性,相反,他是把文学当作一种移风易俗的工具:"懂得性"是将文学作为信息交流的工具,而"逼人性"不过是如何有效

---

① [美]R.韦勒克:《文学研究中现实主义的概念》,《批评的诸种概念》,丁泓、余徵译,四川文艺出版社1988年版,第243页。
② 参阅[美]R.韦勒克:《哲学与第二次世界大战》,《批评的诸种概念》,丁泓、余徵译,四川文艺出版社1988年版,第306页。
③ 胡适:《什么是文学——答钱玄同》,欧阳哲生编:《胡适文集》(2),北京大学出版社1998年版,第150页。

运用这种工具。这在新闻业起步不久的民初,当文学还主要承担信息传递功能的时候,不能不说是一种恰如其分的定位,而这种政治学意义上的现实主义行为,也更是时代之变与胡适本人的理论背景相结合的自然产物。

诗是各种文学样式中最凝练的体裁,而历史地看,一种成熟的诗体与一种稳定的价值体系所支配的一个稳定的社会之各个层面密不可分。"文学革命"的倡导以诗歌为突破口,正是社会转型背景下一种直抵本心的举措。如果说"真正艺术的功用是达到自由的大路",而"诗的究竟是在本身而散文是达到目的的一种方法"①,其实新文学以鲁迅的白话小说《狂人日记》发端是再准确没有的了。散文(Prose)是一种叙述,是一种蕴涵有一定价值的或系统或零碎的议论;散文的叙述恰恰是新的价值准则取得合法性的话语建构。也因此,胡适的诗讲浅显的道理,特点是散文化,也就是将诗与散文在一定程度上勾连起来,遂成为历史的必然。在这个意义上,周作人的《小河》恰如其分地说明了问题。《小河》名之以诗,其实正是分行写出来的散文。它之所以名噪一时,也在于它形象地表明了人的合理发展被阻遏的不合理现象。胡适在《谈新诗》中认为,"诗须要用具体的做法,不可用抽象的说法"②,表达的正是形象地说理的意思,而不是将诗本身作为目的、特别突出其审美价值。

新文化运动本质上是引入西方学理改造中国社会的价值转型,对新文学来讲,它从一开始就参与到这一过程之中的标志,恰恰就是胡适。这正因为胡适的主张刻意追求文学常识化的努力,实际在无意之中抹平了日常经验与审美经验的鸿沟,几乎完全以日常经验及其表达取代了审美体验,从而使文学在实际中发挥了知识社会学意义上的认知功能。胡适认为"诗体的大解放就是把从前一切束缚自由的枷锁镣铐,一切打破:有什么话,说什么话;话怎么说,就怎么说"③,以及所谓"达意达得妙,表情表得好,便是文学",就是这种立场的集中体现。可以说,当时中国的社会转型需要普及新思想的有效工具是一个大前提,而胡适本人在留学时期习得的哲学思想倾向于以常识理性包裹甚至替代文学的审美因素,这两个前提限定并规定了新文学的性质及其理论延伸。在另一位新文学的理论重镇周作人那里,

---

① 张闻天:《太戈尔之"诗与哲学"观》,《小说月报》第13卷第2号,1922年2月10日。
② 胡适:《谈新诗》,《星期评论》1919年10月10日,转引自《中国新文学大系·建设理论集》,上海良友图书印刷公司1935年版。
③ 胡适:《〈尝试集〉自序》,《尝试集》(四版),泰东图书局1922年版。

对"人"本体意义的一定程度的探索,正是对新的常识体系的内涵的阐发,与胡适对这一常识体系的简单证明,互为表里、交相为用。

胡适在总体上模糊日常体验与审美体验的差异,引方法论入诗而做学理之形象化议论,过程则大体略如朱自清所言:"民七以来,周氏提出人道主义的文学;所谓人道主义,指'个人主义的人间本位主义'而言。这也是时代的声音,至今还为新诗特色之一。胡适之氏《人力车夫》《你莫忘记》也正是这种思想,不过未加提倡罢了。——胡适后来却提倡'诗的经验主义',可以代表当时一般作诗的态度。那便是以描写实生活为主题,而不重想象,中国诗的传统原本如此。因此有人称这时期诗为自然主义。"①关于"中国诗的传统"怎样,因与主题关系不大,此处可以存而不论,但有一点贯穿前后并始终值得肯定,即胡适在思想上对个别经验、个体本身,特别是个人的社会性质的揄扬。这也是对胡适在实用主义背景中不自觉地抹煞日常经验与审美经验之间差别的一个有益补充。

胡适在《实验主义》当中表明,"一切心的作用(知识思想等)都起于个人的兴趣和意志;兴趣和意志定下选择的目标,有了目标方才从已有的经验里面挑出达到这目标的方法器具和资料"。处理日常事务如此,表述审美体验亦当如是,两者的关节点就在个人。而个人不是抽象的个人,是具体社会当中能够"担干系,负责任"(《易卜生主义》)的个人,即真的个人主义者。

《新思潮的意义》指出,"现今的人爱谈'解放与改造',须知解放不是拢统解放,改造也不是拢统改造。解放是这个那个制度的解放,这种那种思想的解放,这个那个人的解放,是一点一滴的解放。改造是这个那个制度的改造,这种那种思想的改造,这个那个人的改造,是一点一滴的改造"。这些论述表明胡适注重个体、个别的解放与改造,而反对"抽象的名词"笼罩下的"根本解决"倾向。胡适当"问题与主义"之争时,曾忧心忡忡地指出:"'主义'的大危险,就是能使人心满意足,自以为寻着包医百病的'根本解决',从此用不着费心去研究这个那个具体问题的解决法了。"②本书认为,个性主义(Individuality)或者说真的个人主义与个人主义(Individual-

---

① 朱自清:《〈中国新文学大系·诗集〉导言》,《中国新文学大系·诗集》,上海良友图书印刷公司1935年版。

② 胡适:《问题与主义》,《每周评论》第31号,1919年7月20日。

ism)两者之间的差异没有得到重视,而后者在新文化运动反传统的浪潮中得以迅猛发展,在很大程度上就是后来"根本解决"思潮泛滥的原因(这在一定程度上也出于胡适所谓中国人"目的热"而"方法盲"的心理遗传①)。

新文化运动中提倡的"个人主义"(Individualism),主要是在法国大革命、俄国革命等现实政治运动影响下在中国得到广泛传播的一个带有欧洲19世纪风格的概念,侧重于权利天赋、自由必然等相关理念②,而由于较多地与历史必然性这样的超社会、超政治的形而上学观念相联系,它格外强调个人的独异性,与本书所谓"真的个人主义"注重人的社会性大相径庭。这样的个人主义在本质上是排斥所有"切近的伦谊"(《非个人主义的新生活》),而仅仅在理论上不断重复独异的个体与含混的群体之间的联系,所以才可以成为新文化运动反对家族制度的思想利器,成为建构民族国家的现实工具。因此,如果说到建设性的一面,它不仅无所帮助,而且在事实上往往会起到负面作用。

在这个问题上,胡适与同时期的其他人有一定的差距而前后自成系统,但也不能说他完全不受这种个人主义风气的影响。胡适不反对周作人"单位是个我,总体是个人"的观点,也是认同"我"与"人"之间存在关联这一核心,而如果是他单独论说,也总是特别指出这一点。他在谈到"社会的不朽论"时说:"我这个'小我'不是独立存在的,是和无量数小我有直接或间接的交互关系的;是和社会的全体和世界的全体都有互为影响的关系的;是和社会世界的过去和未来都有因果关系的。"③但更重要的补充,是胡适始终不忘人在社会中的责任问题。在此之前,《易卜生主义》一文就已经说,"发展个人的个性,须要有两个条件。第一,须使个人有自由意志。第二,须使个人担干系,负责任"。应该说,个性主义、个人主义二者都重自由意志,但因为个人主义的立脚点在一种超社会的观念,所以个人主义在实际当中并不必然会"担干系,负责任"。胡适区别于周作人的很重要的地

---

① 胡适:《三论问题与主义》,《每周评论》第36号,1919年8月24日。
② 高一涵后来曾指出,"故边沁虽然反对'天赋人权说',却主张'法定民权说';梅因虽然反对'社会契约说',却从历史上找出'社会进化说'",即指英国哲学对法国大革命思想的某种修订,而由此即可看出时人对欧洲大陆革命学说也包括对"人"的理解的一种反思。参见高一涵:《哪里配称得起"反动"》,《现代评论》第2卷第44期,1925年10月10日。
③ 胡适:《不朽》,《新青年》第6卷第6号,1919年11月1日。

方,在于他将后者的"人"实体化为现实的"社会"①,此处先关注个性主义。

胡适所谓个性主义(Individuality)即真的个人主义,正以其既注重个体的独特性("自由意志"),又主张个人在具体的社会联系中使自身得以发展("担干系,负责任"),就其本身来讲完全是偏于建设的观念。五卅运动以后胡适重提易卜生的观点,强调"真正的个人主义在于把你自己这块材料铸造成个东西",甚至不无迎合知识青年的意思,明白表示"易卜生说的真正的个人主义正是到国家主义的唯一大路"。② 就真的个人主义与国家主义之间的关系看,这与胡适一些时候主张"我"与"人"之间破除各种中介的勾连之主张相关,但在这里,主要还是利用青年心理做某种引导。因为就在这篇文章里,胡适承认当时为"高唱国家主义的时期"。

"个性主义"成为胡适文学观的关键,即在于它是勾连文学与历史地造就的民族与现实因素交错铸就的社会的枢纽。抹煞或者模糊化了日常经验与审美体验的差异,"担干系,负责任"的个人之经验理性被推向了前台:个人有其生活及审美体验和经验,而且又是民族、社会的一分子,必然成为胡适"再造文明"的落脚点,而既然审美体验就是生活经验,个人的所有活动包括文学活动也就是社会行为。因此,《易卜生主义》一文既有从易卜生戏剧中得出"社会与个人互相损害"的结论,更有"自治的社会,共和的国家"为人的自由选择提供保障的论述——从胡适本人的立场看,他是更注重后者的:这也是胡适所有论说强调"建设"的一种自然流露。

哈耶克认为,"任何行之有效的个人主义秩序都必须是按照下述两种方式加以型构的:第一,个人对其能力和资源的不同用途所能够预期的相对酬报乃是与他努力的结果对于其他人所具有的相对效用相一致的;第二,个人所能够预期的这种相对酬报也是与他努力的客观结果而不是与人们对他的努力所做的主观评价相一致的"。③ 也就是说,个人对社会所做的贡献视社会需求可否被有效满足而估价,但其价值最终仍将取决于提供的服务本身,而不是其原初意图是否高尚等道德原因。这其实是抽去价值理念而专从人的社会功能角度立论,对胡适来说,事情则远没有这么简单。

---

① 时人也多主张"自由的真意,并不是个人的自由,乃是社会的自由"。参见陈泽恩:《自由之真谛》,《现代评论》第3卷第76期,1926年5月15日。
② 胡适:《爱国运动与求学》,《现代评论》第2卷第39期,1925年9月5日。
③ [英]F.A.冯·哈耶克:《个人主义:真与伪》,《个人主义与经济秩序》,邓正来译,北京三联书店2003年版,第29页。

胡适是在一个价值体系新旧交替的时代,意图为新的社会准则寻找、建立一个基础的行为规范,这就决定了他所谓"个性主义"难免带有强烈的价值论色彩。胡适无论是从实验主义的思想背景出发,还是从个性主义的本真涵义出发,都要求个性主义在社会中必得具备具体相关性,现实却提供不了这样的条件,个性主义就难以得到有效建构。这就是说,要一个人"担干系,负责任",其前提必须是在一个相对恒定的价值体系之内,如果缺乏一个稳定的社会架构,如此发展一个人的个性,显然难以得到有效保障。

这一种矛盾,是一种观念在价值理想与现实功能上的冲突,简而言之,可以称之为"新"与"是"的一定程度的背反。个性主义作为一种新的行为规范,本来是要在预期中发挥作用的,而按照胡适的哲学观,"是"即发挥现实功能的价值理念,所以"新"也就是"是",两者之间的逻辑很清楚,并不相悖。现实是复杂的,"新"如果难以承担其具体职能,也就难以成其为"是",这又是两者在现实中的背反。

就总体看来,胡适是坚持其个性主义立场的,即使在现实中难以有效施行,他也强调,"正因为社会的势力是互相牵掣的,故一部分的改造自然会影响到别种势力上去。这种影响是最切实的、最有力的"(《非个人主义的新生活》)。从实验主义的理论立场以及经验主义的事实出发,胡适认为一点一滴的努力都不会捐废,无疑也是可以逐渐收效的。不过,个性主义或曰真的个人主义的影响其实并没有个人主义更能适应时代的需要,历史的经验另有蹊径:"德国观念论者、法国大革命家、浪漫主义诗人共同隐约地察觉到:凡经历语言的改变,从而不再把自己视为必须向某种非人的权力负责的人,终将变成一种新的人类。"①新文学运动从白话文学发端,正是意在追求一种正当的"人"的生活,但在"解放"成为事实以后,"个性"却遭到了排挤:当《狂人日记》指斥的"吃人"的礼教,即旧的"切近的伦谊"纷纷崩塌之时,新文化运动所倚赖的,并不是新的"切近的伦谊",却是"人"以及与此相关的若干抽象观念。

---

① [美]理查德·罗蒂:《偶然、反讽与团结》,徐文瑞译,商务印书馆2003年版,第17页。

第二节　新文学的现代性："偏重俗人或常人的立场"
——以朱自清为线索

"人的道德"与"诗的经验主义"相结合所造就的新文学,尽管艺术水准存在明显的高低之别,但因其与新思想的密不可分,故部分地具有政治哲学功能,在"五四"前后的社会中吸引了众多趋新的文学青年,并使他们对自身所处的群体产生了一种认同感。朱自清在作于1924年的一篇文章里指出:"他(指托尔斯泰——引者注)说只有他所谓真正的艺术,才有联合的力量,我却觉得他那斥为虚伪的艺术的,也未尝没有这种力量。"①这说明新文学在当时的重要作用,不过就朱自清的文章立意来说,他是比较注重"真正的艺术"和"虚伪的艺术"之间的界限的。

朱自清认为"青年人爱好文学的很多。多一半不但爱好阅读,也爱好写作",但存在一个从纯文学逐渐向杂文学("报章与文学的结合")转变的趋势②,表明新文学在起初阶段的文、野之分。不过,文与野或雅与俗在朱自清那里,其实存在转化、融合的条件,那就是"现代的立场"。《论雅俗共赏·序》有云:"所谓现代的立场,按我的了解,可以说就是'雅俗共赏'的立场,也可以说是偏重俗人或常人的立场,也可以说是近于人民的立场。"③如果略去"雅俗共赏"和"人民"这两个字眼,把"现代的立场"归结为"俗人或常人的立场",这是大家都可以接受的共识,面对于新文学的这一发展态势,朱自清亦有态度。收入《雅俗共赏》一集的《论百读不厌》,在提及"新文学……也给人知识,也教给人怎样做人,不是做别人的,而是做自己的人"的同时,不无遗憾地指出:

> 文艺作品的读者变了质了,作品本身也变了质了。意义和使命压下了趣味,认识和行动压下了快感……于是"百读不厌"就不成其为评

---

① 朱自清:《文艺之力》,《朱自清全集》第1卷,江苏教育出版社1996年版,第107页。
② 朱自清:《青年与文学》,《朱自清全集》第1卷,江苏教育出版社1996年版,第510页。
③ 朱自清:《论雅俗共赏·序》,《朱自清全集》第3卷,江苏教育出版社1996年版,第218页。

价的标准了,至少不成其为主要的标准了。①

朱自清看到了中国社会转型所加于文学的巨大影响,在时势的影响下,虽然承认这一影响的积极价值,实则对新文学的这种趋向多有保留。

  作为新文学的建构者之一,朱自清对新文学一路走来的历程了然于胸,所以这番评论还是颇切实的。客观地说,朱自清不是以思想见长的作家、学者:作为作家,朱自清的好处在文字的清新朴实和感情的真挚自然;作为学者,他的优点则是资料的翔实和条理的畅达。当他表述自己的某个观点时,既没有高深的理论又没有炫人耳目的惊人之语,往往从个人的切身体会出发,诚恳而又平实地娓娓道来。这或如《"海阔天空"与"古今中外"》一文说的那样,"但我所说的方法,原非斗胆为大家开方案,只是将我所喜欢用的东西,献给大家看看而已。这只是我的'到自由之路'",其言说风格,用通俗点的话来说,就是一家之言,仅供参考。正因为集作家、批评家及学者、教育家等诸多身份于一身,所以朱自清对新文学的观察入乎其内而又能出乎其外,以其对"现代的立场"之判断为线索或论域,可以清楚地照见新文学的底色。

  整体看来,朱自清的文学语言观经历了"欧化"—"口语化"—"现代化"三个阶段的变化,核心在于他称之为"现代化"的立场。他认为,"现代中国文学所用的语言百分之九十几是所谓欧化的语言;现代中国文学如果已经被公认,那种所谓欧化的语言似乎也该随同着被公认的",而且,"为'欧化'而'欧化',这些都是现代生活反映在语言里,都是不得不然。我们都知道,我们的国家在现代化,我们的军队在现代化,谁都觉得这是必要的,而且是不得不然……所以语言的'欧化'实在该称为语言的现代化,那才名实相副呢"②。在这篇写于1939年的《新语言》当中,朱自清的思路是明晰的,即社会的现代化这个事实决定了文学和语言的现代化(这也应该是他最早在文字中将语言的"欧化"与"现代化"等值看待)。如果这样概括失之简单的话,1943年朱自清本人则在同一思路下有着更直截了当的陈述:"我们的生活在欧化(我愿意称之为现代化),我们的语言文字适应着,也在现代

---

  ① 朱自清:《论百读不厌》,《朱自清全集》第3卷,江苏教育出版社1996年版,第229、231页。

  ② 朱自清:《新语言》,《朱自清全集》第8卷,江苏教育出版社1993年版,第292—294页。

化,其实是自然的趋势。"①他的语言观虽然也让人觉得逻辑过于简单,但不可忽略的事实是,朱自清的论述显然是以当时的某种共识为前提的。这个共识,从新文化运动开始就陆续为一部分学者、作家所秉持,借用鲁迅的话来表述,就是:"但精密的所谓'欧化'语文,仍应支持,因为讲话倘要精密,中国原有的语法是不够的,而中国的大众语文,也决不会永久含胡下去。譬如罢,反对欧化者所说的欧化,就不是中国固有字,有些新字眼、新语法,是会有非用不可的时候的。"②要说朱自清前期的"欧化"和后期的"现代化"之间的差异,可以认为早岁的"欧化"是耳食所得,而后来的"现代化"立场则是囊括了创作的生命体悟与理性思考的结合。

像鲁迅一样,朱自清"现代化"的语言观,其实也是延续或者说继承了"五四"时期的语言、文学的启蒙主义立场。当时周作人的"直译"论获得新文学作者的广泛认同,而白话文的"欧化"也成为那一时期的中心话题③,都不是偶然的,它们被共同认为是介绍新思想和改变人们思维方式的有效途径。朱自清当时曾就译名的精确性发表过与此相当的看法。他说:"若是我们有了许多确当的学术上译名,国语的科学、哲学等自然会一天一天的发达;世界上新学术、新思想渐渐可以普及到中国来了。"④"五四"时期的朱自清囿于学力,只强调了译名的准确对于引进新思想的重要意义,当他经过写作的锤炼和实际的语文教学之后,对于语言"欧化"的必要性逐步深信不疑。朱自清较自觉地关注语言的"欧化"问题应该是在"大众语运动"之后。他在1935年年初于北平女子文理学院的演讲中,将其与"大众化"相提并论:"按目前中国文体的趋势来说,是趋向于文言白话化的,这个过程,可以分为四个阶段:第一是梁启超的文字打破了因袭的文体,输入了日语的文法。第二阶段是胡适之……等极力提倡白话运动。第三阶段是应用文的白话化,第四阶段是白话文欧化与大众化。"然而,他也敏锐地看到,"大众语的运动,这情形南北是不同的,在南方是含有政治经济意味

---

① 朱自清:《写作杂谈》,《朱自清全集》第2卷,江苏教育出版社1988年版,第107页。
② 鲁迅:《答曹聚仁先生信》,《鲁迅全集》第6卷,人民文学出版社1981年版,第77页。
③ 例如,与朱自清年龄相仿的傅斯年曾直接宣称,"我们拿西洋文学做榜样,去摹仿他,正是极适当、极简便的办法。所以这理想的白话文,竟可以说是——欧化的白话文"。参见傅斯年:《怎样做白话文?》,《新潮》第1卷第2号,1919年2月1日。
④ 朱自清:《译名》,《朱自清全集》第8卷,江苏教育出版社1993年版,第6页。

的"①。因此,与"含有政治经济意味"的大众语运动相比,朱自清这时的语言"欧化"就有两层涵义:一是文学的;二是书面的。说语言是文学的,这自然是从一个作家的立场出发而论,但也因此而与实际的政治经济要求相脱离;而强调语言的书面性质,也是"五四"文学启蒙立场的一种体现,自觉保持对"大众语"运动混沌芜杂的警惕。

这里必须说明的是,朱自清一度对"欧化"语言的食洋不化存有戒备之心,且在写作中曾对"口语"有过自觉地运用。不过显而易见的是,"大众语"只是"口语"的一部分,而且它本身的政治色彩与朱自清的一贯立场存在很大的距离。散文集《你我》中《给〈一个兵和他的老婆〉的作者——李健吾先生》(1928)、《给亡妇》(1932)等作品是朱自清"想试用不欧化的口语"②的尝试,而作者在此后的日记中也曾明确表示对"欧化"风格的不满③,钟情于"口语"入文的尝试。叶圣陶曾说朱自清后期的散文"从口语中提取有效的表现方式,虽然有时候还带一点文言成份,但是念起来上口,有现代口语的韵味,叫人觉得那是现代人口里的话,不是不尴不尬的'白话文'"④,正是朱自清本人这一理念的实践。然而,朱自清认为,"就白话文作品而论,读是主腔,说是辅腔;我们自当更着重在读上"⑤,也就是说,在他的眼中,白话文作品始终与口头流动的语言是有差距的,白话文可以诵读,但是不必要用口语"讲"出来。他的这个立场和"大众语运动"的追求自然是不合拍的。他思考语言问题的结果,是从1935年开始到1939年,再度注意语言的"欧化"并将语言的"现代化"等同于"欧化"。就朱自清本人的习惯来说,他分明更喜欢使用"现代化"这个字眼。这种做法既容纳了他前期对"欧化"过度的一种厌恶,又在概念的替换中对实质的"欧化"做了肯定。

对这个转变,朱自清后来有所说明。他在探讨新诗语言时,对书面的文学语言再次做出肯定。他说:"本来文字也不能全合于口语。……文字

---

① 朱自清:《白话与文言》,《朱自清全集》第8卷,江苏教育出版社1993年版,第199页。
② 朱自清:《你我·自序》,《朱自清全集》第1卷,江苏教育出版社1988年版,第114页。
③ 朱自清1934年9月4日的日记云:"叶给我看他写的一篇论文《从心理学观点看小说写作》。文章不错,但风格颇欧化,我不喜欢这种不自然的风格。"参阅《朱自清全集》第9卷,江苏教育出版社1997年版,第315页。
④ 叶圣陶:《朱佩弦先生》,《叶圣陶集》第13卷,江苏教育出版社1992年版,第158页。
⑤ 朱自清:《论朗读》,《朱自清全集》第2卷,江苏教育出版社1988年版,第61页。

不全合于口语,可以使文字有独立的地位,自己的尊严。"①在稍早写就的另一篇文章中,朱自清也强调,"那时我不赞成所谓欧化的语调想试着避免那种语调。我想尽量用口语,向着文言一致的方向走"②。这种对"文言一致"的信仰与追求,恰恰好比中西文化调和论者的声气,像朱自清为浙江省立第十中学撰写的校歌(1923)"上下古今一治,东西学艺信同",也是这种似是而非的含混思想。幸运的是,根据朱自清本人的追忆可以清楚地看到,他在"文言一致"的路上没走通,所以改走语言的"欧化"之路,而就他本人"口语"入文的创作实践来看,也始终不肯废弃一个前提,即"读"与"说"也就是书面与口头之间存在不可通约的壁垒,这也是朱自清在开明派内部和胡愈之等人在语言问题上有所不同的极关键的地方。

由此可见,朱自清考察"大众语"的结果,是他重新认识了一度相当拒斥的"欧化"语的重要意义。在将"欧化"与"大众化"相提并论之后四年,他对这个问题的看法又有了新的立场。在《新语言》里他先是不无调侃地说,"主张大众语的人,主张用'农工大众的用语';他们攻击'欧化的绅士的语言'。不幸的是,这些人在讨论的时候,还用着那'欧化的绅士的语言'",然后将二者的关系做了一个总结,"大众语论者攻击语言的现代化"③。"大众语运动"相当复杂,这里值得注意的是朱自清态度的转变。如果说四年之前他是将"欧化"与"大众化"平行看待的,那么现在则明显是以"欧化"否定"大众化",之所以如此,则因为"欧化"在他眼里是代表了"现代化"。

按照胡愈之的看法,"一种文字,有皮,有肉,也有骨。皮就是文字的书写形式。肉就是构成文字的语汇和语法。而骨是这文字所表现的观念形态"④。朱自清眼中的语言也有皮、有肉、有骨,他将语言的"欧化"等同于语言的"现代化",在相当意义上就是认可"欧化"语言的皮与肉所承载的西方现代性(这里突出的是"现代性"这个概念的对外的自洽性)观念形态的骨的唯一合法性。在朱自清这里,语言现代化的直接成果就是"文学的国语"的产生。胡适当年所谓"有了国语的文学,方才可有文学的国语。有了文学的国语,我们的国语才算得真正国语。国语没有文学,便没有生命,便

---

① 朱自清:《诗的形式》,《朱自清全集》第2卷,江苏教育出版社1988年版,第400页。
② 朱自清:《写作杂谈》,《朱自清全集》第2卷,江苏教育出版社1988年版,第106—107页。
③ 朱自清:《新语言》,《朱自清全集》第8卷,江苏教育出版社1993年版,第293、298页。
④ 胡愈之:《有毒文谈》,《胡愈之文集》第3卷,北京三联书店1996年版,第553页。

没有价值,便不能成立,便不能发达"①,强调的是文学与语言一而二、二而一的关系。朱自清认为"文言现代化的结果,相信会完全变成白话,白话现代化的结果相信能够成立我们的国语,'文学的国语'"②,就是同样的意思。胡、朱二人注重的都是"文学的国语"所带给"国语的文学"的"现代""观念形态"。这种态度或如朱自清在另一个地方所云:"中国语达意表情的方式在变化中,新的国语在创造中。这种变化的趋势,这种创造的历程,可以概括地称为'欧化'或'现代化'。"③这是朱自清从个人几十年的切身经验中得出的结论。

在朱自清看来,"现代化"是衡量社会、文学以及语言的最根本的标尺。对文学语言"欧化"即"现代化"的肯定,一方面是朱自清对社会现代化的事实所造成的语言发展的一种趋势的认同;另一方面,语言的现代化无疑也是现代文学本身的性质所决定的。对文学家朱自清来说,处在社会、语言的现代化之间的,则是文学的现代化。

从一般的意义上说,"现代文学"就是"文学革命"以来努力追求并渴望实现自身现代化的中国新文学。现代文学是有其自身的质的规定因而区别于传统的古典文学的一种文学形态,是在其发展过程中不断与各种伪现代、非现代、反现代等文学潮流相纠结并逐步获得主导地位的一种文学思想。就此而论,文学的现代化也就是与社会、人的现代化在有机互动中鲜明地阐明其特质、有效地发挥其功能的一种文学本体的建构过程。这一过程正如有论者所说的那样,"文学的现代化则是指脱离'文以载道'的'工具论'的束缚,实现文学的自觉,创造出以人性与人道主义为本的'人的文学'"④。"五四"时期成长起来的朱自清,对这一点的坚守可以说是始终如一的。"用欧化的语言表现个人主义,顺带着人道主义,是这时期知识阶级向着现代化的路",《文学的标准与尺度》里描摹"五四文学"的这段话也可以认为是他所有文学立场的最简洁,也是最全面的概括。

朱自清评论文章不多,但其中每篇都贯彻着他的这种"现代的立场",

---

① 胡适:《建设的文学革命论》,《中国新文学大系·建设理论集》,上海文艺出版社2003年影印本,第128页。
② 朱自清:《新语言》,《朱自清全集》第8卷,江苏教育出版社1993年版,第301页。
③ 朱自清:《语文零拾·序》,《朱自清全集》第3卷,江苏教育出版社1988年版,第3页。
④ 董健、丁帆、王彬彬:《中国当代文学史新稿·绪论》,《中国当代文学史新稿》,人民文学出版社2005年版。

第四章 新文学读者与新文学审美底色

并且明确地把它当作批评的尺度(这里取朱自清《文学的标准与尺度》中对"尺度"的定义,即现时衡量文学的一系列准则,而且在将来有可能成为"标准"的某一套规范)。他早年在谈及散文时曾说,"明朝那些名士派的文章,在旧来的散文学里,确是最与现代散文相近的。但我们得知道,现代散文所受的直接的影响,还是外国的影响;这一层周先生不曾明说。我们看,周先生自己的书,如《泽泻集》等,里面的文章,无论从思想说,从表现说,岂是那些名士派的文章里找得出的?——至多'情趣'有一些相似罢了。我宁可说,他所受的'外国的影响'比中国的多"[①]。他在品评老舍的创作时也认为,"'发笑'与'悲愤'这两种情调,足以相消,而不足以相成。这两部书若用一贯的情调或态度写成,我想力量一定大得多。然而有这样严肃的收场,便已异于'谴责小说'而为现代作品了"[②]。"现代散文"和"现代作品"的"现代",其内涵和外延朱自清并没有明确地做出阐释,只在必要时随手拈来作为评估的"尺度"。我以为,这显然出于他固有的学术风格——在朱自清看来,中国的一切都处于现代化之中是明明白白的事实,而所谓现代化是每个人都可以切实感受到的,实在无须多做说明。

"现代化"在朱自清的文学语言观那里可以认为等同于"欧化",其实在文学问题上也同样如此。例如,固然不能简单地用欧化概括周作人的散文当中的"外国的影响",但如果从语言到内容都主要是受"外国"的熏染,不是欧化又是什么呢?朱自清倾向于用"现代化"这个概念指涉"欧化"的事实,实际上是认可欧美现代化模式与进程的全人类普适性。这里就涉及本书无法回避的一个极其重要的问题,即"现代化"是否等同于"欧化"。现代或现代性是相当复杂的问题,最应该注意的是,用这个概念指称它所关涉的事物不能离开具体的时空语境。就中国来说,现代性是描述包括现代文学在内的中国近代以来历史和现实的有效概念,可以在最基本的层面获得认同,问题在于,假如以欧美为代表的"西方"可以认为是铁板一块的话,现代性的内涵是否就必然只能是它?从学理层面来看,许多人倾向于持否定态度,因为承认它也许就意味着诸多可能性的丧失。从现实层面来看,又有许多人因为对传统文化的深厚依恋而在感情上很难接受,反而意图从本

[①] 朱自清:《背影·序》,《朱自清全集》第1卷,江苏教育出版社1988年版,第32页。
[②] 朱自清:《〈老张的哲学〉与〈赵子曰〉》,《朱自清全集》第1卷,江苏教育出版社1988年版,第253页。

土内部寻求替代资源。其实,"我们不能讨论东洋能否独立地发展出'现代'这个反历史的假问题","对于广大的第三世界,所谓'现代'仍是一个未完成的历史进程,如何确立走向'现代'的不同途径和方法,如何在追求'现代'和克服'现代'的难局中完成本土文化主体性的建构,仍是一个迫切需要解决和有待广泛借鉴的问题"①。事实是,中国已经走上西方模式的现代化之路,这时需要解决的不是本土有无可资发掘的其他现代思想资源,而是结合此时此地的现代化过程所遭遇的具体情况,创造性地解决问题。如果要说中国存在独立的"现代性",那也只能是在这一过程当中产生。向历史溯源以寻求可能的替代性现代思想,往往不是徒劳无功,就是反而在实际上对现代化进程形成阻遏。因此,就实际状况来看,说现代化等同于欧化,既是一种事实判断,也是一种价值取向。朱自清的"欧化"即"现代化"立场,其合理性正在于此。他的创作也正是以人道主义为底色、以个人主义为旋律的文学现代化实践——充盈着冷眼旁观的理性而又不无嘲讽的《航船中的文明》《白种人——上帝的骄子!》,浸透着个人情感的《背影》《给亡妇》,流淌着细腻的情思的《温州的踪迹》《荷塘月色》,都具体而微地表明他的努力。

朱自清温厚的天性以及和他周围同人相比略显沉重的生活,让他自然地对人生产生人道主义之情。他的日记中有这样的记述:"前两日读《申报》时评及《自由谈》,总觉他们对于战事,好似外国人一般;偏有许多闲情逸致,说些不关痛痒的,或准幸灾乐祸的话!我深以为恨!昨阅平伯《义战》一文,不幸也有这种态度!……他所立义与不义的标准,虽有可议,但亦非全无理由。而态度亦闲闲出之,遂觉说风凉话一般,毫不恳切,只增反感而已。我以为这种态度,亦缘各人秉性和环境,不可勉强;但同情之薄,则无待言。其故由于后天者为尤多。因如平伯,自幼娇养,罕接人事,自私之心,遂有加而弥已,为人说话,自然就不切实了。我呢!年来牵于家累,也几有同感!"②对友朋多同情的理解而厚责于己是朱自清的忠厚,俞朱二人相较,显然是朱自清更为不失其赤子之心。朱自清在谈论新诗时也说,"可是新诗人的立场不同,不是从上层往下看,是与劳苦的人站在一层而代

---

① 高远东:《"现代"如何"拿来"——以中国文学现代性的确立途径为讨论中心》,《鲁迅研究月刊》2000年第7期。
② 朱自清1924年9月17日日记,参阅《朱自清全集》第9卷,江苏教育出版社1997年版,第19—20页。

他们说话——虽然正是理论上如此"①。作家的这种立场朱自清后来也在相同的意义上再度重申:"古代的人能够代诉民间疾苦,现代的文人也能够表现人道主义。但是这种办法多多少少有些居高临下。平民世纪所要求的不是这个,而是一般高的表现和传达;这就是说文人得作为平民而生活着,然后将那生活的经验表现传达出来。"②这两段话所表明的朱自清的立场有所变化,这一点后文会有辨析,这里主要说明,"与劳苦的人站在一层而代他们说话"即"一般高的表现和传达"实际是不可能的,而"现代的文人"能够表现人道主义则殆无疑义。另外,我们可以发现,虽然"五四"时期思想解放的潮流促使朱自清树立一定程度的个人主义信念是很自然的事,然而,因为他过于谦和的性情,这一点其实表现无多。朱自清只是在评介他人作品之时,才会显露他的关于个人主义的见解。比如,他在论述叶圣陶的小说时就非常准确地指出,"自由的一面是解放,还有一面是尊重个性"③。他对自由和解放的理解是如此的精湛,可以说其认识是超前于当时几乎所有的文学家的。

不过,这也只是偶尔的峥嵘。朱自清如果说有锋芒的话,也是一种持之以恒的韧性,这在他对文学启蒙立场的坚守中有极显著的表现。他曾为《大公报·文学》撰稿,当叶石荪因为吴宓的态度劝他停止这一行为时,日记中有如此记载:"余以为然,嗣思作书评本为素志之一,颇冀以此自见,且《大公报》销数好,故此事余殊未能决也。"④查阅朱自清所撰书评可知,其中大都是对新文学作家、作品的推介、赏析,因此,他希望"以此自见"的"素志",就是致力于新文学的普及和推广。后来朱自清更进一步地提倡文学创作的报章化,因为"现代文学的报章化,该是德先生和赛先生的吹鼓手吧"⑤。将文学与民主、科学这两面新文化运动的大旗亦即中国的社会现代化联系起来,强调文学对人的解放和自由亦即人的现代化的重要意义,一直是"五四文学"的核心理念,此时朱自清的公开鼓吹,也显示了他个人

---

① 朱自清:《新诗的进步》,《朱自清全集》第2卷,江苏教育出版社1988年版,第320页。
② 朱自清:《什么是文学的"生路"?》,《朱自清全集》第3卷,江苏教育出版社1988年版,第165—166页。
③ 朱自清:《叶圣陶的短篇小说》,《朱自清全集》第1卷,江苏教育出版社1988年版,第258页。
④ 朱自清1933年8月2日日记,参阅《朱自清全集》第9卷,江苏教育出版社1997年版,第241页。
⑤ 朱自清:《什么是文学?》,《朱自清全集》第3卷,江苏教育出版社1988年版,第163页。

立场的前后一致和坚定。

朱自清的立场因为抗战略有松动。他在《文学的标准与尺度》一文里说，抗战胜利后"知识阶级走近了民众，'人道主义'那个尺度变质成为'社会主义'的尺度，'自然'又调剂着'欧化'，这样与民主配合起来"，与朱自清对"五四文学"的概括相比，"个人主义"和"现代化"这两个词从他对当时现实的体察中消失了。在介绍《十批判书》的文章《现代人眼中的古代》中，朱自清也说，"但是只求认清文化的面目，而不去估量它的社会作用，只以解释为满足，而不去批判它对人民的价值，这还只是知识阶级的立场，不是人民的立场"。而《论气节》则认为，"青年代的知识分子却不如此，他们无视传统的'气节'，特别是那种消极的'节'，替代的是'正义感'，接着'正义感'的是'行动'，其实'正义感'是合并了'气'和'节'，'行动'还是'气'。这是他们的新的做人的尺度。等到这个尺度成为标准，知识阶级大概是还要变质的罢"。1948年7月23日，朱自清参加《中建》半月刊在清华工字厅举行的"知识分子今天应该做些什么？"的座谈会，讲话里有这样一段："要许多知识分子每人都丢开既得利益不是容易的事，现在我们过群众生活还过不来。这也不是理性上不愿接受；理性上是知道该接受的，是习惯上变不过来。所以我对学生说，要教育我们得慢慢地来。"①录出朱自清的这许多文字，是要说明他后期思想一个方面的基本脉络。事实是，当抽去了个人主义和现代化之后，"社会主义"后来真的从"尺度"变成"标准"，在社会生活中也到处充斥着"正义感"的"行动"的时候，知识阶级也就没有办法不"变质"了。有鉴于"现在的文艺因为读者群的增大，不能再是'文章千古事，得失寸心知'了，它得诉诸广大的读者"②的局面，朱自清在《论雅俗共赏》一文中对新文学的发展有一个简短的描述，极其精练地描摹了这一局面的成形过程。他说：

> 十九世纪二十世纪之交是个新时代，新时代给我们带来了新文化，产生了我们的知识阶级。这知识阶级跟从前的读书人不大一样，包括了更多的从民间来的分子，他们渐渐跟统治者拆伙而走向民间。

---

① 季镇淮：《朱自清先生年谱》，《朱自清研究资料》，北京师范大学出版社1981年版，第433页。

② 朱自清：《什么是文学的"生路"？》，《朱自清全集》第3卷，江苏教育出版社1996年版，第167页。

于是乎有了白话正宗的新文学,词曲和小说戏剧都有了正经的地位。还有种种欧化的新艺术。这种文学和艺术却并不能让小市民来"共赏",不用说农工大众。于是乎有人指出这是新绅士也就是新雅人的欧化,不管一般人能够欣赏与否。他们提倡"大众语"运动。但是时机还没有成熟,结果不显著。抗战以来又有"通俗化"运动,这个运动并已经在开始转向大众化。"通俗化"还分别雅俗,还是"雅俗共赏"的路,大众化却更进一步要达到那没有雅俗之分,只有"共赏"的局面。这大概也会是所谓由量变到质变罢。

在朱自清看来,不管知识阶级从开始时的自发走向"民间"变成后来的何种态度,通过"大众语"运动、"通俗化"运动到文学大众化,最终达到"共赏",则是一条明显的主线,而在这个过程中,不是雅俗的界限消失了,而是它变得不再重要,关键的是最终形成某种一致的倾向。现在看来,这个"共赏"的局面,就是在"救亡"、谋求解放上达成共识。

事实上,朱自清并没有说"现代的立场"就是"人民的立场",说"近于",显然就是认为"现代的立场"和"人民的立场"存在区别。朱自清在《论严肃》一文中对"人民的立场"也有着清醒的认识:"'人民性'的强调,重行紧缩了'严肃'那尺度。这'人民性'也是一种道。到了现在,要文学来载这种道,倒也是'势有必至,理有固然'。不过太紧缩了那尺度,恐怕会犯了宋儒'作文害道'说的错误,目下黄色和粉色刊物的风起云涌,固然是动乱时代的颓废趋势,但是正经作品若是一味讲究正经,只顾人民性,不管艺术性,死板板的长面孔教人亲近不得,读者们恐怕更会躲向那些刊物里去。"①严格讲起来,朱自清所谓的立场,按其实也只有"传统的"和"现代的"两种。他说:"立场大概可别为传统的和现代的;或此或彼,总得取一个立场,才有话可说……立场其实就是生活的态度;谁生活着总有一个对于生活的态度,自觉的或不自觉的。"②这个"现代的立场"朱自清不曾动摇,同时也自觉地贯彻在他的古典文学研究之中。比如,《经典常谈》序言作成之后交杨

---

① 朱自清:《论严肃》,《朱自清全集》第3卷,江苏教育出版社1988年版,第141页。
② 朱自清:《现代人眼中的古代——介绍郭沫若著〈十批判书〉》,《朱自清全集》第3卷,江苏教育出版社1988年版,第203页。

振声,当天的日记朱自清写道:"去岗头村访今甫,将《古典常谈》序言手稿给他,他建议将标题改为《经典常谈》,但我不同意他的看法,在归途中经过考虑,我同意了他的意见。"①粗粗说来,"古典"大概表明中立的态度而"经典"则多属现代人的眼光,朱自清弃"古典"而最终代之以"经典",正是出于他的"接受传统,应该采取批评的态度"②这一现代立场。

因此确切地说,朱自清一生从未偏离"现代的立场",而他同时对"艺术性"的强调,也无形中和中国现代文学一个隐性的传统相合。这个隐性的文学传统,在于通过对艺术性的坚持维持对文学个性亦即人的尊重,其内在的思想脉络接续的是"五四"时期新文化、新文学运动的个人主义传统。朱自清的文字踪迹所至,有着对现代社会之人的深深企盼和追寻。可以说,徜徉于荷塘月色中的文学家朱自清,呈现在你我眼中的背影,也有一个现代知识分子的叠加身份。

以上以朱自清为个案,简略梳理了新文学的"现代的立场"是如何形成的,分析了新文学怎样在现实的催逼下,从或雅或俗的美学立场蜕变为一种"共赏"的政治姿态。通过新文学的这一流变,我们可以清晰地看到,虽然朱自清无从预见"发达资本主义时代"大众社会的文化政治,但他对中国进入"现代"以后"平民"文化所追求的"一般高的表现和传达"的判断是准确的。新文学的这一特征,用王国维的概念加以概括,就是"古雅"。

第三节 "古雅"作为新文学的底色

"人的文学"的品质,正如胡适后来将之概括为"'人情以内,人力以内'的'人的道德'的文学"③所表明的那样,在相当程度上是"现代的立场"在文学领域中的具体显现。职是之故,这一文学审美形态就由于过多承担新

---

① 朱自清1942年2月3日日记,参阅《朱自清全集》第10卷,江苏教育出版社1997年版,第148页。
② 朱自清:《部颁大学中国文学系科目表商榷》,《朱自清全集》第2卷,江苏教育出版社1988年版,第10页。
③ 胡适:《〈中国新文学大系〉建设理论集·导言》,《〈中国新文学大系〉建设理论集》,上海良友图书印刷公司1935年版,第30页。

思想及社会科学本应承担的功能而"频繁地涉及认知命题",所以"更类似于意识形态语言的和更日常形式的运行"。① "五四"及其之后一段时期内众多作品在美学层次上都居于这一层次,这就是王国维所谓"古雅"。

需要强调的是,这里从整体层面认定古雅是新文学在早期阶段的审美底色,并不是说所有的初期新文学创作无不具备这一特色,而是指这些创作在中国社会转型期所共同呈现出来的较一致的倾向及造成这种倾向的某种潜在规范或意识。事实上,古雅作为一个审美范畴和一种审美类型,至今仍存在争论,但它作为近现代中国文艺观念转型的产物之一,对脱胎于同一母体的新文学具有一定的阐释性,是极自然而合理的。

一、"古雅"之内涵

王国维根据"美术者,天才之制作也"这一康德以来"百余年间学者之定论",指出"一切之美,皆形式之美",这里的"形式"即其所谓"第一形式"。形式之为美,分优美、壮美(即今天所谓宏壮或崇高)两种。优美指的是"一对象之形式不关乎吾人之利害,遂使吾人忘利害之念,而以精神之全力沉浸于此对象之形式中。自然及艺术中普通之美,皆此类也",而壮美存于"超乎吾人知力所能驭之范围,或其形式大不利用吾人,而又觉其非人力所能抗,于是吾人保存自己之本能,遂超乎利害之观念外,而达观其对象之形式,如自然中之高山大川、裂缝雷雨;艺术中伟大之宫室、悲惨之雕刻像、历史画、戏曲、小说等皆是也",前者"存于形式之对称、变化及调和",后者存于"无形式之形式"②。总之,"(第一)形式"是使人完全忘却利害从而沉浸于或平静或激烈的纯粹的情绪体验的自然存在或天才创造,而前者为本,因为天才亦不过有能力将引起优美、壮美体验的自然存在"捕攫之而表出之"而已。

---

① [英]特里·伊格尔顿:《沃尔特·本雅明或走向革命批评》,郭国良、陆汉臻译,译林出版社2005年版,第164—165页。按:本书认为新文学具有政治哲学功能,是对其在社会转型期特殊功用的描述,而伊格尔顿认为文学本身就是一种意识形态建构,这无疑拓展了本书相关问题后续研究的视野。

② 此处对优美、壮美的界定较偏重形式,此外尚有较偏重接受的界定:"今有一物,令人忘利害之关系,而玩之而不厌者,谓之曰优美之感情。若其物直接不利于吾人之意志,而意志为之破裂,唯由知识冥想其理念者,谓之曰壮美之感情。然此二者之感吾人也,因人而不同;其知力弥高,其感之也弥深。"参见王国维:《叔本华之美学》,《中国近代文学大系·文学理论集1》,徐中玉主编,上海书店1994年版,第205页。

那么,什么是"古雅"？王国维观察到"天下之物"中,存在诸多"决非真正之美术品,而又非利用品者。又其制作之人,决非必为天才,而吾人之视之也,若与天才所制作之美术无异者",因无现成的名词指称,王氏遂名之为"古雅"①：

> 故除吾人之感情外,凡属于美之对象者,皆形式而非材质也。而一切形式之美,又不可无他形式以表之,惟经过此第二之形式,斯美者愈增其美,而吾人之所谓古雅,即此第二种之形式。即形式之无优美与宏壮之属性者,亦因此第二形式故,而得一种独立之价值。

要而言之,古雅是"形式之美之形式之美也",即所谓第二形式之美。作为"天才说"的补充,王国维对这一审美范畴的界定不无矛盾之处②；就其命意而言,古雅比较接近我们今天所谓艺术形式,但它又不等同于审美对象在某一具体艺术形式中的表现形态。

王氏以为,"古雅之致,存于艺术而不存于自然。以自然但经过第一形式,而艺术则必就自然中固有之某形式,或所自创造之新形式,而以第二形式表出之",而不管古雅采取何种形式,它作为第二形式都具有"表出"功能,因此"第二形式"就有了"功能性"的"赋予"作用："第一形式美者经过第二形式的'赋予',固然是'斯美者愈增其美';即便是第一形式不美的人事物态,经由第二形式的'赋予',也能具备一种审美价值。"③这当然不是说古雅是先天的、先验的,恰恰相反,相比于优美、壮美的先天性、普遍性和必然性,它是后天的、经验的、偶然的："吾人所断为古雅者,实由吾人今日之位置断之。"王国维举例说：

> 古代之遗物,无不雅于近世之制作；古代之文学,虽至拙劣,自吾人读之无不古雅者。若自古人之眼观之,殆不然矣。

---

① 王国维：《古雅之在美学上之位置》,《中国近代文学大系·文学理论集1》,徐中玉主编,上海书店1994年版,第219页。以下引文未注明出处者,均出自此文。

② 本文只是根据论述需要勘定其基本内涵,而无意详尽剖析王国维"古雅"说的来源及内在的矛盾等问题,有兴趣者可参阅罗钢《王国维的"古雅"说与中西诗学传统》,《南京大学学报(人文社会科学版)》2008年第3期。

③ 张方：《王国维古雅说辨识》,《华中师范大学学报(哲社版)》1991年第5期。

第四章 新文学读者与新文学审美底色

这就是说,今天目为文艺的制作品在其产出之时,时人并不将之视为文艺,后来者乃是根据自身所处时代的风尚赋予其美学品质。

综而言之,古雅作为一个审美概念,主要指的是非天才后天模仿或自行创造的具有美感的制作,这种美感当然具有某种形式美,而也取决于时代。古雅就其形式美的一面来说,和优美、宏壮的审美价值不分轩轾,而就其所关涉的历史变迁而言,则难免脱离较纯粹的形式之美,而和现实产生了诸多牵连。这就引出了王国维的另一个概念:眩惑。

王国维认为,"眩惑"是"使吾人自纯粹知识出,而复归于生活之欲"的一种"原质",讽一劝百,所以与优美、宏壮是一种"相反对"的关系:"眩惑之于美,如甘之于辛,火之于水,不相并立者也。吾人欲以眩惑之快乐医人世之苦痛,是犹欲航断港而至海,入幽谷而求明,岂徒无益,而又增之。则岂不以其不能使人忘生活之欲及此欲与物之关系,而反鼓舞之也哉!眩惑之与优美及壮美相反对,其故实存于此。"①实际就是否定了眩惑之作的文学艺术性。

事实上,在王国维的观念中,"古雅"和"天才""眩惑"即伪文学组成了文学审美或曰存在三个梯度:"从天才到古雅,再到伪文学,其间分别在于感受力与表现力的强弱:能'感自己之感,言自己之言'的便是天才,譬如屈原、陶渊明、杜甫、苏轼;若不能感自己之感,但能言己所言者,也不失为古雅,如黄庭坚、元好问。天才杰作与古雅之作,皆可谓真文学;再下者,则是既不能感自己所感,也不能言己所言,只一味因袭他人,这便是伪文学。"②从这里可以看到,古雅实际乃是一个中间和过渡性质的美学范畴。

古雅就范畴及效应而言,均居于第一形式(优美、壮美)和"眩惑"之间,所以既具有"纯粹知识"的"形式美",又不全然脱离"生活之欲",其审美效果也是介于雅俗之间的——不过,作为审美类型,王国维当然会从前者的角度加以分析。事实上,王国维也对古雅作为一种美学类型的审美效果有过明确描述:

> 可爱玩而不可利用者,一切美术品之公性也。优美与宏壮然,古

---

① 参见王国维:《红楼梦评论》,《中国近代文学大系·文学理论集2》,徐中玉主编,上海书店1994年版,第360页。
② 孙华娟:《古典主义的阶段性演进——王国维的古雅说、天才论及文体观》,《文艺理论研究》2009年第4期。

> 雅亦然……优美之形式,使人心和平;古雅之形式,使人心休息,故亦可谓低度之优美。宏壮之形式,常以不可抵抗之势力唤起人钦仰之情;古雅之形式,则以不习于世俗之耳目,故而唤起一种之惊讶。惊讶者,钦仰之情之初步。故虽谓古雅为低度之宏壮,亦无不可也。故古雅之位置,可谓在优美与宏壮之间,而兼有此二者之性质也。

鲁迅曾指出"人在两间"的存在状态,决定了其"必有时自觉以勤劬,有时丧我而惝恍,时必致力于善生,时必并忘其善生之事而入于醇乐,时或活动于现实之区,时或神驰于理想之域"的情志特征。① 鲁迅所描述的,是人性的两极。而对绝大多数人来说,他们的情意领域恰恰就存在于"两间"即中间地带,而新文学诞生以后,因为有此前几十年的西方文化的冲击,它在社会中间所能唤起的情感反应绝不至于极端,至多如王国维所述,"惊讶"而已。这就涉及古雅如何与社会发生联系的问题。

二、"古雅"之功能

王国维认为:"夫物质的文明,取诸他国,不数十年而具矣,独至精神上之趣味,非千百年培养与一二天才出,不及此。"②物质文明方面姑且不论,单论文艺,则天才不可期,所可赖者,唯"培养"而已。古雅之于文学的意义,正在其培育功能。

古雅,就其审美品格而言,兼有严肃文学和通俗文学这两种文学精神而趋同于前者,而就其审美内涵来说,实际又与眩惑之作暗通款曲,显示出这一概念的矛盾。从根本上讲,古雅之美应该源于"纯粹知识"即"真","由真来界定美,意味着美是原生性的,而不是可以在经验的历史中找到位置的特定形式",但"所谓古雅之美,第二形式之美,恰恰是现成的而非原生的,它能够被复制,能够被利用"③。就新文学而言,这涉及"真"与"美"的关系及其在实践之中展开而产生的变异等问题。

周作人《平民文学》有云:"以真为主,美即在其中。"如前述,在周作人

---

① 鲁迅:《摩罗诗力说》,《鲁迅全集》第1卷,人民文学出版社1981年版,第71页。
② 王国维:《文学与教育》,《中国近代文学大系·文学理论集1》,徐中玉主编,上海书店1994年版,第211页。
③ 汤拥华:《"古雅"的美学难题——从王国维到宗白华、邓以蛰》,《浙江社会科学》2008年第7期。

等"五四"一代文化人的心目中,真即美是他们一贯的观念和主张。而所谓真,似指社会现实,实则指的是合乎"人的道德"的现代价值;所谓美,则是现代价值在社会中展开之后而产生的种种人生形式。如果这个判断大体不差,那么新文学之"美"应是"人的道德"在中国施行之后所自然发生的,而实际则不然,在相当程度上甚至可以这样说,"真"与"美"在实践之中事实上发生了转换:只有"美"的才是"真"的。为什么是这样？中国新文学自发生始,就兼有真、善、美(对应起来,大致就是认知、伦理、审美)等多重功能,而这些领域的标准又基本都是对西方文艺复兴时代以来诸种规范的借鉴。因此,如果新文学是单纯模仿西方文学,那么它的"美"就属非原生性质。更重要的是,虽然现代价值进入中国并影响民众另有多种渠道(事实上西方器物、制度、价值观等都先于文学对中国发生影响),但由于新文学在相当长的一段时期内被视为"真"的介质或工具,"美"就在实际当中替换了"真",乃至按照自己的规范形塑社会现实。

总之,新文学之"美"本应源出于"真",但因其在一定时间内扮演了后者的角色,所以它在事实上就成为新的价值观本身及其普及方式,故其艺术的一面自然就不断萎缩,而当"美"在一定程度上替代"真"之后,后者在实际上就只能混同于所谓社会现实了。因此,一般而言,新文学的审美内涵就是"形式美"与"生活(之欲)",即真与美的糅合。

正因为初期的新文学之"美"的这一特性,所以不论它是采取"自然中固有之某形式",还是采取"自创造之新形式",审美品质大体均属于古雅,而古雅介于艺术和现实两者之间而尤与后者联系紧密的美学品质,就决定了它必将与新文学发生后全社会范围内的启蒙文学发生联系。

首先,古雅是作者必经的文艺修为阶段。王国维如是陈述:

> 古雅之性质既不存于自然,而其判断但由于经验,于是艺术中古雅之部分,不必尽俟天才,而亦得以人力致之。苟其人格诚高,学问诚博,则虽无艺术上之天才者,其制作亦不失为古雅。而其观艺术也,虽不能喻其优美及宏壮之部分,犹能喻其古雅之部分……今古第三流以下之艺术家,大抵能雅而不能美且壮者,职是故也。

三流作家"负于天分者十之二三,而负于人力者十之七八"的状况,诉诸我们普通人的经验,也是一种普遍事实,这自不待言,王国维所强调的,在于古雅与"人格""学问"等后天修养的关系。与此相联系,古雅也在技术层面具有一定的功能。王国维认为,"神来兴到之作"即在天才亦属难得,所以此时"修养之力"就不可替代:

> 以文学论,则虽最优美最宏壮之文学中,往往书有陪衬之篇,篇有陪衬之章,章有陪衬之句,句有陪衬之字。一切艺术,莫不如是。此等神兴枯涸之处,非以古雅弥缝不可。而此等古雅之部分,又非借修养之力不可。

"陪衬""弥缝"云云,都是概言古雅非必有而必不可无的特点。

不过,附庸蔚为大国的现象并不少见。古雅之于真正的文艺之美,不过"陪衬"而已,但中国自古就有道德文章的说法,所以修养成文章的现象层出不穷,具体到创作中,大概就是所谓"情生文"——这是从个人性情这一"第一形式"当中派生出来的"第二形式"。周作人谈《莫须有先生》时提及:"《莫须有先生》的文章的好处,似乎可以旧式批语评之曰,情生文,文生情。这好像是一道流水,大约总是向东去朝宗于海,他流过的地方,凡有什么汊港湾曲,总得灌注潆洄一番,有什么岩石水草,总要披拂抚弄一下子才再往前去,这都不是他的行程的主脑,但除去了这些也就别无行程了。"①废名文章之美人所共知,但这一美感却是他个人修为(取径周作人及其自身的参禅活动等)的流露或外显,因而就远离"朴素的美"而流于"趣味化"了:"在北平地方消磨了长年的教书的安定生活,有限制作者拘束于自己所习惯爱好的形式,故为周作人所称道的《无题》中所记琴子故事,风度的美,较之时间略早的一些创作,实在已就显出了不康健的病的纤细的美。"②应该说,沈从文的这一判断是公允的。废名文章之美,源于其人格与学问,而正因为其审美的古雅质地③,认为废名的文学成就在为数不多的现代文学名家中也不能说是第一流的,可能也就算不得厚诬了。

当然,更等而下之的则是"文生情",即为文造情。有人评论新月派的

---

① 周作人:《莫须有先生传序》,《苦雨斋序跋文》,止庵校订,河北教育出版社2002年版,第111页。
② 沈从文:《论冯文炳》,大东书局1934年版,第6、10页。
③ 可以这样说,废名本人的人格、学问作为审美对象,属第一形式之美,可入"优美"一类,而他对一己趣味的文学摹画,则属形式之形式,所以正是王国维所谓形式之美之形式之美,即古雅。

第四章　新文学读者与新文学审美底色

格律诗时如是说:"闻氏的诗和朱氏的诗都有刻画的痕迹,闻氏的刻画在字句,朱氏的刻画竟及于感情,说得老实点,竟至造作感情。"①为文造情倾向在"新文艺腔"这种几乎纯为模仿的所谓创作中所在多多,而这批知识青年作者在写作之前,正是新文学的忠实读者,他们的审美源于阅读,因此,这就需要论及古雅的第二重功能,即对读者的培育。

王国维指出,因为古雅"能由修养得之",所以可以成为"美育普及之津梁":

> 虽中智以下之人,不能创造优美及宏壮之物者,亦得由修养而有古雅之创造力;又虽不能喻优美及宏壮之价值者,亦得于优美宏壮中之古雅之原质,或于古雅之制作物中得其直接之慰藉。故古雅之价值,自美学上观之诚不能及优美及宏壮,然自其教育众庶之效言之,则虽谓其范围较大成效较著可也。

古雅就性质而言,与优美、宏壮并无不同,都是一种审美形态,但它们之间的审美效应毕竟有所区别,古雅作为后二者的初阶,主要作用在于引领读者跨过审美的门槛,进入艺术的殿堂(至于能否由读而作,那又是另一回事了)。

就新文学而言,知识青年因为时代的风云际会而趋近新文学,而亦有切身缘由,二者紧密缠绕,在他们接触新文学之后,也就自然习于新文学的审美,并成为他们欣赏义艺的前提和基础。比如,郁达夫和张资平是"国内年青人皆知道的","知道第一个会写感伤小说,第二个会写恋爱小说",原因即在于"这是年青人两个最切身的问题",而知识青年读者在二人的作品中发现了"友谊"并"有'同志'那样感觉"之后,在《沉沦》之外,也读二人"其他的作品",就形成了阅读趣味的延续,即"年青人已经知道从作者方面可以得到什么东西以后才引起的注意,是兴味的继续"。② 这一"兴味的继续",其实就是新文学审美品格的涵养。

当然,郁达夫、张资平二人毕竟有所区别:如果说郁达夫的文学品质整

---

① 石灵:《新月诗派》,原载《文学》第8卷第1号,1937年1月;转引自《新月派评论资料选》,方仁念选编,华东师范大学出版社1993年版,第49页。
② 沈从文:《郁达夫张资平及其影响》,《沈从文全集》第16卷,北岳文艺出版社2002年版,第189—190页。

体而言近于古雅,那么张资平则几乎在这一层面稍作停顿之后,就立即滑落到眩惑了。这也正如上引沈从文文章里的评判,"一个表白自己,抓得着自己的心情上因时间空间而生的变化,那么读者也将因时间空间的距离,读郁达夫小说发生兴味以及感兴。张资平,写的是恋爱,三角或四角,永远维持到一个通常局面下,其中纵不缺少引起挑逗抽象的情欲感印,在那里抓着年青人的心,但在技术的精神,思想,力,美,各方面,是很少人承认那作品是好作品的",故"郁达夫作品告给我们生理的烦闷,我们却从张资平作品取到了解决"。如果说郁达夫是"以不习于世俗之耳目,故而唤起一种之惊讶",那么张资平正是"以眩惑之快乐医人世之苦痛",所以二人之间的分野判然分明。

总之,古雅涵养读者、作者的功能显而易见,而由上面的论述也可知,它在促成新文学读者转为作者方面也具有持续的推动作用。当然,作为一种审美类型,古雅亦可直接作用于社会大众,就此而言,古雅最大的价值,是在社会较大范围内建构某一种新型审美趣味。

三、"古雅"之创作表现:以失语者为例

古雅"实由吾人今日之位置断之"的特性,决定了古雅的风尚随时代而流转的存在方式,用"五四"时代最流行的一句话来说,就是"一时代有一时代之文学"。这就是说,社会价值规范的重建引起了审美观念的变革,故而"向所谓不入文之事物,今则取为文料"①。正是在这种背景下,"老中国的儿女"作为"第一形式之本不美者",但以鲁迅"人格诚高,学问诚博"的修养之力"画出它的形象",得以以"几乎一篇有一篇新形式"②的第二形式之雅而获得较独立的审美价值。

鲁迅小说擅长书写"几乎无事的悲剧",这些人物形象作为其中的"沉默的国民的魂灵"③的代表,之所以被认为是失语者,不在于他们是否有语言能力,也不在于受众之多寡,而在于双方能否通过说-听的行为模式产生共鸣。考察是否失语,最基本的判别条件是其与他人之间能否完成有效交流,即言说者语言当中所蕴含的意愿、情感、意志等信息能否为受众所接

---

① 钱锺书:《谈艺录》,中华书局1984年版,第30页。
② 沈雁冰:《读〈呐喊〉》,《时事新报》1923年10月8日。
③ 鲁迅:《俄文译本〈阿Q正传〉序及著者自叙传略》,《鲁迅全集》第7卷,人民文学出版社1981年版,第82页。

收、认知和理解(在相当程度上,也包括认同)。从这个意义上讲,鲁迅小说中最明显的失语现象"大都发生在代表启蒙话语的、具有现代性思想意识的知识分子与落后的、不觉悟的群众之间"①,紧贴文本来讲,亦即发生在孤独者、前驱者和看客、庸众之间。

在"无物之阵"中欢喜、悲哀无从表达的魏连殳、吕纬甫之外,这一类型的失语者尚可举《药》茶馆里的看客和《故乡》中的"我"为例加以说明。刽子手康大叔绘声绘色转述,当红眼睛阿义到牢里盘查底细、试图榨取油水时,革命者夏瑜对其进行策反,待发觉事无可为后,居然连声说他可怜。接下来便是这样一幅情形:

> 康大叔显出看他不上的样子,冷笑着说,"你没有听清我的话;看他神气,是说阿义可怜哩!"
> 听着的人的眼光,忽然有些板滞,话也停顿了。(按:着重号为引者所加)小栓已经吃完饭,吃得满身流汗,头上都冒出蒸汽来。
> "阿义可怜——疯话,简直是发了疯了。"花白胡子恍然大悟似的说。
> "发了疯了。"二十多岁的人也恍然大悟的说。
> 店里的坐客,便又现出活气,谈笑起来。小栓也趁着热闹,拼命咳嗽……

店里诸位看客刹那间的失语,源于他们对革命和革命者精神境界的隔膜,也来自他们对另一套语言体系的隔绝。康大叔不是斥责夏瑜所谓"这大清的天下是我们大家的"不是"人话"吗?所以,作为顺民,他们将夏瑜的言行归结为大逆不道,而对他们难以理解的"话语",只有将之归结为疯言疯语,才能继续"谈笑起来"。

思想上的不理解、行为上的不赞赏、情感上的不相通,最终汇聚到交流层面,导致人物的失语。这一现象当然是两套价值体系的错位造成的,须知新观念方生、旧观念未死之际,新旧两面均容易遭遇失语情形,而在交流无效的情况下,双方都会将对方言行纳入自己所能理解的范畴,如果原有

---

① 徐志伟:《"我"为何无话可说——鲁迅〈故乡〉中的"失语"现象新解》,《语文建设》2009年第2期。

的观念体系难以容纳,那么也需要一个说法,故"狂人"必须是疯子。从这个角度来看,革命者夏瑜说不动阿义,便用"可怜"作结,和看客将他视为"疯子",虽不无差别而其实殊途同归,因为双方都是"执着于自己的想法的一个人物"①。

那么,如果没有价值、话语体系上的差异,有无可能失语?事实上,鲁迅小说中的失语者,最常见的类型是由于缺乏倾诉对象而处于失语状态。可以说,赴诉无门是普通民众作为失语者的最普遍情形。如单四嫂子,她是一个"粗笨"女人,在丈夫死了之后,面对环伺周围的红鼻子老拱、蓝皮阿五之流,除了和对门的王九妈之间的鸡毛蒜皮,大概只会"心里计算"。她在宝儿活着的时候,欢喜从无表达,只是觉得"连纺出的棉纱,也仿佛寸寸都有意思,寸寸都活着"而已;而在宝儿病死后,不过"但觉得这屋子太静,太大,太空罢了"。又如闰土,闰土态度恭敬又分明的一句"老爷"虽然划出阶级的鸿沟,所谓"隔了一层可悲的厚障壁",但他在迟疑地坐下来之后,对自己境况的描述,则除了断续的简单几句话,剩下来的"只是摇头":"他大约只是觉得苦,却又形容不出,沉默了片时,便拿起烟管来默默地吸烟了。"应该说,单四嫂子、闰土的失语都与外在的具体社会环境有关,正如《故乡》所言,"多子,饥荒,苛税,兵,匪,官,绅,都苦得他像一个木偶人了",职是故,虽然他们并不是没有语言能力,但在长期缺乏倾诉对象的情状中,开始是无从倾诉,到后来就变为无力倾诉乃至无法倾诉,最后只能是以简单的肢体语言(如单四嫂子的呆坐、闰土的摇头)示人,不得不表现为麻木。

这里尚需注意的是,长年累月的辛苦劳作,使得单四嫂子们无暇表达,久而久之,就丧失了表达的能力、习惯,陷入自我封闭,也是他们沦为失语者的重要主观原因。单四嫂子回想起从前时候"自己纺着棉纱,宝儿坐在身边吃茴香豆"的情形,心中充满喜悦,但苦于生计,只是闷着头做活,无暇回应乃至顾及孩子稚气而真诚的愿望,与亲人之间缺乏必要的交流,到了后来,就也只能是胸中满藏着悲苦而难以言明——她在无人可说而外,实在是已经不知道怎么说了。当然,这不是说麻木的庸众在需要表达的时候就完全不能、不会表达,但那是一种极端变形的形式。"真能做"的阿Q只在农忙的时候进入未庄人的视线,与人甚少发生交涉,而他也的确有自己的"交际":酒店里的调笑、赌场里的喧嚷以及和土谷祠老头子的拌嘴,但这

---

① [法]柏格森:《笑》,徐继曾译,北京十月文艺出版社2005年版,第124页。

些都算不得所谓表达,以至于在他有了"恋爱"冲动以后,只能对吴妈说出"我和你困觉",并伴以肢体语言,"抢上去,对伊跪下了"。表达能力、习惯的缺失,使得阿Q在需要表达的时候慌不择路,虽然粗俗,但意思还是明确的,只是效果不好。吴妈自不待花前月下,但也接受不来如此鄙陋的方式。所以,从这里又引出另一类失语者,即因表达方式不恰切和受众的心理期待、心理承受之间的不协调而造成的失语。

如孔乙己。他在"短衣帮"说他偷书时,坚持称之为"窃",不过是为了"穿长衫的"读书人的最后一丝尊严而掩上一层遮羞布。偷、窃之"争"当然影响到孔乙己的心理、情绪,但也无伤大雅,所以他虽然"自己知道不能和他们谈天",是一个大众取乐的对象,也还有心情"向孩子说话"。孩子们贪图茴香豆与其周旋,待豆子不多而依然不散,孔乙己先是用口语,"不多了,我已经不多了",一种下意识的反应,而在回过神来之后,立即改口为"多乎哉?不多也",恢复到自我保护状态,也就和他与短衣帮之间的交际模式如出一辙了。"我"则因为"样子太傻",又读过书,其实是孔乙己的首选目标,但可惜他选择的话题是茴香豆的"茴"字怎么写。"我"的"不耐烦"和"愈不耐烦",并没有使得孔乙己意识到自己的迂腐,而只是"叹一口气"之后放弃了。客观地说,孔乙己选择自己熟悉的领域扳谈,固然有一丝卖弄的意思,但无恶意,不过要在孩子们身上找寻他久矣不遇的温情,这就有些交流的意思了。不过他的形象在众人眼中已经定格,甚而至于影响到孩子们,所以这一类的失语者之所以失语,在表达方式之外,还有并不体会受众心理的一面。

这样的典型也包括祥林嫂。当她重新出现在鲁四老爷家,第一遍讲述"我真傻,真的"的悲惨故事时,四婶"眼圈就有些红了",而镇上的人们初听,也不免叹息流泪。但祥林嫂沉浸在自己的世界之中,"只是直着眼睛,和大家讲她自己日夜不忘的故事",就使得人们"一听到就烦厌得头疼"。祥林嫂述说自己悲惨的故事,出于倾诉的本能,但她还需要听众,就是心理、情感方面的交流需要了,而面对人们的"烦厌和唾弃",她虽然迟钝了许多,也终于意识到"自己再没有开口的必要了",因此成为真正的失语者。在丧失了倾诉、表达、诉说的意愿、欲望之后,祥林嫂也就成为"眼珠间或一轮"的"活物"。平心而论,任何一个人都缺乏持续表现同情心的耐性,更无论群体,所以他们的厌烦实属意料之中,祥林嫂情动于中而形于外,本不择言而出,但世间不幸尚多,她的悲惨故事除了成为无聊的庸众一时的消遣,还能怎样呢?

以上主要从失语者主体缺乏表达习惯、忽略受众接受心理以及双方之间语言(价值)体系的错位三方面对其成因略加论析,据此,鲁迅小说中的失语者也相应地分作三类:无力表达的失语者、无心表达的失语者和无从表达的失语者。所以,除了浮在表层的无意义的话语泡沫,鲁迅的小说世界所呈现出来的,实在是一个"无声的中国",人们无从、无力、无心"发表自己的思想,感情"[①]。鲁迅小说叙述的差不多都可以称为"几乎无事的悲剧":"这些极平常的,或者简直近于没有事情的悲剧,正如无声的言语一样,非由诗人画出它的形象来,是很不容易觉察的。然而人们灭亡于英雄的特别的悲剧者少,消磨于极平常的,或者简直近于没有事情的悲剧者却多。"[②]其实,"几乎无事的悲剧"是鲁迅借鉴果戈里而以"含泪的微笑"之讽刺技法勾勒出的某种生命状态,如果说这是悲剧,也是有感于生命的无谓浪费,而从审美的角度来看,毋宁是一种喜剧。

失语者的喜剧性在于僵化的外部言行,特指那些笨拙地执着于自己的思想、行为、语言而失却其所应有的对环境的适应性的那一类人。夏瑜向牢头红眼睛阿义宣传革命大义,孔乙己热心肠地教"茴"字的四种写法,祥林嫂喋喋不休地展示自己的悲惨,待被迫中止之时,在失语的刹那之间往往就产生一个"从人到物的瞬时转变",这一转变所产生的美学效果,正是柏格森所谓"与其说是丑,不如说是僵"的滑稽[③],而亚里士多德将喜剧界定为"对于比较坏的人的摹仿,然而,'坏'不是指一切恶而言,而是指丑而言,其中一种是滑稽"[④]。滑稽是"诉之于纯粹的智力活动"的结果,具体来说,是"当一群人全都把他们的注意力集中到他们当中的某一个人身上,不动感情,而只运用智力的时候,就产生滑稽"[⑤]。然而,鲁迅笔下无从、无力、无心表达的三种类型的失语者,除极少数人物、极特别的情形(如阿Q求爱、短衣帮对孔乙己的调侃),读者最基本的情绪体验却是同情,鲁迅式的"含泪的微笑"风格总是"泪"强于"笑"。对众多研究者已经指出的鲁迅小说形喜实悲的风貌,需要追问一个问题,那就是基调为喜剧的鲁迅小说为何会有这样的审美效果。

---

① 鲁迅:《无声的中国》,《鲁迅全集》第4卷,人民文学出版社1981年版,第11页。
② 鲁迅:《几乎无事的悲剧》,《鲁迅全集》第6卷,人民文学出版社1981年版,第371页。
③ [法]柏格森:《笑》,徐继曾译,北京十月文艺出版社2005年版,第39、19页。
④ [古希腊]亚里士多德:《诗学》,罗念生译,人民文学出版社1982年版,第16页。
⑤ [法]柏格森:《笑》,徐继曾译,北京十月文艺出版社2005年版,第4、6页。

喜剧,照鲁迅本人的定义,是将人生"无价值的撕破给人看"的艺术,而"讥讽不过是喜剧的变简的一支流"①,天然适用于勾画失语者作为庸众的可鄙、可笑、可怜之处。然而,讥讽事实上分作"无情的冷嘲和有情的讽刺"两种,虽然二者"相去本不及一张纸"②,但差别仍在,取决于作者是"有情"还是"无情"。鲁迅如以不动声色的冷嘲笔法——白描,虽不多赞一词,而人物丑态毕现,其中最典型的是那些以"砭锢弊常取类型"③的笔法而只撷取某一特征加以命名的人物形象——他们本身的行径就是其丑态的充分写照;鲁迅如若"哀其不幸,怒其不争",那就是掺入感情了,于是由冷嘲转入热讽,读者的情绪也自然随之起伏。就鲁迅本人的文体实践看,主要诉诸智力的杂文多用冷嘲,小说则多用讽刺,因为感情的浸润,所以可笑的底色正是可悲。

当然,失语者之所以值得同情,更根本的在于其所失去的是"人生有价值的东西"。闰土的生命活力、单四嫂子和祥林嫂的亲子之情、子君的爱情,都是人之所以为人的价值体系不可或缺的组成部分。鲁迅将"有价值的撕破给人看",在启蒙文学观之外,也有文体方面的原因。这一点或如柏格森所论,喜剧"在众多特性中选择那些能重复产生,从而也是并非与人的个性不可分地结合在一起的特性——可以说是一些共同的特性"为描写对象,一方面"创造一些显然属于艺术范畴的作品,因为这些作品有意识地以取悦人为目的",而在另一方面,这些作品"因为它们具有一般性,并且还有纠正人、教育人这个潜在的意图",所以喜剧是"介乎艺术与生活之间的中间物"。④ 鲁迅也曾说过,"非写实决不能成为所谓'讽刺'"⑤,亦此之谓。

王国维认为"个人之汲汲于争存者,决无文学家之资格"⑥,但毋庸讳言,包括鲁迅在内的新文学作者正是在"汲汲于争存"的条件下登上文学的历史舞台的。鲁迅笔下的失语者人物形象,悲喜杂糅,既是艺术的创造,更是启蒙的教化,就此来说,其审美类型正属古雅。

---

① 鲁迅:《再论雷峰塔的倒掉》,《鲁迅全集》第1卷,人民文学出版社1981年版,第193页。
② 鲁迅:《热风·题记》,《鲁迅全集》第1卷,人民文学出版社1981年版,第292页。
③ 鲁迅:《伪自由书·前记》,《鲁迅全集》第5卷,人民文学出版社1981年版,第4页。
④ [法]柏格森:《笑》,徐继曾译,北京十月文艺出版社2005年版,第115页。
⑤ 鲁迅:《论讽刺》,《鲁迅全集》第6卷,人民文学出版社1981年版,第278页。
⑥ 王国维:《文学小言》,《中国近代文学大系·文学理论集1》,徐中玉主编,上海书店1994年版,第224页。

第五章　新文学与新文学读者：
文艺与政治的分流

朱自清在面临鲁迅所谓"'来了'来了"的局面①之时，深感自己"小资产阶级"身份恐不见容于时代，曾于1928年年初发表《那里走》一文。文章如是回顾了新文学一路走来的历程：

> 新文学的诞生，引起了思想革命；这是近十年来这新时代的起头——所以特别有着广大长远的势力。直到两三年前，社会革命的火焰渐渐燃烧起来，一般青年都预想着革命的趣味；这时候所有的是忙碌和紧张，欣赏的闲情，只好暂时搁起。他们要的是实行的参考书；社会革命的书籍的流行，一时超过了文学；直到这时候，文学的风起云涌的声势，才被盖了下去……但是很奇怪，在革命后的这一年间，文学却不但没有更加衰落下去，反像有了复兴的样子。

从文学（思想）革命到社会革命，换言之，从文学到政治，与时势相关，也自有其内在理路，朱自清此时的观察不过是这一趋势的端倪而已。奇怪的是，朱自清同时也认为，新文学在国民革命后居然开始复兴，这是和文学政治化路径大相径庭的另外一条路，却与前引沈从文的观察不谋而合。

这正是新文学的"常"与"变"。需要注意的是，假如我们不是从后设的角度加以观察而梳理出某种文学发展的线索，那么新文学的"常"与"变"事实上是同时并存的，甚至可以说，当时社会对新文学之"常"的接受实际上要超过对新文学之"变"的关注。这是因为——南京国民政府成立以后，内

---

① 鲁迅所谓"来了"，大体指的是民众中间流传的对新思潮的莫名恐慌情绪。参见鲁迅：《热风·五十六"来了"》，《鲁迅全集》第1卷，人民文学出版社1981年版。

第五章 新文学与新文学读者:文艺与政治的分流

忧外患不绝但人心思定,社会日趋稳定,各项民生事业也蓬勃发展,文学遂有多元发展的势头。章学诚《文史通义》有云:风会所趋,庸人亦能勉赴;风会所去,豪杰有所不能振也。"五四"风云激荡,一时豪杰层出,及至后"五四"时代,亦有"新文艺腔"在知识青年中间的大面积流布,而经历过国民革命的激荡,到了1930年前后的一段时间,这一"风会"渐趋消散,新文学阅读于此也就成为知识阶层特别是普通市民文化消费活动中的一种方式而已。朱自清观察到的"革命"之后文学"复兴"的情形,正是新文学进入常规化发展阶段的表现。

此时,新文学事实上就存在着两种时有交汇但泾渭分明的发展路径:其一是从社会现代性逐步走向审美现代性;其二则是在多种因素的影响下,逐步靠拢并最终汇入革命的政治(并在后来形成一种特殊的审美)。就前者来说,前文已有论述表明新文学的古雅质地决定了大多数新文学创作发挥的是现代性的启蒙功能,而现实政治状况恰恰正是新文学运动所参与造就的,因此它就与现实政治存在一种同构关系。也正因为这样,当现实政治存在弹性空间的时候,新文学也就褪去了思想外衣,戴上了艺术的头冠,新感觉派和现代派诗歌于此时出现,实在不为无因;就后者来说,它似乎反映了鲁迅所谓"文艺与政治的歧途",其实不然。鲁迅认为,真正的文学艺术在某种意义上与"要维持现状的"政治势同水火,所以与革命在精神理念方面"倒有不安于现状的同一"①。然而,若干激进的边缘知识青年所追求的"艺术"虽然是"不安于现状的",但这种动向又非源自文学的内在理路,而主要来自外在的马克思主义革命学说。从这个角度看,这一部分知识青年的"文艺"只是"革命"的派生物,就与鲁迅所谓的文艺无涉了。

故就整体而言,新文学读者群在20世纪30年代前后已趋于稳定。它在这一时期主要分两大群落:一是市民知识阶层;二是延续了前一阶段较多特点,仍然自成体系的知识青年群落。市民知识阶层的阅读当然以趣味性为主,读者之中也不乏对新文学艺术性的关注和探究;知识青年在依然注重新文学思想性的同时,逐渐看重艺术性。这是一个基本态势,但对部分激进的知识青年而言,他们则将自身对外界的敏感反应不断地引入文学之中,所以阅读也从思想进展到政治,进而越过文艺的藩篱,进入革命这一非现实政治的政治活动中去了。

---

① 鲁迅:《文艺与政治的歧途》,《鲁迅全集》第7卷,人民文学出版社1981年版,第113页。

第一节　新文学阅读的"自生自发秩序"

　　1932年"一·二八事变"之后,上海文化出版业有待恢复,现代书局出于经营的需要,推出了综合性文学刊物《现代》。由于创立《现代》的"动机完全是起于商业观点",作用乃在于"有一个能持久的刊物,每月出版,使门市维持热闹,连带地可以多销些其他出版物"①,所以主编施蛰存在《创刊宣言》中反复强调刊物"不是同人杂志"②。同人刊物是"五四"之后一段时间内文学刊物普遍取行的运作方式,即以二三骨干为中坚,聚合一批志同道合的人,以造就某种文学流派为目标。相应地,主要关注某一同人刊物的读者也是大体接受其文学观的人群。然而,经历了大约十年的巨大社会变迁,在"五四"高扬的文化理想重回日常现实之后,文学刊物便逐渐展现其作为文化商品的属性。虽然施蛰存在《创刊宣言》中表示"并不预备造成任何一种文学上的思潮、主义或党派",当时也的确存在"许多人看惯了同人杂志,似乎不能理解文艺刊物可以是一个综合性的、百家争鸣的万华镜"的批评,但是"任何一个文艺刊物,当它出版了几期之后,自然会有不少读者,摹仿他所喜爱的作品,试行习作,寄来投稿"③,却也不期而然地形成了某种创作倾向乃至文学潮流。两个时代之间的差别颇为分明。

　　在施蛰存看来,在"趣味太低级"的"礼拜六派"之外,此前文学刊物的缺点在于"态度太趋于极端",弊端在于"容易把杂志的对于读者的地位,从伴侣升到师傅",即"杂志的编者往往容易拘于自己的一种狭隘的文艺观,而无意之间把杂志的气分表现得很庄严,于是他们的读者便只是他们的学生了",因而强调书局要筹办的是"一个供给大多数文学嗜好的朋友阅读的杂志",自己的追求也是把《现代》"编成一切文艺嗜好者所共有的伴侣"。④"五四"时代的文学格局是新文化人强力推动而形成的,读者也往往是先接受某一派别的文学观,然后开始阅读并进而涉足写作。而到20世纪30年代前后,新文学经过十来年的发展,那些文学文化观念已经通过种种途径

---

① 施蛰存:《〈现代〉杂忆》,《沙上的脚迹》,辽宁教育出版社1995年版,第28页。
② 《创刊宣言》,《现代》创刊号,1932年5月1日。
③ 施蛰存:《〈现代〉杂忆》,《沙上的脚迹》,辽宁教育出版社1995年版,第28、34页。
④ 《编辑座谈》,《现代》创刊号,1932年5月1日。

第五章 新文学与新文学读者:文艺与政治的分流

渗入社会,读者习焉不察,可以较纯粹地从个人性情、趣味出发做自由选择,从而生成了一种"自生自发秩序"(Spontaneous Order)①。

新文学阅读的自生自发秩序,指的是在将文学阅读通过市场还给读者个体之后所自然形成的阅读格局。事实上,每一个读者都或多或少受到某一方面的影响而对阅读有所选择,但正是无数单一个体的自由选择,造就了一个特定时期看似纷纭凌乱而又清晰可辨的阅读图景。《现代》作为20世纪30年代初创刊的唯一一个大型文学杂志,比较重视读者与作者、编辑之间的互动,一方面带有此前时代文学传播、接受的若干特点;另一方面,又在新的形势下开始发生变化,所以这里以之作为个案,同时参照其他调查数据,探讨20世纪30年代前后新文学读者的基本特征。

一、《现代》周围的读者

现代书局曾于《现代》中登载过一则推销广告:

> 谁曾说过:现代的家庭中;应当至少有一份杂志?这句话是很有点真理的。主人主妇在公事及家务之暇,有一份杂志看看,可以增长些新智识,可以培养些文艺趣味;少男少女,在课业之余,有一份杂志看看,可以补充学校教育之不足。你承认你是个现代人吗?你要使你的家庭被视为一个完美的现代家庭吗?请让现代书局总店全国杂志承办部为你服务!②

这则广告很妙。它开始就将读者代入"现代"情境,然后要言不烦地介绍了读杂志对各类人的好处,最后又以激将法使读者审视自己是否是"现代人",是否拥有"一个完美的现代家庭",至于"谁曾说过"的那个"谁"是谁,谁还关心呢?

---

① 这一概念是哈耶克自由主义社会理念的核心概念,亦称"自我生成的秩序"(self-generating order)、"自我组织的秩序"(self-organizing order)或"人的合作的扩展秩序"(extended order of human cooperation)等。从它的几个不同名称来看,这一概念强调的是人类在社会活动中自然出现(而非有心倡导)并形成(而非通过权力)的某种有序状态。参见邓正来:《哈耶克的社会理论——〈自由秩序原理〉代译序》,[英]弗里德利希·冯·哈耶克:《自由秩序原理》,邓正来译,北京三联书店1997年版。

② 参见《现代》第3卷2、3、4期封二,1934年6月1日、7月1日、8月1日。

这则面向中产市民阶层的定向广告,当然也包括《现代》杂志本身。《现代》虽然并不如创刊两周年所哀叹的那样,"我们已经不再在制造着宝贵的精神的粮食,而是在供给一些酒后茶余的消遣品了",但也如其他刊物一样,也存在着"迎合多方面读者的趣味"的"商业竞卖"目的,而"有着一种日趋轻易的倾向"。① 这也很容易理解,因为杂志本身的定位就是一种商业化的文学刊物,当然有必要在一定程度上顾及读者的需要。不过,这并不意味着《现代》特别是其编辑者完全屈从于读者以及他们的趣味。

　　事实上,《现代》相当注重对读者的文学教育,缩小一点讲,是对读者阅读趣味的引领。施蛰存曾特别提到,"高明先生送来《英美新兴诗派》译文一篇。批阅一过,觉得原作并没有什么精到的地方。但是在对于现代外国文学的认识很少的一部分读者,这种简易的入门文章,也许倒是很需要的"②。就此而言,设立"书评"栏是其中一个重要举措。

　　《现代》"书评"栏目之设立,始于一卷四期。③ 施蛰存指出:"中国的出版界这样芜杂,文学的评价又这样的纷乱,对于新出的文学书,给以批评,为读者之参考或指南,我以为倒是目下第一件需要的工作。"④自四卷二期起,又有"评坛"栏出现(后于四卷五期改名为"现代评坛")。"书评"和"(现代)评坛"栏评介的创作,几乎都是当时最有影响的作家作品。兹统计如下:

表1　《现代》"书评""评坛"栏目评论作品汇总

作　家	作　品	期、卷数	
郁达夫	《她是一个弱女子》	第4期	第1卷
茅　盾	《路》		
废　名	《桥》		
蒋光慈	《田野的风》	第5期	
巴　金	《复仇》		
施蛰存	《将军的头》		

---

① 《本刊组织编委会之计划》,《现代》第5卷第1期,1934年5月1日。
② 《社中日记》,《现代》第2卷第4期,1933年2月1日。
③ 《现代》创刊号上就有茅盾《三人行》的两篇评论文章,但杂志其时还没有设置"书评"这一固定栏目。
④ 《编辑座谈》,《现代》第1卷第4期,1932年8月1日。

第五章 新文学与新文学读者:文艺与政治的分流

(续表)

作　家	作　品	期、卷数	
王文显	《委曲求全》	第2期	第2卷
谢冰莹	《前路》		
顾一樵	《岳飞及其他》		
黄震遐	《大上海的毁灭》	第3期	
铁池翰	《齿轮》		
张天翼	《蜜蜂》	第4期	第3卷
郁达夫	《忏余集》		
蓬　子	《剪影集》		
丁　玲	《母亲》	第5期	
杜　衡	《怀乡集》		
巴　金	《雨》		
茅　盾	《子夜》	第6期	
黑　炎	《战线》		
魏金枝	《白旗手》	第2期	第4卷
叶　紫	《丰收》与《火》	第2期	
彭家煌	《请客》		
黎锦明	《战烟》	第3期	
老　舍	《猫城记》		
王统照	《童心》和《这时代》		第4卷
蓬　子(编)	《丁玲选集》	第5期	
彭家煌	《喜讯》		
黎锦明	《失去的风情》	第6期	
穆木天	《梦家诗集》与《铁马集》		
靳　以	《圣型》		
林　庚	《夜》	第1期	第5卷
张天翼	《洋泾浜奇侠》		

此外,其他的栏目尚有针对创作的若干单篇评论文章,如茅盾、韩侍桁、苏雪林等人较有系统的批评。自"四卷狂大号"开始,"书评"预备突破"创作仅限于单行本"和"一书仅限一评"的做法,而将对象扩展至各种文体及整本杂志,并且一个对象同时配发两篇及两篇以上评论①。虽然这一方针后来并没有落实,但类似的栏目扩大及文学思潮等方面的介绍,无疑也有助于读者增进对新文学的理解。

"文艺史料"(后改为"史料·逸话·考证"等类似的名称)自三卷一期开始出现,刊发文章如下(限新文学相关篇目):

表2 《现代》"史料"栏目刊发新文学史料文章汇总

作　者	文　章	期、卷数	
茅　盾	《关于文学研究会》	第1期	第3卷
郁达夫	《光慈的晚年》		
张资平	《曙新期的创造社》	第2期	
杨邨人	《太阳社与蒋光慈》	第4期	
陈翔鹤	《关于"沉钟社"的过去现在及将来》	第6期	
钱杏邨	《关于"母亲"》	第1期	第4卷
杨邨人	《上海剧坛史料上篇》		
赵景深	《朱湘》	第3期	
杨邨人	《上海剧坛史料下篇》		
穆木天	《我的诗歌创作之回顾》	第4期	

仅仅在四卷一期出现一次的"作家纪事"有康嗣群的《周作人先生》和黎君亮的《纪念彭家煌君》两篇文章,是对周作人、彭家煌生平行事的记述,也具史料性质。

另外,四卷五期设立、五卷一期之后又废去"现代评坛"而改为"文艺杂录"(主打栏目"文坛展望",是对"五四"以来新文学思潮的梳理)和"文艺杂志"之后,虽然在事实上就废除了书评栏(此后的"社中谈座"栏断断续续有读者来信涉及作品评论),但这两个栏目也兼有书评栏的功能。

---

① 编者:《四卷狂大号告读者》,《现代》第4卷第1期(十一月狂大号),1933年11月1日。

第五章 新文学与新文学读者：文艺与政治的分流

概括说来，这些文章或就单篇作品的得失加以论析，或就某一作家的整体风格评论，或就某一社团、思潮、流派加以梳理，都对读者理解新文学有着莫大的助益。为了更有效地促进读者的参与，《现代》的编辑者在栏目设置方面屡有变更。自三卷一期开始，《现代》设置"随笔·感想·漫谈"栏目，其用意是：

> 编者底目的是要使这纯文艺的杂志底作者与读者能够有机会自由地——那即是说，不为体例所限地，有一个发表一点对于文艺与生活各方面的杂感的场合。这里的文章，对象是没有限制的，无论是对于国家大事，社会琐闻，私人生活或文艺思想各方面的片段的意见，用简短的篇幅写下来，就得了。

施蛰存并且强调，"这一栏是完全公开的，编者将尽可能地从来稿中辑集以后各期的本栏中的文字"①。颇值得注意的是，施蛰存的这一倡议，事实上是意欲把文学与广泛的社会生活联系起来，这与"五四"时代文学追求反映生活反而远离日常生活的状况貌似相同，但事实上大异其趣。用最简单的话来说，后者是生活的艺术化，施蛰存主张的是艺术的生活化，即艺术与生活的无间融合。

不过，编辑者认为"一切应该谈的话，我们都不可能谈；可能谈的话，却多数不必谈"②，故而有意要"把杂论的范围仍然限制到纯文艺方面来"③，所以这一栏就因为较多来信牵涉过多非文艺的问题而遭废止。与设置"随笔·感想·漫谈"栏几乎同时开启的另外一个计划，即自三卷二期开始，"作者·读者·编者"作为"社中谈座"栏目标题下的副题，意在为作者、读者、编者"这三'者'之间"创设一个"交换意见和消息的地方"④，也维持了相当一段时间。

这一栏目所出现的当期杂志上，即有读者来信，请教如何研究文学，怎样才能把小说写长一点，才能作出一篇好作品。⑤ 这样的请教尚有若干，

---

① 施蛰存：《社中谈座》，《现代》第3卷第1期，1933年5月1日。
② 编者：《独白开场》，《现代》第4卷第1期，1933年11月1日。
③ 编者：《四卷大号告读者》，《现代》第4卷第1期，1933年11月1日。
④ 施蛰存：《社中谈座》，《现代》第3卷第1期，1933年5月1日。
⑤ 李燮龙、施蛰存：《怎样研究文学？》，《现代》第3卷第2期，1933年6月1日。

此处不赘,较多的还是读者品评创作的言论。细心的读者很多,有人发现穆时英抄袭①,有人发现翻译作品的重译(其实是抄袭)②,不一而足。更重要的是,读者中其实不乏敏锐之人,许多时候可以提出真正的文学问题,比如所谓杰作到底是偶然产生的还是需要经过长期修为的问题③,但在刊物上并不是每次都可以引出精彩的讨论。一篇"张天翼不会叉麻将"的来信(题名显系编者所加,可以照见刊物编辑者力图以谐趣吸引读者注意的努力),信中所触及的问题是极关键的文学话题。这位读者认为张天翼那种"作者在半腰里跳了出来:'看官……'唠唠叨叨说了一大篇话"的"旧小说"作风让人感到乏味:

> 张天翼先生在别的作品里,都很肯认真描写,这回在这篇《洋泾浜奇侠》之中,不知是偷懒还是卖弄,竟"读者诸君,读者诸君"的从中介绍,我总以为太失去了他自身的意义。

叙述人从幕后走向台前,暂时截断故事进程,读者从阅读体验角度认为不可取,而从技巧角度看,这当然如编者回复所言,"这种插入法不定只在旧小说中才有,就在西洋最新的作品中也时常看到",所以作者完全可以如此写来④。然而,真正的问题即《洋泾浜奇侠》是否有必要采用这一叙述手法,却并没有得到解答。事实正是这样遗憾:张天翼虽然后来又"从半腰里跳了出来",但是插科打诨,从打麻将引申到了国民性,也回避了这一问题。⑤

这封来信反映了读者文艺素质的提升。沈从文曾在1926年对北京的文学刊物做过一个扫描式的描述,其中提道:"许多人都觉得近年来的文学刊物比以前要低一点了,这有两个说法:一是欣赏文艺的人欣赏程度进了步;一是做创作的都不及以前的作者来的严重了。"⑥上面的例子可以证实

---

① 雪炎、穆时英:《读者的告发与作者的表白》,《现代》第3卷第2期,1933年6月1日。
② 于春泥:《重译的困难》,《现代》第3卷第3期,1933年7月1日。
③ 陈清华:《"杰作"与模仿》,《现代》第3卷第6期,1933年10月1日。
④ 易新成:《张天翼不会叉麻将》,《现代》第3卷第2期,1933年6月1日。
⑤ 张天翼:《"作者从半腰里跳了出来"》,《现代》第3卷第3期,1933年7月1日。
⑥ 沈从文:《北京之文艺刊物及作者》,《沈从文全集》第17卷,北岳文艺出版社2002年版,第25页。

第五章 新文学与新文学读者:文艺与政治的分流

沈从文所说的第一点。至于第二点,可能也是实情,即有志于写作的文学青年减少了(但这并不意味着文学青年读者的减少)。

不过,读者在阅读的基础上开始尝试写作,却正是《现代》的编辑者所希望并力图推动的事项,只是结果不如人意而已。施蛰存非常期待新作者的作品,希望"读者中能写文章者……寄些作品来"①,令人意外的是,至多不过两个月,读者便"纷纷地寄文章"②来了。据"社中日记"记载,施蛰存在1932年11月30日自松江返回上海,发现"来稿积至一百四十余封,连以前尚未看过的五六十件原稿,共有二百余件"。③检录各期"编辑座谈""社中日记"或是"社中谈座",凡名家来稿或是约稿,编者一般是注明的,所以可以肯定这二百余份稿件绝大部分属自由来稿——当然,又在情理和意料之中的,是来稿质量的低劣,"大概多数是够不上水平线的"④。事实上,青年作家模仿知名作者的现象相当普遍⑤,比如茅盾的《春蚕》发表以后,"近来以农村经济破产为题材的创作"或"以去年丰收成灾为描写重心的"作品屡见不鲜,《现代》所收稿件"至少也有二三十篇",而经过考虑,最终只选择发表了一篇,但同时"发现"了"有着卓越而可喜的风格"的李心若和金克木两位诗人。⑥

以上论述并没有用心勾勒出一个读者在编辑的教育、引导下走向创作的路线图的意思。可以看到的是,受主客观等多方面因素的影响,读者和文学刊物之间的互动日趋频繁而密切,而与"五四"时代的文学读者相比,《现代》周围的读者走向创作的为数并不算多,此后成名的更是几乎没有,他们收获最大的,正是在增广新知识的同时,提升了文艺修养。就此而言,《现代》作为一本文学杂志,倒的确证实了前述广告的所言不虚。

《现代》的编辑者提及1934年杂志的兴起时,提出一个问题,"何以读者的需要会集中到这个单方面去"?他们认为,主要原因是读者出于经济方面的考虑;有意思的是,他们也指出了和杂志兴盛同时存在的"一个相反的

---

① 《编辑座谈》,《现代》第1卷第2期,1932年6月1日。
② 《编辑座谈》,《现代》第1卷第4期,1932年8月1日。
③ 《社中日记》,《现代》第2卷第3期,1933年1月1日。
④ 《新作家与所谓"成名作家"》,《现代》第3卷第5期,1933年9月1日。
⑤ 参见陈清华:《再说"创作与模仿"》,《现代》第4卷第3期,1934年1月1日。
⑥ 编者:《四卷狂大号告读者》,《现代》第4卷第1期(十一月狂大号),1933年11月1日。

现象",即"单行本书籍的极度的衰落"。① 这是有一定道理的。新文学的阅读市场虽然日渐增大,但有兴趣购买纯文学书刊的人毕竟不会太多,无论是中产市民阶层读者还是知识青年读者,可能都是这样。

二、新文学读者的样本对比分析

任何一个文学刊物都存在侧重"作"还是"读"的问题,"知名作家"和"新进作家"在刊物中孰轻孰重的争论差可视为这一问题的具体表现。总体而言,《现代》的前四卷大体能够在二者之间保持一种平衡,而从五卷一期开始,编辑方针开始调整为明显倾向前者,故较有体系的长篇论文取代了书评乃至读者通信栏目。不过,也就在此前后,各种杂志纷纷创刊,加之其他新起文学刊物的冲击,《现代》的销量开始下降。根据施蛰存的回忆,四卷一期的"狂大号"销数"维持在七千册左右",而五卷六期为"现代美国文学专号",虽然"读者的反应也不坏",但销量估计不会超过六卷一、二期的"不到四千册"。②《现代》于五卷五期推出征文启事,考究起来,应是情势所迫,不得不再度向读者亲近、靠拢。

《现代杂志第一回征文启事》限定的题目是"文艺作品对于我的生活的影响"。除若干事务性规则之外,下面这两段话颇可注意:

> 在这次征文,我们绝不欢迎带理论性的文字,我们所要的只是最坦白而又最真实的经验的报告。我们绝不愿意作者有所夸张或失实之处。我们并不是预定了结论才来作这次征文的;文艺作品无论对应征者的生活的影响极大,极少,或甚至没有,都一概请作最自由的告白,庶几不会模糊了事实的真相。
>
> 应征诸君也不要因为自己没有写文章的能力或习惯而有所畏避,因这次的征文,我们决不是拿文字上的优秀程度来决定取舍的,甚至,我们竟可说是更欢迎从来没有执笔为文过的朋友们来踊跃应征。

"启事"的最末两段话可谓将征文标准拉到了最低,用意当然在于尽可能地将《现代》的读者从知识青年群体向外缘再行拓展一番。

---

① 编者:《文坛展望》,《现代》第5卷第2期,1934年6月1日。
② 施蛰存:《〈现代〉杂忆》,《沙上的脚迹》,辽宁教育出版社1995年版,第54页。

第五章　新文学与新文学读者：文艺与政治的分流

这次征文的结果发布在六卷一期①，不仅有按籍贯、性别、年龄、职业分类的四个表格，后面也附有简略的分析和十篇在编者眼中具有一定代表性的征文。199个应征者，男性138人，女性15人，未注明性别的有46人，比例应与注明性别者相仿，这无须多说。为论述清晰起见，这里略微调整原表格式，将之按年龄、职业、籍贯的顺序依次录下，并对每一分类表格的统计略加说明。

《现代》的征文并没有像孙伏园主持青年"爱读书""必读书"调查（参见第一章第三节）那样在报刊上刊出书票，加之文学刊物的影响广度毕竟不敌报纸，所以与"青年爱读书"收到308张选票相比，数量减少了三分之一强，不过由此倒可以看出，凡寄来征文的应该也就是其读者。可能令编者稍稍失望的是，这些读者绝大多数都是中学生，而在民国时期，他们是标准的知识青年。具体如下：

表3　"现代杂志第一回征文"统计（年龄）

年　龄	人数	年　龄	人数	年　龄	人数	年　龄	人数
十五岁	4	十六岁	1	十七岁	7	十八岁	18
十九岁	24	二十岁	26	二十一岁	13	二十二岁	14
二十三岁	14	二十四岁	11	二十五岁	7	二十七岁	4
二十八岁	3	二十九岁	2	三十岁	1	三十一岁	2
三十三岁	1	三十五岁	2	三十八岁	1	四十岁	1
未　详	43						
合　计	199						

据表，十五至二十五岁的青年人计有139人，大约占总人数的70%，可见新文学读者仍以青年人为主。值得注意的是，18至24这一年龄区间的人数为120人，占比为60%左右，这一比例比孙伏园约于十年前所统计的数据低了大概6个百分点，虽然幅度并不太大，但在校学生在新文学读者结构中占比的下降，无疑也就意味着社会读者的增长。

不过，新文学读者的基本结构仍然没有多少改变。这一判断如果参以

---

① 《文艺作品对于我的生活的影响——现代杂志第一回征文披露》，《现代》第6卷第1期，1934年11月1日。以下如有引用将在正文中说明，恕不单独加注。

职业,更为显豁:

表4 "现代杂志第一回征文"统计(职业)

职 业	人 数	职 业	人 数	职 业	人 数	职 业	人 数
学 生	89	教 育	24	商	13	政	6
工	5	农	3	杂 职	14	无 业	13
未 详			32				
合 计			199				

从这里可以看出,学生大幅超过总数的三分之一,而如果加上从事教育的非学生人数,则超过了总数的一半。据《现代》编者所言,学生含中学生和大学生两类(其中还有一位小学在读者),前者较后者略多,而从事教育的人则绝大多数是小学教员,特别是国文教师。需要说明的是,小学国文教师往往就是各类大中学生毕业之后最切近的一种职业,所以这两个读者群之间的界限较模糊。从地域来看,新文学读者与20世纪20年代中期也并无显著的不同。199人的籍贯分布如下:

表5 "现代杂志第一回征文"统计(籍贯)

籍 贯	人 数	籍 贯	人 数	籍 贯	人 数	籍 贯	人 数
江 苏	31	广 东	28	河 北	18	江 西	13
浙 江	11	福 建	11	河 南	9	安 徽	9
山 东	9	山 西	6	四 川	5	广 西	4
湖 南	3	云 南	3	辽 宁	3	湖 北	2
察哈尔	1	未 详	33				
合 计			199				

这些数据几乎又和孙伏园的调查结果无甚差别,即新文学读者数量从沿海到内地呈递减状态。

面对这一状况,《现代》编者也很困惑:"五四时代的青年,现在都应该是三四十岁的中年人,难道只剩下这聊聊(按:疑为'寥寥')十余人还对这样的问题发生兴味呢?还是我们的中年以上的读者的确只有这样的少数?"这一疑问自有其道理,但可能未必确切,例如上面已有数据显示社会读者略有增长,而且问题的关键,可能在于不应该从这个角度来看。

第五章 新文学与新文学读者：文艺与政治的分流

这里有必要引入《成人阅读兴趣与习惯之调查及研究》①加以讨论。"成人阅读兴趣与习惯之调查及研究"工作开始于1933年10月,1934年6月完成并发表,较《现代》的调查稍早。这一调查工作设计甲、乙两种问卷,前者"系以一般大学生、学术文化机关的工作人员以及一般从新式学校出身之成人为对象",即主要以接受新式教育且从事文化相关工作的人群为对象;后者则"以一般农友、工友、学徒、军警以及一般民众学校学生,或由旧式私塾出身之成人为对象",主要针对的是一般社会人士或旧式教育出身的人。两种问卷分别发出800份和1 700份,各自收回有效答案201份和376份,总计577份。从性别、年龄、籍贯和职业等方面看,这一调查结果与孙伏园和《现代》的征文结果并没有太大差别,都是男性读者、青年读者、沿海地区读者和大中学生读者占据了相当高的比例,差别在于,此时读者的阅读结构发生了重要变化。

此次调查主要就阅读内容(报纸、杂志、书籍三项)予以统计。下面援引相关数据和分析,分别予以陈述：

1. 报纸。大学生较多养成读报习惯,青睐趋新的报纸,而一般民众"天天看报"的百分比不及大学生,且多数集中于地方性报纸。就报纸中与文学最相关的版块——副刊而言,大学生虽表示并不特别关注,但往往将之留到最后且费时较多(仅次于国内、教育);民众则对副刊较有兴趣,在国内、社会、国外之后居第四位。

2. 杂志。大学生或一般民众日常所爱看的杂志,都首举《东方杂志》。就专门的文学期刊看,一般民众多看《文学》《现代》,而大学生则较喜爱《论语》;此外值得注意的是,"即有好多种本是早已'归了道山'的东西(如《生活》《语丝》之类),但他们的音容色相还居然为人所记忆,而且被列举出之结果仍占据相当的位置"。需要特别注意的一点,是"无论是大学生或一般民众,他们在杂志上最喜欢或最注意的都是专篇的论著或一般的论文,都是属于议论方面的文字",这明显区别于"五四"时代的阅读风气。

3. 书籍。大学生或一般民众平常最喜欢的书籍都以小说为最多,新文学作品中占位最前者是《呐喊》,列第九,自第十二位《子夜》以下,《母亲》

---

① 蒋成堃：《成人阅读兴趣与习惯之调查及研究》,《教育与民众》第5卷第10期,1934年6月;转引自李文海主编《民国时期社会调查丛编二编·文教事业卷》第4卷,福建教育出版社2014年版。以下如有引用同份材料将在正文中说明,恕不一一注明。

《春蚕》《彷徨》《华盖集》等间隔出现,不过读者比例均不甚高。"成人所喜阅读书籍之种类统计"显示,在四十余种书籍中人数最多的前三类别,小说占总数的10.5%,教育占8.7%,社会占7.3%,文学较其他两类稍强。另外值得关注的是,据"民众拟购买之书籍"统计,"填答的人数虽仅有四五十个的光景,但所答的书籍也几乎有四五十种的不同,于此可见一般民众阅读兴趣的差异性与繁复性"。

这一调查结果在一定程度上回应了《现代》编者的问题,但它表明,文学的读者还在或者说一直都有,不过愿意自掏腰包购买文学刊物的人数可能并没有明显增长。就上述调查具体数据来说,自购报纸(包括订阅和随机购买)约占总人数的23%,而借阅和通过图书馆、公共阅报处等机构读报的人数,占比为62%;杂志方面,自购占比21%,借阅接近67%;书籍方面,自购比例约为31%,借阅(含私人和公共机构两类)和租读则为61%。从这些数据可以看到,除书籍购买的比例稍高,报与刊两种则在相当比例上是借阅,而借阅最重要的途径则是公共图书馆,这在大学生与一般民众两类读者群中是没有差别的。就杂志一项而言,由于杂志"比较能投合社会上各色各样读者的胃口",所以"杂志期刊的阅读,也成为近代生活中一种普遍的需要",就当时来说,中西之间并没有太大差异,但中国的读者借阅率高达三分之二,如果加上统计表中的"没有一定"和"其他"两项数据,比例可能更高。根据统计,私人之间的借阅占总人数的15%,而图书馆借阅则占比43%,将近前者的三倍,这说明图书馆在其中发挥了重要作用。更重要的是,杂志的借阅率相比于报纸和书籍本就为高,再加上图书馆较之于私人之间较高的流转率,故杂志在当时的民众文化生活中的确扮演了相当重要的角色。

类似于杂志之"杂",此次调查所呈现出来的书目,正如调查者的结论"一般民众阅读兴趣的差异性与繁复性"所表明的那样,如万花筒一样斑斓驳杂,而这一点恰恰表明20世纪30年代初中期的阅读结构较之"五四"时代发生了重要变迁。"成人阅读兴趣与习惯之调查及研究"与孙伏园所做"青年爱读书"调查大为不同的是,后者的应征书目,除《东西文化及其哲学》《中国历史研究法》等少量学术著作,几乎全是文学类书刊,古代经典作品、新文学、翻译文学呈三足鼎立之势,而这一调查表明,此时的读者较关注"议论方面的文字"——个中道理其实不难理解:"五四"时代是中国历史的一个非常时期,人人趋新,人们大抵受情感支配,而在社会进入常态化运行轨道之后,读者更为切实,更加理性,从而较多关注与个人生活切身的读物;或者也可以这样说,是摆脱了社会情绪的干扰,而能够真正做到从个人兴趣出发,自主、自由地选择读物。

将《现代》的"第一回征文披露"和"成人阅读兴趣与习惯之调查及研究"并而观之,可以得出这样的结论:第一,从绝对数量来看,文学读者仍以知识青年为多,大中学校的在读学生占据了其中较高比例,这一点可能古今中外皆然,并不特别,而从地域角度来看,读者从沿海到内地的阶梯型分布形态也一仍其旧。第二,社会大众读者的数量有一定增长,但这从文学书刊的销数方面无法得到印证,因为三分之二左右的社会读者是通过公共机构(或私人途径)的借阅接触新文学。第三,读者的阅读结构发生了重大调整,(新)文学读物已不能如"五四"时代那般占据阅读的中心,虽然比例较其他内容稍高,但基本可以认为地位已经回落到与其他读物等而观之的位置。这一局面,正可以称得上文学阅读的自生自发秩序。

需要说明的是,读者阅读结构的多元化当然得益于当时出版业的发达、传媒的兴盛和民生事业的发展(如公共文化机构的设立)。也正因为如此,即使(新)文学读者在人群中的比例较"五四"时代有所提高,并且在绝对数量方面有相当的增长,被繁荣的出版市场所稀释,《现代》等文学期刊未必可以因此得益——事实也正如此,《现代》的销售未必就比得了《京报副刊》,而如果就影响力来说,则更逊一筹——这是时代的差异,《现代》表明自身"不够领导青年"①,正是一种时代的自觉。

第二节 边缘知识青年与新文学的政治化

围绕《现代》而展开的"第三种人"争论,照当事人施蛰存后来的看法,杜衡(即苏汶)的本意,指的是"作家要向文艺理论家的指挥棒下争取创作自由",所以"'第三种人'应该解释为不受理论家瞎指挥的创作家",但此后论辩双方都"有点离开了原始概念,差以毫厘,失之千里了"。② 不过,杜衡的非论战文章都是原初的思路。他的《新的公式主义》一文从张天翼对

---

① 陈文俊:《关于丁玲及本刊的目标》,《现代》第3卷第4期,1933年8月1日。
② 施蛰存:《〈现代〉杂忆》,《沙上的脚迹》,辽宁教育出版社1995年版,第31、32页。

批评家拿一个"圈子""去套一切的文章"的感慨说起,批评了许多作者主动往这个圈子里钻,以博得批评家赞赏的文坛现象,并举例说:

> 譬如说,以前曾经流行着"要指明出路"的口号,这在原则上,倒也的确不可厚非,我们谁也不能说文艺作品,而指明社会出路是不应该的,但由于这口号的机械而狭窄的应用,其结果,便一切"企图"钻进这圈子的作品都不问情势地硬扎上一个革命的尾巴。①

杜衡所批评的创作现象,即此前"革命文学"创作中较盛行的"革命的浪漫谛克"倾向。假如可以撇开艺术不谈,"革命的浪漫蒂克"倒的确是要为青年"指明出路"从而"领导青年",只是这里的"出路"显然是左翼文学群落眼中的出路。

客观说来,"五四"以来,知识青年迫切需要的正是所谓出路,而"革命的浪漫谛克"倾向最典型的"革命+恋爱"小说模式之所以能够风行一时,正是因为它回应(在某种程度上也可以说是迎合)了青年人的这一追求:"革命"是追求社会公平、公正,"恋爱"则是追求个人解放、独立,而这两方面恰是"五四"以来新文学、新文化所宣扬并为知识青年所接纳的人生信念。虽然"革命的浪漫谛克"在狂热的情绪之外空无一物,左翼文学群落也陆续有所反思,但杜衡所批评的"要指明出路"的"革命的尾巴"创作现象其实在后来并未消歇。其时,正当左翼文学提倡"社会主义现实主义"等创作理念,类似的主张、创作仍所在多多,如"左联"成员陈君冶就认为,"要表现所谓现实的真实,作者的企图,决不能以描写了现实底现象即为满足,因为往往现实底现象是与真实游离了的,所以,作者应更进一步地去把握现实底本质",而这取决于"作者底认识和他底表现能力的强度"②。

这种现象,其实在人类历史上颇为常见。曼海姆指出,"人类的各种事物总是可以把充满愿望的思维过程体现出来。当这种想象在现存的现实中得不到满足的时候,它就会到那些出于愿望而构想出来的时代之中寻求满足"③。大致说来,文学真实以人性的可能性为条件和限度,即现实中不

---

① 苏汶:《新的公式主义》,《现代》第4卷第1期,1933年11月1日。
② 陈君冶:《一个倾向》,《现代》第4卷第5期,1934年3月1日。
③ [德]卡尔·曼海姆:《意识形态与乌托邦》,艾彦译,华夏出版社2001年版,第243页。

必有但本诸人性则可能有,这正如鲁迅论讽刺时所言,"不必是曾有的实事,但必须是会有的实情"①。而左翼文学通过作家主体的"认识",将"真实"(或曰"本质")从"现象"当中剥离并加以区隔,这一方法所缔造的乃是"出于愿望而构想出来的时代",所以在旁观者眼中,就无异于欺骗了。康嗣群曾在《周作人先生》一文中提及"现在的青年需要的是多的和新的花样,强大的刺激和说诳"②,引来唐弢的反驳③,他后来更答复说,"唐先生更说我污蔑青年'需要说诳',如果唐先生能稍一留意近年的'口号主义'和'标帜主义'的盛行,他便明白青年除了自己说诳同时更需要别人说诳来欺骗他的,不然幻灭后的打击是受不了的"④。

平心而论,指控左翼文学"说诳"虽有一定的事实依据,却未必公允。如前述,《现代》的编者对已经成为"三四十岁的中年人"的"五四时代的青年"哪里去了表示好奇,其实,这些人自然而然地发生了分化:一部分人融入常态的社会,他们在生活、工作之外以兴趣关注文学,造就了文学阅读的自生自发秩序,这方面的情形正如上节所论;另一部分人则仍徘徊在边缘地带,仍在苦苦寻觅出路,其中,就有一定比例的较激进的知识青年通过文学而介入革命,于是产生了新文学之"变"。

需要说明的是,左翼文学的特别之处,在于它为新文学特别是现实主义文学增添了新要素,因而才能够在"红色的1930年代"吸引众多的知识青年。作为新文学读者结构中相对自足并自成体系的一个群落,边缘知识青年读者的选择有其内在理路,这一点在前面的论述中已有一定体现,这里将之稍做延伸,从文学思潮的角度对之做出进一步分析。

一、从"写实主义"到"现实主义"

《平民文学》主张"以真为主,美即在其中",这里的"真",在周作人本人那里,主要是"人性之真"即合乎"人的道德"的意思,所以它又有"善"的意味在内,而既然文学成为学理之真、伦理之善与情感之美的"三位一体",在社会转型期兼有移风易俗、沟通人情、激动人心的多重功用,所以茅盾在革

---

① 鲁迅:《什么是"讽刺"?——答文学社问》,《鲁迅全集》第6卷,人民文学出版社1981年版,第328页。
② 康嗣群:《周作人先生》,《现代》第4卷第1期,1933年11月1日。
③ 参见唐弢《青年的需要》,《申报·自由谈》,1933年11月14日。
④ 康嗣群:《我的答辩》,《现代》第4卷第3期,1934年1月1日。

新后的《小说月报》开头就表明"人是属于文学的了",于是号召作家描摹"全人类的生活",以期创造出"时代的文学""国民文学"①。

怎样才能创造出时代的国民文学?茅盾本人较偏向自然主义。他在评论当时的创作时说:"对于现今创作坛的条陈是'到民间去'。到民间去经验了,先造出中国的自然主义文学来。"②稍后在纪念福楼拜的文章里,又"希望"将其"科学的描写态度"介绍过来。③郑振铎则有所不同,他曾经这样说:"写实主义的文学,不仅是随便的取一种人生的或社会的现象描写之,就算能事已完。他的特质,实在于(一)科学的描写法与(二)谨慎的,有意义的描写对象之裁取,而第二个特质尤为重要。"④需要注意的是,在郑振铎眼中,"尤为重要"的"第二个特质"的重要之处不在于技术方面的剪裁,而在于"描写对象"之"意义"。

二人之间的差异,大概一个是追求科学描写方法的"实写",而另一个则是已然展现出典型论雏形的"写实"即初步的现实主义。不过,茅盾稍后也开始趋同于郑振铎,认为"不论新派旧派小说""有弱点的现代小说的弱点","就描写方法而言,他们缺了客观的态度,就采取题材而言,他们缺了目的"⑤。在此前后,文学研究会诸位同人在"实写"和"写实"之间其实并不统一。耿济之翻译屠格涅夫的《猎人笔记》,曾指出一点:"那种'目的'超过'方法'的规则屠氏认为不用遵从的,所以他决不给我们显出一个伟大和高贵的农人。"⑥而郑振铎则认为:"高尔基虽为一个写实主义者,其描写的忠实不下于勒谢尼加夫,同时却知道把主要的人物理想化了;这是使他得伟大的成功主因。"⑦这二人之间的差别,就在于"目的"和"方法"孰轻孰重。

概而言之,"写实主义"作为文学研究会推重的一个创作理念,是混合了自然主义与现实主义,同时又不排斥其他表现手段的成分较复杂的创作思潮,所以不同的人各有侧重:它可以被认为是自然主义的,因为科学的描

---

① 沈雁冰:《文学和人的关系及中国古来对于文学者身份的误认》,《小说月报》第12卷第1期,1921年1月10日。
② 郎损:《评四五六月的创作》,《小说月报》第12卷第8期,1921年8月10日。
③ 沈雁冰:《纪念弗罗贝尔的百年生日》,《小说月报》第12卷第12号,1921年12月10日。
④ 振铎:《文艺丛谈》(三),《小说月报》第12卷第3号,1921年3月10日。
⑤ 沈雁冰:《自然主义与中国现代小说》,《小说月报》第13卷第7期,1922年7月10日。
⑥ 耿济之:《〈猎人日记〉研究》,《小说月报》第13卷第3号,1922年3月10日。
⑦ 郑振铎:《俄国文学史略》(四),《小说月报》第14卷第8号,1923年8月10日。

写方法被特别强调(虽然常常难以落实);又可以被认为是现实主义的,因为具有特定意义的描写对象之选择与一定的写作目的也是与之俱来的。科学的描写和题材的意义,二者在写实主义之内当然可以并行不悖,但创作界经过"问题与主义"之争的洗礼,只要二者发生交集,或如茅盾的观点转换所表明的那样,"方法"几乎总是让位于"目的"。

　　写实主义创作理论为什么会形成这样的"偏至"? 就注重科学方法写现实的自然主义路径来说,它在现实中其实难以为继。这部分源于自然主义本身的理论困境①,而更取决于其社会效应。茅盾承认:"讲到批评呢,虽是写实主义的好处,同时也是写实主义的缺点。他把社会上各种问题一件一件分析开来看,尽量揭穿他的黑幕,这一番发聋振聩的手段,原自不可菲薄;但是徒事批评而不出主观的见解,便使读者感着沉闷烦扰的痛苦,终至失望。"②所以他后来又修正说:"我自己目前的见解,以为我们要自然主义来,并不一定就是处处照他;从自然派文学所含的人生观而言,诚或不宜于中国青年人,但我们现在所注意的,并不是人生观的自然主义,而是文学的自然主义。我们要采取的,是自然派技术上的长处。"③这就是说,为中国青年人计,自然主义应限定在"技术"的范围,而在"人生观"方面,则应另外设法。此前已有论述表明,知识青年在后"五四"时期普遍处于遍寻出路而不得的迷茫状态,他们迫切希望有人能够"指明出路",而新文学在一定程度上扮演了政治哲学所应扮演的角色,即指导人们在社会转型期如何适应这种转变。所以,在新文化、新文学运动中与知识青年建立起良好互动关系的新文学,自然也就当仁不让地成为青年人的人生导师。正因为这样,强调"意义"的现实主义路径就逐渐浮出水面。

　　需要强调的是,自然主义、现实主义两种路径在实际创作中的地位升降并不影响它们在写实主义之中的理论价值,也正因为此,现实主义本身具有一种"作家应当按照它本来的样子去描写生活,但他又必须把它描写

---

　　① 桑塔格的判断无疑是正确的:"一旦艺术的主要标准成为其与生活的融合(也就是包括其他艺术在内的一切),那么,单独的艺术形式就没有存在的必要了。"自然主义的困境,正在于其"与生活的融合"的倾向导致它在发展的最高阶段必将在艺术上否定自身。参见[美]苏珊·桑塔格:《走近阿尔托》,《在土星的标志下》,姚君伟译,上海译文出版社2006年版,第32页。
　　② 沈雁冰:《文学上的古典主义、浪漫主义和写实主义》,《学生杂志》第7卷第9号,1920年9月。
　　③ 《通信》,《小说月报》第13卷第6期,1922年6月10日。

成应该是或将要是的样子"的"描绘和规范、真实与训谕之间的张力",也势必对现实主义如何呈现"意义"、表现"目的"构成阻碍,而典型作为"联系现在和未来、真实与社会理想之间的桥梁"①就得到了特殊强调,其具体做法,即像高尔基一样将主要人物形象予以"理想化"。

"理想化"的依据或标准是什么?这里有必要引入一点关于现实主义的理论分析。据雷蒙·威廉斯的考察,现实主义(Realism,又可译作实在论、唯实论)之第四种涵义是"用来描述一种方法或一种关于艺术与文学的看法——最初指的是非常精确的'再现'(representation),后来指描述真实事件,以及揭示真实存在的事物",然而,"(iv)意涵并未结束艺术与文学的争论,而是开启另一争端,它仍然残存古老观念论(idealism)的意涵",并且进一步指出,"这是一种诗的创造,当然与所观察的物体没有关联,但可以使得永恒的本质显得逼真(realize)",只是"令人困惑的是,这种实在论的(Realist)学说显然就是我们现在所称的极端观念论(Idealism)",而新的动词"idealize"(理想化地描绘,使理想化)即"借想像赋予某种对象或客体(Object)以某些特质"的过程,就是现实主义对真实(the real)特别是"诗性真实"(poetic reality)的追逐过程。② 观念论的"观念"是"能借助想像赋予某种对象或客体以某些特质"的某种意识,某种程度上就是作为必然性体现的所谓"时代精神",所以一个作者能否表现真实特别是诗性真实,就取决于他对时代精神的感知和捕捉。

"五四"时代其实不乏关于时代精神的描述。瞿秋白在《灰色马》的评论里说:"文学家的心灵,若是真能融洽于社会生活或其所处环境,若是真能陶铸锻炼此生活里的'美'而真实的诚意的无所偏袒的尽量描画出来——他必能代表'时代精神',客观的就已经尽他警省或促进社会的责任,因为他既能如此忠实,必定已经沉浸于当代的'社会情绪'(настроЕние),——至少亦有一部分。"③不过,这种方法毕竟带有自然主义色彩,所以更重要的是,创作者应该具有透过现象看本质的能力。卡西尔指出:"在现实主义作家们看来,一件艺术作品的性质,并不依赖于它的题材的伟大或渺小。没有

---

① [美]R.韦勒克:《文学研究中现实主义的概念》,《批评的诸种概念》,丁泓、余徵译,四川文艺出版社1988年版,第232页。
② [英]雷蒙·威廉斯:《关键词:文化与社会的词汇》,刘建基译,北京三联书店2005年版,第391—395、215页。
③ 瞿秋白:《〈灰色马〉与俄国社会运动》,《小说月报》第14卷第11号,1923年11月10日。

任何题材不能被艺术的构成能力所渗透。艺术的最大成就之一就是能使我们看见平凡事物的真面目。"①问题在于,知识青年走出家庭以后,四处碰壁、志气颓丧,实在难以"于平凡里头看出非凡"②。在这种情况下,既然创作主体缺乏这种观察与思考的穿透力,并不能塑造出理想化的典型人物形象,那么或如上引陈君冶所言,自然便转到依靠"作者底认识"("表现能力的强度"只是技巧,其实也取决于"认识")方面了。

职是之故,历史唯物主义就在填补了现实主义文学的"目的"之后,催生了一批描绘如何才能通往未来黄金世界的革命作品。

二、"革命的尾巴":从个人主义到集团主义

经过"问题与主义"之争,20世纪20年代后期的"中国社会性质"及"中国社会史"论战又将如何解决中国的现实问题溯及既往,但对边缘知识青年来说,即使这场论争使得他们对于"中国向何处去"有所理解,而有关"出路"问题的焦虑仍然没有得到释放。弗罗姆指出:"在欧洲,'解脱'束缚和缺少积极地实现自由与个性的可能性这两者之间的不平衡,导致了一场可怕的对自由的逃避,或者逃入新的束缚中,或者至少逃入完全的冷漠状态之中。"③这个说法对"五四"运动以后处于孤独情境中的中国知识青年来说同样贴切,只是他们仍然没有放弃对出路的希望,并在国民革命的高潮之中再度迸发出来:"出路!出路!这便是与自然主义不同之点,正因为作者是以无产阶级的意识,去观察社会,所以才有这么一个出路,它不得写出病症,还要下药,这'暗示的出路'便是革命文学的活力,没有这个活力,便不成为革命文学。"④

在这样一种"舆论的气候"中,"只诊病原,不开药方"的"易卜生主义"就遭到了改写:"易氏,在他的作品中,把一切未来而必来的思想,早就含蓄着说明,批评,使一般人都明瞭和认识各种问题思想的趋向!"⑤对于易卜生作品的认知变迁,很能说明问题。如果说"五四"时期关注的是娜拉冲决家庭的束缚从而达到个人的解放,那么该时期有待解决的问题就是"娜拉

---

① [德]恩斯特·卡西尔:《人论》,甘阳译,上海译文出版社2003年版,第248页。
② 任白涛:《文艺底研究和鉴赏》,《小说月报》第16卷第1号,1925年1月10日。
③ [德]埃里希·弗罗姆:《逃避自由》,陈学明译,工人出版社1987年版,第56页。
④ 芳孤:《革命文学与自然主义》,《泰东月刊》第1卷第10期,1928年6月。
⑤ 丁丁:《文艺与社会改造》,《泰东月刊》第1卷第4期,1927年12月1日。

走后"的"出路"问题。其实,不仅是左翼作家,敏感的知识人都对这一态势有所体察并在创作中加以呼吁:创作正是要指出一条"光明"的大道。比如,并不如何"左"倾的潘家洵翻译易卜生的《海得加勃勒》,虽然还承认易卜生"是个只列脉案不开药方的医生",但也不失时机地表明,"在他的著作里虽然没有明白指示我们这种环境应该怎么处置,那么问题应该怎么解决,可是他主观的间接仍是在那里影响同支配我们"。①

在左翼小说中,为了"指明出路"而设置的"革命的尾巴"较多见。茅盾评论蒋光慈说:"我们不妨说蒋光慈的人物描写是'脸谱主义'。……作品中人物的转变,在蒋光慈笔下每每好像睡在床上翻一个身,又好像是凭空掉下一个'革命'来到人物身上,于是那人物就由不革命而革命。……总之,我们看了蒋光慈的作品,总觉得其来源不是'革命生活实感',而是想象。"②但这一创作倾向在左翼小说中其实颇为常见。胡也频的《到莫斯科去》和《光明在我们的前面》,主人公都开始自觉而坚定地追求"先进"的革命意识,积极向革命的集体靠拢;其余如丁玲的《韦护》《一九三零年春上海》(之一、之二),沙汀的《醉》,张天翼的《二十一个》,也都是革命理想的觉悟宣言:从苟活到觉悟,从错误到"正确"。阳翰笙的《地泉》三部曲特别是《转换》,也鲜明地诠释了钱杏邨所谓"普洛文学"的"没有失败,只有胜利,没有错误,只有正确,把现实虚伪化了去写"的"浪漫主义的倾向"③,而洪灵菲《大海》分上下两部,恰恰是"黑暗"与"光明"的对照,戴平万的《陆阿六》《新生》则更是光明满篇,全无黑暗。

更值得注意的是,这一创作倾向在其他作家那里也有表现,比如叶圣陶的《倪焕之》。茅盾认为,"新文学的提倡差不多成为'五四'的主要口号,然而反映这个伟大时代的文学作品并没有出来。当时最有惊人色彩的鲁迅的小说——后来收进《呐喊》里的,在攻击传统思想这一点上,不能不说是表现了'五四'的精神,然而并没反映出'五四'当时及以后的刻刻在转变著的人心",《倪焕之》的好处,正在于"有意地要表示一个人——一个富有革命性的小资产阶级知识分子,怎样地受十年来时代的壮潮所激荡,怎样地从乡村到都市,从埋头教育到群众运动,从自由主义到集团主义,这《倪

---

① 潘家洵:《〈海得加勃勒〉译者弁言》,《小说月报》第19卷第3号,1928年3月10日。
② 朱璟(茅盾):《关于"创作"》,《北斗》创刊号,1931年9月20日。
③ 钱杏邨:《地泉序》,华汉:《地泉》,上海湖风书局1932年版,第22页。

第五章　新文学与新文学读者：文艺与政治的分流

焕之》也不能不说是第一部"。① 茅盾对"集团主义"的突出，当然和他的个人认识有关。短篇小说《创造》是当他受后期创造社指责思想落伍的时候，一篇用以自我表白的作品：娴娴接受了新思想以后，再也不会走上回头路，正是茅盾对他本人思想与行为的自况。另外，他的长篇小说《虹》，其实就倾向性来说，其实也与《倪焕之》不相上下。主人公梅行素激烈反抗包办婚姻，正因为如此，她最后逃离了无爱的婚姻；之后，她做师范教员、家庭教师，经济上独立，个性也愈发倔强；在被迫出走到上海之后，她结识了革命者梁刚夫，而在与梁的辩论之中，先前的倔强、傲慢、富于斗争精神的梅女士不见了，取而代之的是一个谦卑、犬儒的"小学生"形象。这样一个个人主义者最终突兀地走入集团主义的"大纛"之下，也正是茅盾出于个人的政治认识而刻意安排的"革命的尾巴"。

《倪焕之》的缺点，在于小说的结尾部分"金佩璋突然勇敢起来"，但"好像一个人思想的转变是'奇迹'似的骤然可以降临的，也就失之于太匆忙了"，而造成这一缺陷的原因，在于"作者信赖着'将来'的意识使他有这转笔"。② 其实，《虹》作为一篇小说的缺点，亦复如是。即在"革命的罗曼谛克"遭到清算的"左联"时期，周文的小说《雪地》也难免"拖了一条概念化的、'公式化'的尾巴"，因为"他要把'目的意识'灌进这一群哗变的'乌合之众'"。③ 叶紫的小说，《丰收》续篇《火》，以及《夜哨线》《乡导》，都有这种"信赖着'将来'的意识"，所以李健吾评论他的创作时说："他的内容，无论详略，永远是斗争的，有产与无产相为对峙，假如无产这方面失败了，他给无产留下象征的希望。在真实的叙写之中，我们常常感到勉强与夸张。"④

鲁迅在为叶永蓁的《小小十年》作序时，认为"从旧家庭所希望的'上进'而渡到革命，从交通不大方便的小县城而渡到'革命策源地'的广州，从本身的婚姻不自由而渡到伟大的社会改革——但我没有发现其间的桥梁"。也就是说，经过种种"偶像破坏"，知识青年其时已经冲破了旧的"切近的伦谊"；然而，"在这里，是屹然站着一个个人主义者，遥望着集团主义的大纛，但在'重上征途'之前，我没有发现其间的桥梁"。鲁迅所谓"个人

---

① 茅盾：《读〈倪焕之〉》，《文学周报》合订本第8卷第20号，远东图书公司1929年版。
② 茅盾：《读〈倪焕之〉》，《文学周报》合订本第8卷第20号，远东图书公司1929年版。
③ 茅盾：《〈雪地〉的尾巴》，《文学》月刊第1卷第3期，1933年9月1日。按：文章初次发表时未署名。
④ 刘西渭：《叶紫的小说》，《咀华二集》，上海文化生活出版社1942年版，第60页。

主义"与"集团主义"二者之间缺乏一座必要的"桥梁",其实他在概述《小小十年》的内容的时候,已经给出了这个问题的答案。这里,有必要将这一段文字全数录在下面:

> 一个革命者,将——而且实在也已经(!)——为大众的幸福斗争,然而独独宽恕首先压迫自己的亲人,将枪口移向四面是敌,但又四不见敌的旧社会;一个革命者,将为人我争解放,然而当失去爱人的时候,却希望她自己负责,并且为了革命之故,不愿自己有一个情敌,——志愿愈大,希望愈高,可以致力之处就愈少,可以自解之处也愈多。①

知识青年走出家庭,进入社会的"无物之阵",不从"切近的伦谊"入手,而致力于囫囵的整个社会的改造,这正是鲁迅含蓄地加以批评的。

茅盾所谓"'五四'的精神",不管是鲁迅所谓的"个人主义",还是他自己所说的"自由主义",最后的归宿似乎都在"集团主义",不过,二人的态度是有差别的。茅盾赞同这种转变,而且为其追溯至"五四"时代;鲁迅则不然,不仅对其转变的合理性有所疑虑,更有含蓄的批评。耐人寻味的是,鲁迅即使指出一些作品缺乏"其间的桥梁",但在能否搭建类似的"桥梁"方面,也要谨慎得多,在创作中虽未必有意,但合理地做出了规避。鲁迅在《呐喊·自序》中提道:"……既然是呐喊,则当然须听将令的了,所以我往往不恤用了曲笔,在《药》的瑜儿的坟上平空添上一个花环,在《明天》里也不叙单四嫂子竟没有做到看见儿子的梦,因为那时的主将是不主张消极的。至于自己,却也并不愿将自己自以为苦的寂寞,再来传染给也如我那年青时候似的正做着好梦的青年。"②问题是,"鲁迅的'曲笔'从未与小说故事融为一体,而是运作于策略性或象征性的层面。只有当我们认同作者的这种外部象征性的想象介入,它们才指示希望"③,所以这就与青年作者为了指明出路而生硬地装上一条"革命的尾巴"截然不同。

---

① 鲁迅:《叶永蓁作〈小小十年〉小引》,《鲁迅全集》第4卷,人民文学出版社1981年版,第146页。
② 鲁迅:《呐喊·自序》,《鲁迅全集》第1卷,人民文学出版社1981年版,第419—420页。
③ [美]安敏成:《现实主义的限制:革命时代的中国小说》,姜涛译,江苏人民出版社2001年版,第91页。

第五章 新文学与新文学读者:文艺与政治的分流

一个较复杂的例子是丁玲。丁玲在创作前期,从梦珂到莎菲到伊莎再到阿毛姑娘,她笔下的人物没有一个能避免空虚和绝望的痛苦,这些形象折射出作者本人的寂寥心境。自与胡也频在1928年年初南下上海,到次年五月第二个短篇小说集《自杀日记》出版,丁玲努力寻求在创作上有所突破和变化,于是陆续推出《韦护》《一九三零年春上海》等带有左倾色彩的创作。可以这样说,即使是在加入"左联"之后的一段时间内,丁玲仍然醉心于文学,所以对实际事务并无多少介入。① 不过,胡也频遭暗杀结束了丁玲的彷徨,这正如茅盾所说,"丁玲女士个人对这××恐怖的回答就是积极左倾,踏上了那五个作家的血路向前"②。此后,才有《田家冲》和《水》的诞生,并逐步走向了现实的革命而疏远了文学。③ 值得注意的是,几乎与《田家冲》《水》同时,丁玲还开始了《母亲》的创作,而后一部作品出版单行本后,左翼青年却对曼贞之所以进学校"在于想找一条活路"的主题并不满足,认为"如果不是作者对于现实理解的不足,便显示出她表现之无力"④。不过,这恰恰显示出个人与集体两种趋向在丁玲那里仍有一种内在的紧张:她以"革命的尾巴"表明了自己的政治立场,但在无意中仍然会流露出与此相异的倾向。

左翼小说中的"革命的尾巴",用李健吾批评叶紫小说的话来说,是"决定他观察的角度的,不是一个艺术家的心情,而是态度和理论"⑤,而其所欲张扬的,乃是投身现实的集体斗争之中才能找到真正的出路这一理念。是故,虽然左翼小说就艺术而言并不成功,但它的确切中了边缘知识青年

---

① 当时的施蛰存与胡也频、丁玲夫妇颇有接触,虽说不可能了解他们更隐秘的一些活动,但这种有距离的观察也很能说明这对夫妇实际的思想状况。施说:"从1928年到1931年,丁玲和胡也频同住在上海,我和望舒和他们俩接触的机会较多了。丁玲还显得是一个'莎菲女士'的姿态,没有表现出他的政治倾向。胡也频却十足是个小资产阶级文学青年,热心的写诗,写小说,拿到稿费,就买一些好吃的、好玩的。"施蛰存:《丁玲的"傲气"》,《新民晚报》1986年7月26、27日,转引自丁言昭编选:《别了,莎菲》,人民文学出版社2001年版,第74页。

② 茅盾:《女作家丁玲》,《文艺月报》第1卷第2期,1933年7月15日。另外参见王周生:《丁玲:飞蛾扑火》,上海教育出版社1999年版,第119页。书中这样说:"台湾学者周芬娜女士在《丁玲与中共文学》一书中引用在丁玲领导下工作过的利夫(EARL LEAF)的一句话,'许多共产主义的领袖和文艺工作者,往往是由于他们的亲友们的监禁和死刑,才由激进思想的憧憬的绿色牧场中,进而至共产主义革命的战场'。"

③ 丁玲曾担任过"左联"党团书记,据艾芜回忆,"(按:在左联小组会上)她跟钱杏邨一样,只谈政治,不谈文艺"。参见艾芜:《有关丁玲的回忆》,《新文学史料》1995年第4期。

④ 王淑明:《母亲》,《现代》第3卷第5期,1933年9月1日。

⑤ 刘西渭:《叶紫的小说》,《咀华二集》,上海文化生活出版社1942年版,第58页。

寻找出路的焦虑心态,并在他们那里得到应和。

三、"根本解决":从理论到实践

前文已有论述表明"写实主义"内在地含有自然主义与现实主义两种路径,在添加了"目的"即在文学中意欲指明社会发展方向以后,其主流逐渐倾向以典型论为特点的现实主义。不过,马克思主义的文艺家"不仅是文学和社会的研究者,也是未来的预言者、告诫者和宣传者;这两种作用在他们身上是难解难分的"①,而在左翼作家那里,"未来的预言者、告诫者和宣传者"的身份实是压倒"文学和社会的研究者",他们对社会的"预言"压制了"观察"。

具体说来,在新文化运动中,因为造成个人不幸的"现实"不过是传统的层累作用的产物,作为个人的知识者与作为考察对象的现实之间的对峙,其实仍然是个人面对传统时的压抑。也就是说,现实是个人与传统之历史联系的中介,因而个人与传统的紧张顺延过来,从而产生一种紧张关系,属于"正相关"。而在"革命文学"兴起后,两者之间的关系也一变而为面向未来的"负相关",即个人与未来首先通过马克思主义学说等社会理论这个介质产生了对未来的美好憧憬,然后造成了个人与现实之间的紧张。如果可以用"从文学革命到革命文学"来概括这一转变过程的话,那么个人与现实的紧张关系在"文学革命"时期可以认为是从历史到逻辑的顺延,而"革命文学"时期则是从逻辑到历史的推演。从逻辑到历史的推演,就是根据某种价值理想、理论体系来重塑历史、改造现实。② 这正如赫尔岑所论,"如果人类前迈而直取某一结果,则没有历史,只有逻辑"③,而如果依照逻辑来解决现实问题,只要可以做得到,倒的确全面而彻底。

渴望并主张全面而彻底地改造中国的呼声在民族危亡之际出现,这是可以理解的。当时的有识之士谈及政治,均如陈独秀那样迫切:"我现在所

---

① [美]雷·韦勒克、奥·沃伦:《文学理论》,刘象愚等译,北京三联书店1984年版,第93页。
② 余英时指出,"当时'革命论'者之所以定中国为'封建'社会,其用意根本便不在寻求一种合乎客观事实的历史论断,而是要建立一个合乎他们的'革命纲领'的价值判断",并且强调,虽然梁漱溟反对革命论,"但是他和'大革命论'者显然持有一种共同的假定,即中国的形势已急迫万分,我们必须立刻提出一套根本而澈底的'改变世界'的方案及其具体实行的步骤"。参见余英时:《中国近代思想史上的胡适》,《胡适之先生年谱长编初稿》(校订版),胡颂平编著,(台北)联经出版事业公司1990年版。
③ 转引自[英]以赛亚·伯林:《俄国思想家》,彭淮栋译,译林出版社2003年版,第110页。

第五章　新文学与新文学读者：文艺与政治的分流

谈的政治，不是普通政治问题，更不是行政问题，乃是关系国家民族根本存亡的政治根本问题。此种根本问题，国人倘无彻底的觉悟，急谋改革；则其他政治问题，必至永远纷扰，国亡种灭而后已！国人其速醒！"①较早察觉到"根本解决"这一思路的危险性的，是胡适。他在那篇引起"问题与主义"之争的文章《多研究些问题，少谈些"主义"》当中指出："好听的""外来进口的"和"偏向纸上的""'主义'的大危险，就是能使人心满意足，自以为寻着包医百病的'根本解决'，从此用不着费心力去研究这个那个具体问题的解决法了"②。李大钊则认为，"若在没有组织，没有生机的社会，一切机能，都已闭止，任你有什么工具，都没有你使用作工的机会。这个时候，恐怕必须有一个根本解决，才有把一个一个的具体问题都解决了的希望"③。李大钊在综合了胡适的意见之后，强调"根本解决"的目的在于"激活"社会，然后才能着手于具体事务，也就是说，"根本解决"或者就不是目的，而只是一种手段。不过，这在胡适看来，虽然社会性质更新了，但事务仍然是具体事务，所以它还是要求有一个具有可操作性的具体办法——这与社会什么性质甚至与什么阶级的人，都没有多大关系。在其后的文章里，胡适反复申明这一观点：包含"几个糊涂的抽象名词"的"主义"，"不幸不曾含有'实行的方法'和'具体的主张'；所以当鼓吹的时候，未尝不能轰轰烈烈的哄动了无数信徒，一到了实行解决具体问题的时候，便闹糟了，便闹出'主张纷歧，立刻扰乱'的笑柄来了"。④"五四"时代"主义"之多尽人皆知，胡适的批评可以看作对这一现象的阶段性反思，但他在现实中应者寥寥，个中缘由，在于人们迫切需要的恰恰是能够"指明出路"的"主义"，以至于研究系的蓝公武也著文反驳胡适，强调主义的"重要部分，并不在从具体主张变成抽象名词，却在那未来的理想"。⑤

不过，作为理想的主义尚需现实的检验。李大钊曾撰有《唯物史观在现代历史学上的价值》一文，认为马克思比任何人都清楚地指明了历史变化的社会根基并将过去、现在和未来联系在一起，承诺了人类的解放。⑥

---

① 陈独秀：《今日中国之政治问题》，《新青年》第5卷第1号，1918年7月15日。
② 胡适：《多研究些问题，少谈些"主义"》，《每周评论》第31号，1919年7月20日。
③ 李大钊：《再论问题与主义》，《每周评论》第35号，1919年8月17日。
④ 胡适：《三论问题与主义》，《每周评论》第36号，1919年8月24日。
⑤ 知非：《问题与主义》，《每周评论》第33号，1919年8月3日。
⑥ 李大钊：《唯物史观在现代历史学上的价值》，《新青年》第8卷第4期，1920年12月1日。

布哈林的《历史唯物主义》也被瞿秋白以《社会科学概论》为名在同一时期改编为中文，在当时影响并不显著，然而"1926—1927 年使许多人失望的国民革命的失败，使列宁的名言'没有革命的理论，就没有革命的实践'更加可信"①，马克思主义特别是列宁主义的相关理论在中国社会性质论战的推动下开始广为流布，并深入左翼文学界。

李大钊等人所介绍的马克思主义，"唯物史观呈现为建基于经济变革之上的进化论的一种理论变体"，而"很少注意历史上的阶级关系问题"②。沿袭了这条理路，在"革命文学"时期，理论家、作家也是以文学是否反映社会发展"方向"断定其有无存在的价值及优劣。其实，在马克思主义各派中，有三种"以暴力的必然性为前提"的"革命"主张，分别是"布朗基主义的""进化论的"和"'不断革命'的"；而"第二种，即最不符合马克思本人的性格却最符合马克思主义社会学的那种概念，将决裂的环节推迟至一个仍未确定的将来"③的革命观念，虽在中国思想界最先得到介绍，一段时期内并无太大影响；但在国民革命之后，"用生产关系的斗争和变化来解释人类社会发展的所有阶段，其目的在于'直接'作用于社会"④的辩证唯物主义影响逐步加强，左翼文学也转而推崇"唯物辩证法的创作方法"："辩证法的唯物论又要求一切的理论要有实践的价值，变更社会的权能。"⑤

郭沫若认为"马克斯在他的'唯物史观'里面不怕是那样冷静的柔顺的进化论者，而在'共产党宣言'里面则成为猛烈的煽动的革命论者了"⑥，已经看到了这种差别，而促成国内左翼知识界转向的关键人物却是瞿秋白。他"主要是以'互辩律的唯物论'（即辩证唯物论）作为宇宙观和方法论来解说历史、社会、人生、革命。……从历史唯物论（唯物史观）到辩证唯物论的重点转移，在一定意义上，也正是马克思主义从马克思、恩格斯、考茨基到普列汉诺夫、列宁的某种变异和发展。即不再是从人类本体的历史进程角

---

① ［美］郭颖颐：《中国现代思想中的唯科学主义（1900—1950）》，雷颐译，江苏人民出版社 1990 年版，第 120 页。
② ［美］阿里夫·德里克：《革命与历史》，翁贺凯译，江苏人民出版社 2005 年版，第 22 页。
③ ［法］雷蒙·阿隆：《知识分子的鸦片》，吕一民、顾杭译，译林出版社 2005 年版，第 47 页。
④ ［美］郭颖颐：《中国现代思想中的唯科学主义（1900—1950）》，雷颐译，江苏人民出版社 1990 年版，第 19 页。
⑤ 彭康：《什么是"健康"与"尊严"——〈新月〉的态度的批评》，《创造月刊》第 1 卷第 12 期，1928 年 7 月 10 日。
⑥ 沫若：《社会革命的时机》，《洪水》第 1 卷第十、十一期合刊，1926 年 2 月 5 日。

第五章 新文学与新文学读者:文艺与政治的分流

度而是从宇宙本体的存在角度,来认识、解说、论证自然、社会、历史和万事万物"①。瞿秋白的观念在《〈鲁迅杂感选集〉序言》中表露得甚是清楚,他说鲁迅是"从进化论进到阶级论"②,其实正概括了他所认识并期许的左翼文学:从理论呼吁到参与实践。因此,唯物辩证法的创作方法的核心诉求,即追求最大限度地发挥文学的宣传鼓动性。这或如《流沙》创刊号《前言》所表明的,他们期待的作品风格是"Simple and Strong"③:"Simple"表明作家主观立场的单纯和坚决,"Strong"则要求作家在作品中对阶级情感的强力渲染,直接追求"为无产阶级解放的宣传煽动的效果"④。"革命的尾巴"之所以在此后的创作中反复出现,都有这样一重思想背景在内。

从写实主义发展到革命文学这一高度政治化的文学形态,当然就与作为艺术的文学渐行渐远了,然而革命文学的倡导者、实践者本就不是为了追求文学的价值,而是通过这一方式"指导青年",所以从相对的意义上来说,它对边缘知识青年而言也不啻是一种独特的"福音书"。此前有人认为,中国青年"也还有两种最大的错误:一个是过视文章的效力,一个便是自视太重"。⑤ 作者原意是知识青年夸大了启蒙文学对民众所能发生的效力,而细细考究,所谓文章对他们自身的影响却极深远绵长。虽然"在人类事务的领域,存在和表象其实是同一的"⑥,鲁迅也谆谆告诫说,"假使寻不出路,我们所要的就是梦;但不要将来的梦,只要目前的梦",而之所以是"目前的梦",在于"将来的梦""因为要造那世界,先唤起许多人们来受苦"⑦,但正是通过所谓"文章","美丽新世界"的魅惑从一代知识青年传递至下一代,经久不衰。

---

① 李泽厚:《中国现代思想史论》,天津社会科学院出版社2003年版,第157—158页。
② 瞿秋白:《〈鲁迅杂感选集〉序言》,《瞿秋白论文学》,人民文学出版社1959年版,第25页。
③ 《流沙》同人:《前言》,《流沙》创刊号,1928年3月15日。
④ 忻启介:《无产阶级艺术论》,《流沙》半月刊第4期,1928年5月1日。
⑤ 林灵光:《致青年的一封信》,《创造周报》第3号,1923年5月27日。
⑥ [美]汉娜·阿伦特:《论革命》,陈周旺译,译林出版社2007年版,第83页。
⑦ 鲁迅:《娜拉走后怎样》,《鲁迅全集》第1卷,人民文学出版社1981年版,第160页。

结语:在文学与社会两间的新文学读者

　　文学可以影响社会,这是显而易见的事实,但这种影响到底有多大,则是一个聚讼不休的话题。新文学在整个民国时期无疑发挥了极重要乃至关键的作用,所以沈从文在1946年这样强调新文学的价值:"年青人从近二十年养成的社会习惯上,大部分是利用新出版物取得娱乐和教育。一个优秀作家在年青读者间所保有的抽象势力,实际上就永远比居高位拥实权的人还大许多。现实政治聚万千人于一处,名为关心多数争城争地所建树的功勋,即远不如一二书呆子对多数所具有的信用来得可靠而持久。在这个问题上,让我们明白一件重要事情,即语体文中的文学作品,于当前或明日的'国家发展'和'青年问题',还如何不可分还可能起些什么作用。"[①]作为新文学的亲历者,沈从文从现代中国发展的高度肯定它的作用,当然有他的道理;而作为以文学为志业的从业者,沈从文可能也对其实际效力悬想过高。

　　以读者为观察角度或曰以读者为场域进行分析,可以发现新文学在从其发生到20世纪30年代初中期的十几年的时间内,社会影响力似乎颇为有限。这不仅表现在新文学读者的绝对数量难以与古典文学、通俗文学相提并论,也体现在其读者群结构的相对单一,即经过近二十年的发展,新文学的读者群主要也还是知识青年乃至在校学生。然而,这一局面其实不足为怪,因为古今中外的文学读者归根结底说来可能都是以青年人为主。青年人之成为文学阅读的主角,当然有其身心方面的原因,这也是中外文学经典长盛不衰的一个重要缘由,但就本书所讨论的范围来说,则知识青年对新文学实际别有期待。事实上,新文学不仅要在与古典文学、通俗文学

[①] 沈从文:《文学与青年情感教育》,《沈从文全集》第17卷,北岳文艺出版社2002年版,第177—178页。

的竞争中确立自身的文学品格,而且也承担了指导青年的社会责任。反过来说,就是知识青年主要通过文学阅读获取相应的知识以适应转型期的中国,而这与国民革命时期民众主要通过社会科学书刊理解社会变迁之动因,实是两种殊途同归的路径。从这个意义上讲,新文学对于知识青年就不啻为一种变相的社会科学。

知识青年的这一阅读取向和趋向,与初期新文学和新思想密不可分的实际创作情形相关。按照周作人的设想,这也正是新文学走上正轨的必然的和理想的路径。所谓"以真为主,美即在其中",即表明人们只需切实做去,便可由"求生意志"进为"求胜意志"①,在"人的道德"获得普遍认同的同时,新文学逐步形成稳定的审美内涵并展现出相应的品质。在这一思路中,审美现代性与社会现代性协同一致,甚或在一定程度上从属于后者并为之服务,其实并无可怪,因为它们是一枚硬币的两面,同属新思想在中国落地生根的建构过程。现代中国危机重重,知识人不得不更多地关心出路问题而无暇顾及其他,故"求胜意志"必然让位于"求生意志"。正是在这种条件下,作为新观念载体的新文学就踏上启蒙之路,成为王国维所谓"教育众庶"的一种手段。

需要强调的是,这是就新文学在初期的整体状况而言,并不是否认一二文学天才的创造性,何况只要是真正的文学,用于启蒙其实也未尝不可,鲁迅就是其中极自觉的一个代表。问题在于,现实并没有足够的余裕可供新文学从容成长,故新文学创作切于实用而疏于审美的质胜于文的品格得到进一步巩固,造就了其在早期阶段的古雅质地。

古雅作为一种审美范畴,在很大程度上是习得的人文素养的外显,即王国维所谓形式之美之形式之美。新文学作为西方文艺观念、翻译作品影响的产物,也极注重从中国民间文学吸取养料,在其建构初期,正是形式之形式,故其整体所呈现出的审美风格趋近古雅。不过,新文学的底色带有古雅性质,并不是说所有人所有创作均以此为基准,这未免轻视了鲁迅等人的成就;也不是说在此之外就别无风格,这又未免忽略了其时创作实际的复杂性。这里只是强调一点,新文学因其与新思想合二为一的特质,在中国社会观念的转型阶段不期而然地起到政治哲学的功能,从而影响到其审美品质的建构,使之在一段时间内徘徊不前,难以得到提升。

---

① 周作人:《贵族的与平民的》,《自己的园地》,止庵校订,河北教育出版社 2002 年版,第 15 页。

新文学的政治哲学属性在经过国民革命和中国社会性质论战两个阶段的社会科学理论的流行之后逐渐消减,艺术性的一面开始得到较多关注。就总体看,20世纪30年代初中期人们的阅读结构相比"五四"时期发生了重要变迁,新文学作为非功利的文学读物之一种被相当一部分人群所接纳(其中就包括部分曾经的"五四"时代的知识青年读者),表明新文学已在一定程度上成为内在于社会的存在(此后的创作较之"五四"时代的确有较大发展)。与此几乎同时,沉浸于后"五四"时期"孤独"状态中的知识青年在时势的推动下以更激越的姿态接受了革命文学的理论,带着蓄满的情绪势能进入文坛。

近现代以来,知识人的边缘化趋势不断加剧,这一体验,尤以知识青年为甚。知识青年在边缘化处境之中当然会产生身份认同的危机,但"自视太重"的他们很快就在"新文艺腔"的情绪滥调中找到了同伴,而在"到民间去"思潮或运动中受"五卅"等事件影响,"大约在1920年代中期""出现比较明显的民族主义情感"①的同时,知识青年也在"表现"作为"他们"而存在的民众当中找到了道义支撑——或许可以这样讲,这二者原本就是同一个过程。虽然当时也有人批评他们"拉大旗做虎皮",但其中的激进分子将"五一"视作"我们文艺界""救人救己"的象征②,实已经表达出"我们"从"表现他们"转到投身于"他们",即民众之中的冲动。边缘知识青年的身份认同焦虑归结到底仍在于出路问题,他们从心灵深处迸发出的呼声,激烈程度远较"五四"时期的"娜拉"们为烈。茅盾批评知识青年翘首盼望"'大转变时期'何时来呢"而不知亲身参与促成这一转变的具体活动③其实有失公允,包括顾仲起在内的相当一部分知识青年也已经加入部分展开的国民革命运动。当然,知识青年在革命的淬炼中表现出各各不同的成色,但国民革命最终以妥协而潦草收官的局面也深深刺痛了他们,所以为另求一个"根本解决"的方案,较激进的一批人从中分离出来,参加到更能满足这一愿望的共产主义革命之中。知识青年在思想与行动方面的轨迹,其实是社会之中最敏锐的一群人对其动向的一种反应。这种反应表现在创作之中,就是写实主义在补充了"目的"进为现实主义之后并没有止步,反而向

---

① [美]洪长泰:《到民间去:中国知识分子与民间文学(1918—1937)》,董丽萍译,中国人民大学出版社2015年版,第23页。
② 为法:《"五一"给我们的教训》,《洪水》第2卷第16期,1926年5月1日。
③ 雁冰:《"大转变时期"何时来呢》,《文学周报》第103期,1923年12月31日。

结语:在文学与社会两间的新文学读者

其极端的形态(如"唯物辩证法的创作方法""社会主义现实主义"等)迅速攀爬,最后沦为政治宣传品。

现实主义在中国的"实效与其说是对社会问题的积极参与,不如说是一种美学上的回避"①,这一观察不无道理。现实主义在中国的尴尬,正在于它鼓动民众关心社会问题并能够参与到"解决"之中的企图每每压制其在美学上有所建树的雄心。需要注意的是,作者和读者两者都存在因为社会变革及自身处境的原因而在社会与文学两间游移的情形,这自然以边缘化的知识青年作者、读者为典型。

"青年问题"当然不能代表整个社会的问题,但它无疑是社会问题最集中、尖锐的表征,就文学读者而言,同样如此。读者,特别是其中的知识青年读者怎么读新文学以及接受新文学之后在社会中由此产生什么样的群体性动态;同时他们作为社会中相对自成体系的群落,其群体性的社会情绪如何影响到新文学创作,两方面既有相辅相成的时候,亦有相反相成的关系,复杂而多变。本书以知识青年读者为主线展开新文学读者研究,描摹的正是这一情状,而通过具体的论述,可能会让我们想起阿伦特的一个观点,那就是"人是被处境规定的存在者(conditionized beings),因为任何东西一经他们接触,就立刻变成了他们下一步存在的处境"②。唯其如此,我们才可能会对20世纪20年代到20世纪30年代文学与社会的变迁有所认知,并对身处其中的那些作者和读者——也就是"人"——产生同情的理解。

---

① [美]安敏成:《现实主义的限制:革命时代的中国小说》,姜涛译,江苏人民出版社2001年版,第27—28页。

② [美]汉娜·阿伦特:《人的境况》,王寅丽译,上海人民出版社2009年版,第3页。

主要参考文献

[1] 安敏成.现实主义的限制:革命时代的中国小说[M].姜涛,译.南京:江苏人民出版社,2001.

[2] 陈捷.民国文艺副刊合订本的出现及其文化意义——以《京报副刊》为例[J].杭州师范大学学报(社会科学版),2010,1.

[3] 陈平原.学术史视野中的"关键词"[J].读书,2008,4—5.

[4] 陈平原.触摸历史与进入五四[M].北京:北京大学出版社,2005.

[5] 陈平原,等.教育:知识生产与文学传播[M].合肥:安徽教育出版社,2007.

[6] 陈树萍.北新书局与中国现代文学[M].上海:上海三联书店,2008.

[7] 陈思广.审美之维:中国现代经典长篇小说接受史论[M].成都:四川大学出版社,2012.

[8] 陈万雄.五四新文化的源流[M].北京:生活·读书·新知三联书店,1997.

[9] 贝尔.资本主义文化矛盾[M].赵一凡、蒲隆、任晓晋,译.北京:生活·读书·新知三联书店,1989.

[10] 邓集田.中国现代文学出版平台(1902—1949)[M].上海:上海文艺出版社,2012.

[11] 弗罗姆.逃避自由[M].陈学明,译.北京:工人出版社,1987.

[12] 费约翰.唤醒中国:国民革命中的政治、文化与阶级[M].李恭忠、李里峰,等译.北京:生活·读书·新知三联书店,2004.

[13] 冯并.中国文艺副刊史[M].北京:华文出版社,2001.

[14] 哈耶克.自由秩序原理[M].邓正来,译.北京:生活·读书·新知三联书店,1997.

[15] 郭武群.打开历史的尘封——民国报纸文艺副刊研究[M].天津:

百花文艺出版社,2007.

[16] 阿伦特.极权主义的起源[M].林骧华,译.北京:生活·读书·新知三联书店,2008.

[17] 阿伦特.论革命[M].陈周旺,译.南京:译林出版社,2007.

[18] 阿伦特.人的境况[M].王寅丽,译.上海:上海人民出版社,2009.

[19] 胡颂平.胡适之先生年谱长编初稿(校订版)[M].台北:联经出版事业公司,1990.

[20] 姜涛."新诗集"与中国新诗的发生[M].北京:北京大学出版社,2005.

[21] 贝克尔.启蒙时代哲学家的天城[M].何兆武,译.南京:江苏教育出版社,2005.

[22] 雅斯贝斯.时代的精神状况[M].上海:译文出版社,2003.

[23] 李春雨,刘勇.接受与生成的互动——读者对现代文学生存状态的独特意义[J].天津师范大学学报,2006,2.

[24] 李楠.晚清、民国时期上海小报研究——一种综合的文化、文学考察[M].北京:人民文学出版社,2005.

[25] 李文海.民国时期社会调查丛编(文教事业卷)[G].福州:福建教育出版社,2014.

[26] 刘纳.创造社与泰东图书局[M].南宁:广西教育出版社,1999.

[27] 罗志田.近代中国社会权势的转移:知识分子的边缘化与边缘知识分子的兴起[J].开放时代,1999,4.

[28] 罗志田.再造文明的尝试:胡适传(1891—1929)[M].北京:中华书局,2006.

[29] 罗志田.近代读书人的思想世界与治学取向[M].北京:北京大学出版社,2009.

[30] 罗志田.乱世潜流:民族主义与民国政治[M].上海:上海古籍出版社,2001.

[31] 罗志田.权势转移:近代中国的思想、社会与学术[M].武汉:湖北人民出版社,1999.

[32] 卡林内斯库.现代性的五副面孔[M].顾爱彬、李瑞华,译.北京:商务印书馆,2002.

[33] 茅盾.我走过的道路[M].北京:人民文学出版社,1981.

[34] 倪婷婷."名士气":传统文人气度在五四的投影[J].文学评论,1999,6.

[35] 钱端升、萨师炯、郭登皞,等.民国政制史[M].上海:上海人民出版社,2008.

[36] 秦晖.传统十论:本土社会的制度、文化及其变革[M].上海:复旦大学出版社,2003.

[37] 秦晖.问题与主义:秦晖文选[M].长春:长春出版社,1999.

[38] 秦艳华.现代出版与二十世纪三十年代文学[M].济南:山东人民出版社,2008.

[39] 钱理群.周作人传[M].北京:北京十月文艺出版社,1990.

[40] 韦勒克.批评的诸种概念[M].丁泓、余徵,译.成都:四川文艺出版社,1988.

[41] 桑兵.晚清学堂学生与社会变迁[M].桂林:广西师范大学出版社,2007.

[42] 舒衡哲.中国启蒙运动:知识分子与五四遗产[M].舒衡哲、刘京建,译.北京:新星出版社,2007.

[43] 孙之梅.南社研究[M].北京:人民文学出版社,2003.

[44] 伊格尔顿.沃尔特·本雅明:或走向革命批评[M].郭国良、陆汉臻,译.南京:译林出版社,2005.

[45] 汪晖.反抗绝望:鲁迅及其文学世界(增订本)[M].北京:生活·读书·新知三联书店,2008.

[46] 汪晖.中国现代历史中的"五四"启蒙运动[C]//汪晖自选集.桂林:广西师范大学出版社,1997.

[47] 汪原放.回忆亚东图书馆[M].上海:学林出版社,1983.

[48] 王本朝.中国现代文学制度[M].重庆:西南师范大学出版社,2002.

[49] 王世家.青年必读书——一九二五年《京报副刊》"二大征求"资料汇编[G].开封:河南大学出版社,2006.

[50] 吴效刚.民国时期查禁文学史论[M].北京:中国社会科学出版社,2013.

[51] 吴永贵.民国出版史[M].福州:福建人民出版社,2011.

[52] 徐中玉.中国近代文学大系·文学理论集(1,2)[G].上海:上海书

店,1994.

[53] 许纪霖.中国知识分子十论[M].上海:复旦大学出版社,2004.

[54] 许志英、倪婷婷.五四:人的文学[M].南京:南京大学出版社,1992.

[55] 姚丹.二十世纪二三十年代中小学新文学教育——以教材为考察对象[J].鲁迅研究月刊,2008,8.

[56] 伯林.浪漫主义的根源[M].吕梁,等译.南京:译林出版社,2008.

[57] 伯林.启蒙的时代:十八世纪哲学家[M].孙尚扬、杨深,译.南京:译林出版社,2005.

[58] 张传敏.民国时期的大学新文学课程研究[M].北京:人民出版社,2010.

[59] 张静庐.在出版界二十年[M].上海:上海书店,1984.

[60] 张静庐.中国近代出版史料[G].上海:上海书店出版社,2011.

[61] 张钧.左翼文学"读者"概念的演变[J].长江学术,2010,3.

[62] 张黎敏.时事新报·学灯:文化传播与文学生长[D].上海:华东师范大学,2009.

[63] 周杉.鲁迅读者群的形成:1918—1923[J].鲁迅研究月刊,2013,3.

[64] 周策纵.五四运动:现代中国的思想革命[M].周子平,等译.南京:江苏人民出版社,1999.

[65] 朱寿桐.中国现代社团文学史[M].北京:人民文学出版社,2004.

[66] 朱晓进,等.非文学的世纪:20世纪中国文学与政治文化关系史论[M].南京:南京师范大学出版社,2004.

[67] 朱学勤.道德理想国的覆灭[M].上海:上海三联书店,1994.